あかり野牧場

本城雅人

祥伝社文庫

目次

第1話　馬産地のざわつき

1

ふかふかの絨毯のような芝の上を、黄金色に光る栗毛の馬が飛ぶように駆けていく。

〈先頭はキタノアカリ、これは強い。後続をグングン突き放していく。後ろからはなにもこない。キタノアカリが先頭。キタノアカリ、ダービーを勝ったぁ〜〉

ゴール板の真ん前に立っていた灯野摂男は、場内アナウンスの声に合わせて万歳した。

「勝ったぁ！　ニッポンダービー、勝ったぞー」

叫んだ途端、唇の脇がぬめっとした。勝ったアカリがゴール前まで戻ってきて舐めた？　手で拭くと自分の涎が垂れていて、はたと夢だと気づいた。コタツでうたた寝していたらしい。

窓の外は緑の絨毯どころか、辺り一面雪化粧している。放牧した馬たちが静止したまま、黄昏を見つめていた。

コタツの右隣で午後の情報番組を見ていた妻の可南子が、冷たい視線を送ってくる。

「俺、今なんか寝言、言ったかね？」

「言ったわよ。『買ったぁ！　ポンパドウルでパン買ったぞー』って」

「なによ、そのポンパドウルって」

「横浜の元町で有名なパン屋さんよ」

「そのパン屋って、『買ったぁ』って大喜びするほど、行列のできるパン屋さんなのかい」

「そこまではないわね。元町以外にもあるし」

「それなら買ったと二回も叫ばねえべ」

横浜育ちの可南子は、牧場の嫁に来て二十年になるが、一回も北海道弁を使ったことがないほど、北海道に染まらない女だ。子供たちに向かって平気で「お父さんに調子のいいことを言われて、こんな田舎に連れてこられたのよ」と皮肉を言う。今も「ニッポンダービー」とちゃんと聞こえていて、わざと違うことを言っているのだろう。

するとコタツの左隣でミカンを食べていた中二の優馬が、「俺には『やったぁ。ポンタのかあちゃんとやったぞー』に聞こえたけど」と得たり顔をする。

「なして俺が本田の嫁とやんなきゃいけねえんだ」

隣の「本田牧場」の公康は、幼稚園からの幼馴染で、嫁の美香も高校の同級生だ。美香は学校で二番目に可愛いと評判だったが、四十二歳になる今日まで、そんな目で見たことは一度もない。

「ねえ～、やったって、なにやったのぉ？」

可南子の隣でポータブルゲームをしていた五歳の末娘、心菜が訊いてきた。

「なんでもないの。パパみたいな現実的でないことは考えないで、心菜はゲームを頑張ろう」と可南子は画面を指差し「あっ、その風船、打ち落として！」と教えている。

「なにが現実的でねえよだ。ゲームの方がよほど非現実的でねえの」

家族によってたかって莫迦にされたことに、摂男は口をすぼめていじけた。

摂男が代表を務めるあかり野牧場は、馬産地で有名な北海道・日高地方の、馬恋という町にある。馬恋ではどこにでもある家族経営の牧場だが、両親は鬼籍に入っていて、可南子は心菜が小学校に上がるまでは子育てに専念するという約束のため、毎日摂男が一人で馬屋作業をしている。家族はもう一人、十九歳の駿平がいるが、今は日高の牧場に修業に出ている。

そんな無名の牧場から、今年、待望の大物がデビューした。それが二歳牡馬のキタノアカリである。夏の新潟のデビュー戦を二着に八馬身もの差をつけて圧勝。続く十月のオープン特別も五馬身差をつけ、今週末に行われる二歳チャンピオンを決めるGⅠ、朝日杯フューチュリティステークスに出走する。

思い返せば今年の前半はあまりいいことがなかった。七頭いた繁殖牝馬の一頭が出産後に病気で死んだ。種付けも一頭が受胎せず、一歳馬は思っていた値段で売れなかった。

それでも走る馬が出ると急に前向きになれるのがこの仕事だ。賞金はキタノアカリの馬主のものだが、牧場には母馬のレディライラがいるから、来年生まれる仔馬は高く売れるかもしれない。牧場の名前も一躍、全国に浸透する。いつ潰れてもおかしくない零細牧場にとって、キタノアカリはその名の通り、北の大地を灯す希望の明かりなのだ。

時計を見ると午後三時だった。

「さぁ、馬をしまうか。優馬、行こうか」

摂男はやおら立ち上がった。普段は一人でやっているが、母馬が六頭、今年生まれた当歳馬が六頭いるので、休日は子供に手伝ってもらう。

「俺、宿題やんなきゃいけないんだよ」

優馬が理由をつけて逃れようとするのは毎度のことだ。

「今までミカン食ってダラダラしてたくせに、急に宿題なんて言うんでねえよ」

「優馬、お父さんを手伝ってあげなさい」

可南子が口添えしてくれた。もっともそう言うのは自分が手伝いたくないからだ。

軍手をはめて表に出ると放牧地を覆う雪に西日が反射し、痛いほど目に沁みた。北海道の冬は日が短く、四時には日は暮れる。そうなると空に散らばった星と大きな月以外、すべてのものが視界から消える。

「ひぇー、しばれる～」

帽子に耳当て、ネックウォーマーをつけた優馬が震えながら出てきた。

「おまえ、サッカーやってる時はそんな恰好しねえべ」

「サッカーと家の手伝いは違うよ」肩をすくめて「さっきテレビで、東京も冬将軍が訪れるって言ってたよ」と話した。

「東京の冬将軍なんて、こっちの秋くらいの気候だ。おまえだったら半袖でいられるさ」

太平洋沿いにある日高地方は、北海道でも雪は少ない方だ。それでも馬恋の中心から車で三十分奥地へと走ったこの地域の気温は、町中より二度ほど低い。日高山脈からのやまおろしが人から体温を奪う。こういう地を自然が人間を拒絶している場所というのだ。

「優馬は母馬を頼むわ。お父さんは当歳仔(とうざいっこ)を見るから」

「分かった」

「ほぉーれ、ほーぉれ」

声をかけると仔馬たちが集まってきた。一頭ずつ馬の首筋を撫(な)でる。生後四カ月で母馬と離した時は馬屋で三日泣き続けた仔馬たちも、立派に成長している。仔馬の頭絡(とうらく)に引き手をつけると、その仔馬は綱を嚙(か)もうとした。

「コレッ！」

摂男が注意すると仔馬はおとなしくなった。

嚙み癖がついてしまうと直すのに苦労し、後々にこの馬を扱う育成業者や厩務員が難儀することになる。だからつねに目を配って、いけないことをした時は注意する。自分の生産馬がパドックで暴れているのを見ると、摂男は「俺の後に世話した誰かが、手を抜いたんだろうな」といつも思う。

馬を曳いて厩舎に戻ると、優馬も母親を曳いてきた。連れてきたのはキタノアカリの母、レディライラだった。ライラも優馬のことが好きで、でんでん太鼓のように尻尾を左右に振っていた。

「優馬、どうだい、ライラは？」

「いつも通りすぐ寄ってきたよ。めんこいね」

摂男は昨日まで微熱があったライラの体調について訊いたのだが、そこまで中二の息子に求めるのは無理だ。あとで自分で検温しておこう。

ライラの腹には、アカリと同じヘルメースの子供が入っている。ヘルメースは日本が誇る大牧場、スターダストファームの生産馬で、クラシック三冠を制した。種付料は五百万円もしたが、まだ初年度産駒であるアカリ世代がデビュー前だったからその値段でつけられたのであって、種牡馬というのは産駒が走り出せば途端に価値が跳ね上がっていく。

種牡馬を繋養するスターダストスタリオンには種付料が一千万円とか二千万円とか、かつては一回の種付料が四千万円という、不受胎になればそれだけでうちのような零細牧場は潰れてしまう高額種牡馬がいて、高い馬からあっという間に満口になっていく。

五百万円は、あかり野牧場のすべての繁殖牝馬に当てる予算の半分を超えていたが、それくらい勝負していかないことには馬は高く売れないと、摂男は清水の舞台から飛び降りる覚悟で今年もヘルメースを種付けしたのだった。

ライラを馬房に入れた優馬は、馬柵棒をして、放牧地に戻る。あれほど嫌がっていたのが馬を触ると一転して笑顔になっている。

このあたりは長男の駿平と違うところだ。馬の手伝いも嫌々やっていた駿平は、大学受験に失敗すると急に馬の仕事をやると言い出した。

牧場の跡取りはおおむね、最初は大きな牧場に修業に出る。周りからは摂男が昔世話になったスターダストファームを勧められたが、そんな大牧場に行って、せがれがすぐ音を上げて帰ってきたら恥ずかしいと、日高の金崎牧場に頼んだ。駿平はたまに可南子とLINEをし合っているようだが、摂男に連絡をしてくることはない。とはいえ無沙汰は無事の便りと言うし、働き出して八カ月、そろそろ仕事にも慣れてきたのだろう。

一方の優馬は動物好きで穏やかな性格をしているのでこの仕事は向いている。最近は、息子二人が「俺が牧場を継ぐ」と喧嘩をしだしたらどうしようかと悩むようになった。あかり野牧場は十ヘクタールと、牧場をやるギリギリの土地しかないため、仲良く半分こ、というわけにはいかない。

もっともそんなことを考えるのは親の勝手な願望だろう。「こんな仕事やってらんねえさ」と二人が相次いで牧場を出ていく方がよっぽど想像がつく。そうなったとしても摂男は無理には引き留めないと心に決めている。

子供の時から家を継ぐつもりだった摂男は、生産馬がJRAで年間一勝もできなくても、「来年こそは」と七転び八起きの精神で馬作りに励んできた。

それだけの情熱を持っても、こんな孤独で報われない仕事、養う家族がいなければとっくに投げ出していた。

2

灯野家は兵庫県淡路島出身で、四代前の高祖父母の時代、明治政府からこの地域の支配を命じられ開拓のために入植した。船が着いたのは五月だったが、まだ冬の様相を呈し、草木一本も生えていない原野だった。土地は痩せ、気候が厳しくて作物を植えても育たない。やがて入植者が経験したことのない厳しい冬が到来した。どの家も食料が底をつき、夜には女たちの泣き声が聞こえてきたそうだ。

それでも先祖は耐え忍んで生き、祖父母の代からサラブレッドの生産を始めた。祖父は苗字のまま「灯野牧場」にしようとしたようだが、祖母が「いつか大きなレースを勝ち、たくさんの人がお祝いに来てくれて、こんな山奥の牧場に明かりが灯れば」とあかり野牧場と名付けた。

祖父母はダービーや天皇賞など大レースには縁がなかったが、摂男が八歳の頃に初めて重賞レースを勝った時には、たくさんの人が家にお祝いに来てくれた。居間の長テーブルで行われた勝ち祝いで、祖父母や両親が普段は見たことがない笑顔でいるのを目にして、摂男は将来、自分も牧場を継ごうと決心した。

厩舎も放牧地も祖父母の代から受け継いだものだけに感謝しているが、できればもう少し馬恋の中心地に開いてほしかった。

心菜の幼稚園まで可南子は毎日車で三十分かけて送り迎えしている。一番近くの店は、車で十五分かかるセイコーマートだ。コンビニですべての食料を調達するのは無理なので、週に一度、片道四十分かけて馬恋のスーパーまで買い出しにいく。夫婦交代で行く約束になっているが、摂男は何回か忘れた振りをしてすっぽかした。そのせいで灯野家は何度か離婚の危機を迎えた。

翌朝、六時に起床した摂男は、いつも通りに防寒具を身に纏(まと)い、外に出た。馬房を覗(のぞ)いて、馬の様子と、飲み水の残り具合を確認する。仔馬が人懐(ひとなつ)っこい目で首を伸ばしてきたので鼻を撫でると、気持ちよさそうに嘶(いなな)いた。どんなに濃いコーヒーよりも、これが目覚めに一番いい。

馬たちに異常がないのを確認すると、次は飼(か)い葉(ば)付けだ。昨夜のうちに配合した飼料を桶(おけ)ごと馬房にぶらさげ、水を取り替える。水桶の一つが汚れているのが気になり、洗うことにした。

「うわっ、しゃっこい！」

水栓を捻った途端、流氷が溶けたような水に、一瞬で指の感覚がなくなった。

餌付けが終わると一頭ずつ放牧地まで引っ張っていく。夏は五時、冬は六時半、日の出とともに馬を出し、日の入り前にしまうのがルーティンである。太陽の光が馬にとってはなによりの栄養なのだ。

馬を曳いて放牧地を往復したところで、体はなかなか温まらなかった。日が出た直後が一番寒い。「放射冷却」のせいらしいが、そんな言葉を聞いたのは最近になってからで、昔は「仕事がきついから朝は寒く感じる」と、なんでも気持ちの問題だと思っていた。

放牧が終わると、次は厩舎の清掃だ。大きなフォークのような鋤で寝藁を四隅に集めて、スコップで糞を取って堆肥場へと片づける。夏は寝藁を外に干すが、今の時期は干しても凍るだけなので、尿で汚れた部分を探し、その部分は厩舎の屋根裏の保存庫から新しい藁を出して取り替えていく。

それが終わるとようやく一息つける。朝飯を食べ、馬たちがよく見える居間の窓際に座り、パソコンを開いた。石油ストーブと窓から差す日射しのおかげで、ぽかぽかと暖かい。

北海道の多くの家庭がセントラルヒーティングだが、灯野家はいまだに石油ストーブとコタツだ。セントラルヒーティングは五年前に家をリフォームした時に検討したが、可南子が望んだシステムキッチンで予算がなくなった。

それでも次に生産馬が高く売れた時は薪ストーブを買うつもりだ。母馬たちのお産の時期は薪を焚べ、馬房を映したモニターでチェックする。そんなログハウス暮らしのように過ごせれば、いつ仔馬が生まれるのか不安な長い夜も、少しは気が紛れるだろう。

パソコンに《キタノアカリ》と打ち、リアルタイム検索をすると、山ほど書き込みが出てきた。《栗毛できれいだから好き》《小さな牧場頑張れ》といった応援メッセージに、《スターダストファーム以外の馬もたまにはGIを勝ってほしい》という判官贔屓のものまで様々ある。中には批判もあって《こんなジャガイモみたいなヘンな名前の馬、絶対GI勝たない》《それを言うなら小麦粉じゃないの？》と書いてある。

「あんたら、なんも分かってねえんだな。ジャガイモはキタアカリで、小麦粉はキタノカオリだ」

摂男はパソコンに向かって毒づいた。

馬名は普通、馬主がつけるが、キタノアカリは、馬主から「私がつけても走らないから」と摂男が任された。

すぐに浮かんだのが、日高地方を襲った大地震のことだった。あの時は電気と水道が止まり、各牧場は水の確保に駆けずり回った。摂男も水道が出ると聞いてはポリタンクを持って分けてもらいに行った。

〈北海道の九九パーセントで電気は復旧しました〉

そのニュースが報道された時も、あかり野牧場の一帯はまだ停電していて、「ここは残り一パーセントのそんなにひどい場所なのか」と絶望し、悲しくなった。あのような災害が二度とこないよう、そして被災者の励みになれば、そう願いをこめて命名したつもりだ。

その時、庭に車が停まり、窓を開けると軽種馬農協の福徳和彦が降りてきた。彼も高校まで一緒の幼馴染で、実家は馬恋でガソリンスタンドを営んでいる。もっとも「そのうち車は全部電気自動車になって、ガソリンスタンドなんてなくなる」と家業を継ぐ気はないようだが。

「摂ちゃん、どしたね、昼間からやらしいサイトでも見てんでねえか？」

「福徳こそ、またさぼりかい。おまえはええよね。なにもせんで給料をもらえて」

「なにを言う。軽種馬農協一番の働き者に向かって」

同級生なので呼び捨てだが、福徳は馬産地では神様のように崇められている。なにせ日本全国の牧場から七百頭の申し込みがあるヒダカ・ゴールドセールに出場できる二百頭を選ぶのが福徳なのだ。普段は謙虚な男だが、馬選びとなると「俺は売れる馬はひと目で分かる」と豪語する。けっして吹き散らしているわけではなく、確かに福徳が仕切るようになってからというもの、セリの売却率は毎年上昇している。

「福徳に見せる馬は、まだねえぞ」

セリが始まるのは、馬恋に短い夏が来る七月に入ってからである。当歳六頭のうち、売り手がついてない二頭はセリに申し込むつもりだが、二年前のアカリのような自信作はなく、出しても福徳に弾（はじ）かれそうだ。

「見せるもなにもイマイチなんだろ？　『ダービー馬が生まれたからすぐ来い』が口癖の摂ちゃんが、今年は連絡してこなかったから」

胸の内を言い当てられた。

「見せたところで、平気で弾くくせに。幼馴染なのに、おまえは本当に冷てえ男だべ」

「それとこれとは別だ。そこんところの線引きがあやふやになったら、他の牧場からも信頼してもらえねえようになるべ」

「福徳はいつもそう言うけど、ゴールドセールに入れてもらえなかったせいで、うちの今年の売り上げはカツカツだったんだからね」

大きなセールはいずれも七月に開かれるスターダストグループの「プラチナセール」と軽種馬農協主催の「ヒダカ・ゴールドセール」だ。種付料の支払いが九月なので、この時期に馬が売れていないと、小さな牧場は銀行を回って金を工面（くめん）しないといけない。

「来年は入れるよ」

腕組みをして言われた。

「本当かい？」

「ああ、入れるって」

よく見ると、奥二重の目がはっきりした二重になっていた。

「いいや、その目は絶対、入れねえな」

付き合いが長いのでよく分かる。なにがあっても絶対に、仕事に私情を挟まない男なのだ。

「それより、摂ちゃん、まだポンちゃんに謝ってねえんだって」

隣の本田牧場の公康を入れた三人が、この付近の悪ガキトリオと言われてきた。

「謝るもなにも、俺はなんも悪いことしてねえし」

「スプリンターズステークスで呪いの馬券を買ったんだろ。摂ちゃんも脇が甘いよ。じいさんたちがワンカップ片手に百円馬券を握りしめてる場外馬券場で、単勝三万円なんて大金を張ったらあっと言う間に広まるわ」

生産頭数があかり野牧場の五倍はいる本田牧場は、今年三月の高松宮記念をブックウォールで優勝、本田の代になって初めてGⅠを制した。その時の本田のはしゃぎようといったらなかった。本田の名義で走らせていたので賞金も丸々入ってきて、仕事を従業員に任せて本田は家族を連れてハワイ旅行をした。

ブックウォールはその後も重賞を勝ち、秋のGⅠ、スプリンターズSでも人気を集めた。本田は「春秋連覇となれば、いよいようちから最優秀短距離馬が出るぞ」と言い、各部門の代表馬が表彰されるＪＲＡ賞のパーティー用に、タキシードを誂えると触れ回っていた。そのどや顔が腹立たしくて、あいつがＧＩを勝ってまた海外旅行に行くなら、自分は馬券で儲けて家族を洞爺湖にでも連れていきたい、そう思った時には摂男は場外馬券場に立っていた。

結果は一着から三着までスターダストファームの馬が占め、本田の馬は四着だった。競馬場でレース後に本田を見かけた牧場仲間によると、いつも肩をいからせて大威張りで歩く本田が、人目を避けて逃げるように帰ったそうだ。その話を聞いた時はさすがに気の毒に思い、応援してもいないくせに自分が馬券を買ったせいだと、摂男も少し反省した。

「今さら俺が謝っても、ポンタは許してくれねえよ。あいつは昔から根に持つ男だからな」

レース以来あまり顔を合わせておらず、組合の会合も欠席している。

「だけどそうも言ってられねえ状況なのよ。青年部の執行部、決まってた若い人が病気になって、摂ちゃんかポンちゃんにやってもらわねえといかなくなったんだ」

「青年部って、俺らもう四十二よ。四十歳になった年に退会してるべさ」

そう言いながらも福徳が頼んできた事情は分かっている。昔の青年部は二十代が中心だった。それが、摂男が牧場に戻ってきたあたりから三十代が多くなった。毎年数軒の牧場が廃業している昨今は、四十歳未満だけでは青年部は存続できなくなっている。

「今年はとくに日高全体の成績が悪いからな。馬恋も本田牧場が三つ重賞を勝っただけで、後はなんぼか頑張ってる牧場があるだけだし」

「したらポンタに部長をさせればいいさ」

本田なら喜んで引き受けるだろう。今、馬恋を引っ張っていけるのは自分しかいないと思い込んでいるに違いない。

「摂ちゃんとこも、いよいよだしさ」

にやついた目で摂男を見てくる。

「いよいよって、なによ」

「惚けんなって。いよいよったら朝日杯以外ねえべさ」

「そんなの走ってみねえと分からねえよ」

「よく言うね。自信満々のくせに」

「そりゃ二戦とも圧勝だったかんね」

我慢してたのに自然と笑みがこぼれた。さすがにダービーを勝った夢を見た話までは、言ったら町中に広められると、口に出る寸前でとどめた。

「キタノアカリは、来年のダービー候補だって言われてるし、日高全体の夢を背負ってるんよ。それに鞍上は日高出身の保志俊一郎だし。今はなんでも外国人ジョッキーの時代なのに、オーナーも調教師もたいしたもんよ」

「まっ、そだな」

馬主だって本当は外国人騎手や国民的人気がある榊康太に乗ってほしがっていたようだが、調教師の西井敏久が「調教を手伝ってくれる保志を乗せたい」と説得したようだ。摂男もデビュー戦はそれで仕方がないと思っていたが、まさかＧⅠまで保志が乗るとは思っていなかった。

「だけどアカリの朝日杯制覇と、ポンタとの仲直りがどう関係してくるのさ」

頭を下げて謝れと言われたら断固として拒否するつもりだった。だが福徳は「いい手があるから俺に任しとけって」と目を輝かせた。

3

応接室には本田牧場の生産馬が勝った重賞の口取り写真や、馬の肩に掛けるレイなどがこれでもかと飾られている。

「なまら、びっくらこいたよ。競馬場から帰ってきてドアを開けたら玄関にズラッと胡蝶蘭が並んでたんだからな。枝が一本のでないぞ。三本ついた、東京なら三万円はするやつだ。ＧⅠは親父の代も勝ったけど、それよりすごかった。足の踏み場もないってのは

「ああいうことを言うんだな」

　応接室で本田がそっくり返って話すのを、摂男は奥歯を嚙みしめて聞いていた。摂男もすぐに自慢すると人から注意されるが、色黒で、ぎょろりとした大きな目の本田は、自慢する時はその目を剝くようにして話すため、余計に鼻につく。

　福徳が言った「いい手」とは、ＧＩを勝った後に摂男がなにをすべきか、ＧＩ制覇の経験のある本田に相談することだった。摂男の顔を見るなり気色ばんだ本田だが、福徳の説明を聞き「せば、中に入れや」と招いた。

「そうだ、胡蝶蘭はスターダストファームの守谷社長からも届いたよ。競馬場で御礼を言ったら、『あなたの牧場は頑張っているのでいつも注目していましたよ』って言われたね。あの人、ホント、いい人だな」

　まさか本田の口からスターダストファームの社長が出てくるとは思わなかった。いつもは「競馬界を独占してる」「競馬をつまらなくしてる」と悪口ばかり言っていたくせに。

「花はどうでもいいから他のことを教えろよ」

「酒もいっぱい届いたな。それこそ馬恋の酒屋から、酒がなくなったくれえだ」

「そんなバカなことがあるか」

　小さな町だが、酒屋は二軒ある。

「本当だって。摂男も家で開く『勝ち祝い』の酒だけは先に用意しておかねえと恥をかくぞ。まさか祝いにきてくれた客に、もらい物の酒を出すわけにはいかねえべ」

「それは失礼だわな」

「だけど勝った後のことを、摂男は今から心配しているってわけだな」

本田は顎(あご)を手で撫でた。

「心配ってことはねえけどさ」

「いや、そうよ。摂ちゃんが心配してっから、俺がポンちゃんに教えてもらったらどうよと、連れてきたってわけよ」

間髪入れずに福徳が調子よく取りなした。

「最初のGIは誰だって緊張するもんだ。摂男が不安になってもしょうがねえべさ。俺もキタノアカリを応援してやるから、おまえも頑張れ」

すっかり図に乗った本田が手を伸ばして、摂男の肩を揺すった。応援してやるはねえだろ、文句が喉元まで出かかったが、ここで反撃したら、せっかく福徳が取り持ってくれたのが台無しになると我慢する。

自慢話をしているうちに本田の機嫌は完全に直った。その後、会話の内容はレースの祝勝会から組合の事情へと変わり、福徳が提案した青年部の執行部は、本田が部長、摂男が副部長をやることで異論もなく決まった。

「せだけど、福徳、もう少し融通を利かせろよ。今年のゴールドセール、まさかおまえにうちの馬が弾かれるとは思わなかったね」

「えっ、ポンタも弾かれたんかい？」

「ああ、摂男。アメリカから買ってきた馬の初仔を福徳は入れてくれなかったよ」

　まさか本田牧場の良血馬がセリから除外されているとは摂男は思いもしなかった。むかついていた本田に急に親近感が湧いてくる。

「その馬、どしたのよ」

「なんとか知り合いの馬主に買ってもらったけど、たった千五百万円よ。向こうもそこまで推すなら、なしてセールに出さんかったんかいって、足下を見て買い叩いてくるし」

　本田が愚痴る通りだ。同じくゴールドセールに弾かれたアカリの半弟も売るのに苦労した。父親こそ違うが、その時はアカリがデビュー戦を圧勝していたのに、買い手も牧場が早く売りたがっているのが分かっているから、摂男が少々値下げしたくらいでは簡単には首を縦に振らない。なんとかアカリと同じオーナーが買ってくれたが、種付料を引いたら微々たる儲けにしかならなかった。

　本田が散々文句を言っているのに、福徳は申し訳ないといった顔は微塵も見せない。三人組で一番の常識人である福徳は、摂男と本田が喧嘩した時はいつも仲裁してくれるが、馬選びに関しては一家言持っていて、言い争いになった時でも絶対に引かない。

「千五百万で売れたならえがったんじゃねえか。俺の評価はもっと低かったよ」

「おまえ、傷口に塩を塗るようなことをよく平気で言うな」

「ポンタ、匿名で『軽種馬農協、福徳さま』宛てに脅迫状を送ったれよ」

摂男も福徳のすまし顔に腹が立ってきて、くちばしを容れた。

「それいいな。うちの従業員全員に書かせるか。福徳和彦をやめさせろって」

「おまえたち本当にやめろよ。ただでさえ、俺は牧場主から相当、逆恨みされてんだから」

福徳のもとには本当にその手の脅迫状が届くらしい。すべての馬をセリに出しても、買い手は全部を見きれないため、セリには福徳のように選別者が必要だ。その理屈は分かっているが、やはり馬が選ばれないと、自分の仕事にダメ出しされたようで落ち込む。大牧場は大レースを勝つことを競い合っているが、あかり野牧場のようなしがない牧場は、セリに出場することからしてままならないのである。馬の世界はそこまで不条理なのだ。

「ところでポンタは、来年、どれくらいの種付料を用意してるのさ?」

せっかく敵の陣地に入ったのだ。少しでも企業秘密を聞き出そうと摂男は尋ねた。

「まぁ、一億円ってところかな」

繁殖牝馬の数はあかり野牧場の五倍だから、摂男の予算の五倍、四千万円くらいと思っていたが、想像していた額の倍以上だった。

「出た！　おまえ、また悪いことしたな」

摂男は大袈裟に体を引いた。

「人聞きの悪いことを言うんでねえよ」

「去年までは四千万くらいだったでねえか。どうして急にそんなに出せんだよ」

「生産馬がぼちぼち重賞を勝ち始めたおかげで、今年は弟や従弟(いとこ)がいい値で売れたんよ」

「いい値っていくらさ」

「三、四千万ってとこかな。高松宮記念を勝ったブックウォールの下は、一億だ。全部庭先(にわさき)だったけど」

セリに出さずに馬主と直接売買したのだ。福徳に「弾かれた」と文句を言っていたが、高く売れる馬はセリに出さなかったのだ。同情して損した。

「摂男も高く売りたいならもっと投資しろ」

「充分してるさ」

馬が売れない時代でも放牧地を広げたり、牧柵(ぼくさく)を打ち直したり、投資だけは惜(お)しまずに続けてきた。

「俺が言うのは繁殖牝馬によ。スターダストファームの繁殖馬セールでもっといい血統の馬を買うんだよ。受胎馬買って、翌年、男が生まれたら高く売れて回収できるわけだし」

セールに出てくる繁殖牝馬は、スターダストスタリオンの人気種牡馬の仔が腹に入っているのも魅力の一つである。だが本田が言うほどうまくはいかないのが現実だ。

「ポンタは『スターダストは、腹に女っ子が入ってるのを知ってて売りに出してる』って前は相手にしてなかったでねえか」

「守谷社長はそういう人でねえさ。日本競馬全体のことをちゃんと考えてくれてる」

「なにが考えてくれてるだ。胡蝶蘭一つでコロリと転がされやがって……」

「守谷社長だってきっとおまえのことを応援してるさ。俺だって訊かれたらちゃんと答えるよ。子供の時から知ってるけど、摂男ほど劣等感の塊みてえな男はいねえって」

調子よく言うことにますます腹が立つ。

「ポンタ、おまえのそういうとこが上から目線って言うんだ。だいたい劣等感なんて言葉は本人が使うから許されるんであって、おまえが使うことじたい、俺を見下してる証拠だ」

「そんなことはねえよ。おまえは気持ちだけはどこの牧場にも負けてねえと褒めてるんでねえか」

「気持ちだけってなによ。それって他は全部おまえが勝ってるって意味だべ」

図星だったのか、本田は黙った。それがしばらくすると俯いたまま喋り出した。

「だけど俺はどう考えたところで、摂男の馬が、GⅠを勝つとは思えねえんだわ。『先行逃げ切り』なのに」

顔を上げて、ニカッと笑う。

「ポンタ、おめえ、よくもそれを言ったな」

　摂男の頭に血が昇った。本田が言ったのは競馬の脚質(きゃくしつ)のことではない。高校で付き合った彼女が、初体験の後、「摂ちゃんは先行逃げ切りだった」と言ったのが、学校中に広まったのだ。摂男はその子が初めての相手だったが、転校生だった彼女は、札幌で大学生と付き合っていたとの噂だった。

「俺だけが言ってんじゃねえよ。高校の同級生たちはみんな心配してんだ。なにせ摂男は馬恋高史上一番の美少女の元カレなんだから」

「おまえだって初めての時は似たようなもんだったろ。今度、美香ちゃんに訊いてやる」

　本田の嫁の名前を出す。

「そりゃぎこちなかったかもしれねえけど、美香は学校中に感想を触れ回ったりはしねえ」

「彼女が言ったのは友達の一人だけだ。その友達が喜んで言い回ったんだ」

「一人だろうと、やった女から『先行逃げ切りだった』なんて言われたら男はおしめえだ。そういや、あかり野牧場の馬が勝つのは、いつも先行逃げ切りだもんな」

　悪ノリしてまた大笑いした。

「おいおい、二人ともくだらねえことで喧嘩すんな。これから馬恋を引っ張ってもらわねえといけねえのに」

福徳が仲裁に入った。

「今、喧嘩を売ってきたんはポンタだかんね」

「分かってるよ、それより仲直りに三人でラーメンを食べ行こ」と話を替える。

「おっ、道の駅の近くに出来たラーメン屋か？　行こう行こう」

本田が即座にソファーから腰を上げる。

「なんでそんな遠くまで行くのさ。ラーメンならそこまで行かなくてもあるでねえの」

道の駅となると片道一時間の距離だ。

「そこのラーメン屋は特別なんよ。美人の若女将（わかおかみ）がいて、お釣りを渡す時、手を握ってくれるんだ」と福徳。

「手を握るって、そこ、本当にラーメン屋か」

「醤油も味噌も抜群にうまい正真正銘の北海道ラーメンだ」

「したっけ客の手なんか握らなくてもいいだろうに」

「いいだろ。それだけでも田舎では充分な楽しみなんだから」

「摂男も行けば分かるさ。普段は絶対に自分の金を出さない調教師までが、あの店だけは『俺に払わせろ』って聞かねえんだから」

本田はすでにジャンパーを羽織って行く気満々だった。

「手を握ってもらえるだけで喜ぶなんて、おまえらどんだけシャイなんよ」

それだけの理由で遠くまで行く気になれず、摂男だけ家に帰った。

ところが玄関を開けたところで一緒に行けば良かったと後悔した。

「あら、本田さんたちと食べてくると思ってお昼済ませちゃったわ。セイコーマートでお弁当買ってきて」可南子に言われたのだ。

「なんで昼飯食ってくるって思うのよ。話し合いに行っただけなのに」

「しょうがないじゃない。冷蔵庫に私が食べる分しかなかったんだから」

そう言われると言い返せない。今週の買い出し当番は摂男なのだが、忙しくてまだ行けていなかった。

仕方なく愛車のインプレッサで出かけることにした。弁当を買うためだけに十五分も車で走らなくてはならないとは、どれだけ不便なのか。除雪していない道路は、でこぼこのまま氷結している。電子パネルを見ると、マイナス十二度と出ていた。

物寂しいのでラジオをつけた。東京の女性ＤＪがはしゃぎながら雪について語っている。今朝、東京に初雪が降ったらしい。

〈皆さん、雪が降るとテンション上がりますよね。そうだ、雪の歌ってあるでしょ？　あたし、最近までずっと、唄いながら指でキツネの恰好してたんです。だってあの歌、「雪やコンコン」って歌詞じゃないですかぁ？〉

「バカでねえか。それ言うなら『雪やコンコ』だ」

摂男はラジオに向かって言い返す。

〈明日の東京の最低気温は九度。みなさんお風邪など召さないように、それではまた〉

「九度くらいで風邪引くか！」

叫んだところで、勢い余ってアクセルを強く踏んだ。後輪が横滑りし、インプレッサはあやうく溝に落ちそうになった。

4

朝日杯フューチュリティSが行われる十二月三週目の火曜日、馬恋の居酒屋で開かれた組合の忘年会に摂男は出席した。集まったのはおよそ五十人。従業員を何十人も雇う大牧場主もいるが、大半はあかり野牧場のように家族のみで牧場をやっている。

「今年もまたスターダストファームの一強時代が続き、他の馬産地同様、馬恋も大変苦しいわね。だけどみんなで力を合わせ、馬事振興と、この馬恋から一頭でも多くの活躍馬が出るよう、盛り上げていきましょうや」

組合長の秋山牧場の社長が挨拶した。昔は数々のクラシック馬を輩出した名門牧場だが、最近はパッとしない。以前ならこうした場では必ず「打倒スターダスト」という言葉が聞こえたが、今は叫んだところでどうにも敵わないと分かっているので誰も言わなくなった。

中にはスターダストから繁殖牝馬を預かって生計を立てている牧場も結構ある。

続いて本田が乾杯の音頭を取った。

「来年度の中年部長、いえ、青年部長を務めさせていただきます本田公康です。最近の青年部はおとなしすぎるということで『サッカーではなく、競馬界のビッグマウス』こと、わたくし本田に、再び白羽の矢が立ったようです」そう言って軽く笑いを摑んでから、「我々青年部も先輩方が築いた馬恋の伝統と歴史を引き継ぎ頑張っていく次第です」とグラスを掲げた。

普段は「馬恋の牧場はやり方が古いからスターダストに差をつけられる一方なんだ」と批判する本田もこうした場での発言はわきまえている。余計なことを言って年寄の牧場主の気を悪くしようものなら、すぐさま町中に悪い噂が広がり、会うたびにねちねちといたぶられるからだ。

二十二歳で腹の大きな可南子と牧場に戻ってきた時の摂男が、まさに悪い見本だ。あの頃の摂男は、今とは比べものにならないほど尖っていて、スターダストや米国で学んだ方法を採り入れ、設備投資をするよう父を説得した。早く仕事を継がせたがっていた父は好きにさせてくれた。当時の摂男は自分の牧場の改革だけでは物足りず、地域全体が変わっていかないことにはスターダストファームに勝てないと、組合の会合や飲み会のたびに偉そうなことを主張した。口の割にはたいして結果も出せなかったものだから「灯野の息子は金はかけるけど馬は走んねえ」「そこそこの種馬をつけても馬はさっぱり売れねえ」と陰口ばかり叩かれた。

食事をして周りと談笑していると、目の前に座る秋山から「灯野くん、コップ空いてるでねえの」とビールを注がれた。

「これは組合長、僕も気づきませんでした」

摂男も秋山の手からビール瓶を取り、お酌した。

「灯野くんは、相変わらずセリ前には曳き運動して仕上げてるのかい？」

秋山がビールの泡を口につけて訊いてきた。

「いえ、ちょこっとだけですけど」

本当は一頭につき四十分はやっている。運動させると餌を食い、見栄えが良くなって売れる確率は上がる。だが二頭セリに出すとなると、毎日八十分は仕事が増えるので、結構な労力になる。

「そったらことするより、毛を短く刈ってまえば、馬なんてそこそこよく見えるもんだ。わしらはそうやって昔から売ってきた」

「はい、来年からそうします」

若い頃の苦い経験から、年上から「ああすれ」「こうすれ」と言われた時は、逆らわずに従うことにしている。だが返事だけなのも知れ渡っていて、「灯野の三代目は話は聞くけど、言うことは絶対に聞かねえ」と言われているらしい。

「組合長、摂男は熱心な男ですよ。スターダストで勉強したことを今も活かしてますし」

ほろ酔い顔の本田が話に割り込んできた。

「ポンタ、いつの話をしてるね」

本田の頭を押しのけるが、バウンドしたボールのようにすぐに戻ってきて「摂男はアメリカで学んできたことも積極的に採り入れてます」とまた余計なことを言った。秋山の顔が引きつる。おい、年寄に外国は禁句だろ。肘で突っつくが、本田はいっこうに気づかない。

「いいえ組合長、アメリカ式を採り入れた時期はありましたが、今は日本に適したやり方に戻しています」

摂男が弁解すると、秋山の顔が少し戻った。

「そりゃそだ。アメリカとは風土も違うしな」

「だけど組合長、摂男は、飼い葉付けもケンタッキー仕込みですよ」

本田がまた言うと、とうとう秋山は顔を真っ赤にして他の席へ移ってしまった。

「ポンタ。おまえ、わざとやってるべ？」

「気づいた？」本田が舌を出す。

「あたりめえだ」

その後も年上の牧場主から声を掛けられたが、不思議なことに、今週の朝日杯で、一番人気が間違いないアカリについては誰からも振られなかった。馬産地なんてどこもこんなものだろう。馬事振興だ、町から活躍馬が出るように盛り上げてなどときれいごとを並べるが、本音は身近な牧場が活躍するのは面白くないのだ。摂男も近くの牧場が勝ってあからさまに喜ぶ顔を見せられるくらいなら、スターダストファームが当たり前のように勝ってくれた方がいいと思うことがある。毎週競馬があって、勝つ牧場もあれば負ける牧場もある馬産地には、どこかしらで嫉妬が渦巻いているのだ。

帰り際に秋山から「そういや、灯野さんとこ、今週GI出んだって？　自信あるみてえだな」と、ようやくアカリのことが話題に出た。

「GIなんでいきなりは……」

腰を低くして頭をかく。

「まっ、それくらいの気持ちでいた方がいいな。あまり若いうちに大きなレースを勝つと、きみにとってもいいことではねえだろうから」

秋山はそう言い残し、機嫌よく帰っていった。

「なにが若いうちよ。俺、もう四十二だかんね。牧場戻って二十年、親父が死んで十年だかんね」

組合連中の冷たい態度を腹に据えかねた摂男は、本田を連れてスナック「フィガロ」に寄り、軽種馬農協の福徳を呼び出した。忘年会シーズンとあって、ホステスの数が足りないほど賑わい、摂男たちは端の席で男三人で飲んでいる。馬主や調教師が頻繁に訪れる馬恋は、一時、人口の割合に対して、日本で三指に入るほどスナックの数があった。東京やススキノほど高くなく、ボトルさえあれば千五百円のチャージ代のみで済むので、摂男もたまに顔を出す。

「そう怒るなって。なんだかんだ言ってもみんな応援してんだよ」

本田にウイスキーを注がれ、慰められた。

「してるわけねえべ。あかり野牧場ごときがGIを勝てるわけねえと思ってる顔だったさ」

「それはあかり野牧場をライバルだと認めた証拠さ」

「だけど摂ちゃん、組合長がそう言ったのは、GI勝つには厩舎の力が足りないってこともあるんでねえの。もう少しいい厩舎に預けられなかったのかい。竹之内厩舎とか勝谷厩舎とか」

福徳には厩舎が不満らしい。西井厩舎は毎年、二十近く勝っているが、上には上がいて毎年五十勝以上する調教師が何人もいる。

「そんなエリート厩舎が、うちの牧場の馬を預かってくれるわけねえべ」

「馬主さんはITの社長なんだろ？」

「福徳、摂男の言う通りだ。ITの社長なんて今は腐るほどいて、プラチナセールで一億の馬を何頭も買う馬主でねえとヤツらは受けねえ」

本田から擁護されたが、エリート厩舎には本田牧場の馬も入っているから、全然気休めにはならない。

「ごめんね～、相手できなくて。やっと一組帰ったわ」

この店一番の売れっ子であるレイナがやってきた。ススキノからの出戻りだが、すべてがススキノ仕様に仕上がっていて、蓮っ葉な口調で客とどれだけ盛り上がっていようが、酒が減ったら真っ先に気づいてお代わりを作り、会話に入れない客にはグラスを拭いて話題のきっかけ作りをする。恰好は大概、長めのセーターにミニスカートだ。極寒の夜だろうが、帰りは外まで客を見送りに出て、伸ばしたセーターの袖で手を隠し、小鹿のように震えてみせる。そういった所作に、馬恋の純情な男どもはみんな騙されてしまうのだ。

「いいからおまえは来んな。俺たちは三人で充分だから」

本田が追い返そうとした。レイナに夢中になって身を持ち崩した男を何人も知っているので、常連客は自制が利く。

「ポンちゃん、そんな冷たいこと言わんでよ。久々に来てくれたのに」

「珍しく店が賑わってるんだから、他の客の相手せれ」

摂男も両手で追っ払った。

「もう摂ちゃんまでぇ〜。喉渇いたからビールくらい飲ませてよ〜」

「ダメだ、おまえが飲むと高くつく」

福徳までが止めたが、レイナは断りなくグラスビールを持ってきて「摂ちゃん、GI出んだって。勝てるって話じゃない？　きょうは前祝いだね」と乾杯してきた。

「おまえ、馬なんか興味ねえくせに、調子いいこと言うんでねえよ」

「そんなことないよ。レイナは毎週土、日は、二日酔いの頭をガンガンさせながら、みんなの馬を応援してんだからさ」

「じゃあ飲んでもいいけどゆっくり飲めよ」

「摂ちゃん、GI勝つのにそんなケチくさいこと言わないの。運までが逃げちゃうよ」

チャージが安い分、この店はホステスが飲むことで儲かる仕組みになっている。

「ようちの馬がGI出るのを知ってるな。誰から聞いたのさ」

「だからレイナは毎週、競馬中継見てるんだって。まあ、見ててみなよ。GIを勝ったらこれまで顔も見せなかった調教師がてのひら返したようにあかり野牧場にもやって来て、摂ちゃんも大繁盛するから」

「レイナは馬の世界のことまで、よく分かってるでねえの」福徳が目を丸くして感心する。

「あたしらの世界がそうだもの。あの店に可愛い子が入ったと噂が流れたらそっちにわぁーとお客さんが流れ、あっちの店に新人が来たと聞いたらまたわぁーと流れて……だけどそこで腐ったらおしまいなんだよね。普通にお仕事してたら、お客さんはいつか必ず、レイナのところに戻ってくるんだからさ」

二十代の若い娘の言葉が心に響いた。その通りだ。牧場も腐ったら終わりなのだ。いつか走る馬が出ると信念を持ってやってきたからこそ、ここまで来られた。

「レイナ、おまえは社会の仕組みがよく分かってるな。偉いぞ。もう一杯飲め」

本田がビールを注文した。

「今年はポンちゃんがGI勝ったし、次が摂ちゃんって、神様はちゃんと頑張ってる人を見てくれてるんだね」

「そだな」

「そだなって、なによ、摂ちゃん、他人事みたいに。でもこういう時に意外と謙虚なのが摂ちゃんの可愛いとこだね」

「可愛いって、おまえ、俺、本気にするぞ」

「いいよ、しても、嘘じゃないもん」

首を横に折り、ハートを射抜くような笑顔を向けてくる。

「レイナ、ビール減ってるでねえの。遠慮せず飲んで、お代わり、頼め」

照れ臭くなってそう言った。

すぐ帰るつもりだったのに、結局フィガロには二時間いた。

レイナはビールを十杯飲み、一人千五百円で済むはずだった飲み代が、一人六千円まで跳ね上がった。

5

翌朝の厩舎作業を終えて、朝食をとっていると、幼稚園の制服を着た心菜が来た。

「パパ、クリスマスプレゼントだけど、今年のサンタさんの上限っていくらぁ？」

「な、なによ、上限って」摂男はむせ返り、口に入れたパンのカスを飛ばした。サンタクロースを信じているはずの心菜に、バレたのかと思った。

「だって、去年、サンタさんの弟子に訊いたら、値段が高過ぎてサンタさんは買えないって言ってたじゃない？」

そうだった。心菜が三歳の頃、家族でばんえい競馬に行った時、ばんえいの騎手を「あの人たちはサンタの弟子で、そのうちサンタになるテストを受けんだよ」と言ったのだった。可南子からは「よくそんな嘘、ぬけぬけと子供につけるわね」と呆（あき）れられたが、心菜はそれを信じ、お陰で去年は高い玩具を諦めさせることができた。もっとも五歳児から「上限」なんて言葉を聞くとは思いもしなかったが。

「心菜、サンタさんに値段言っても分からないから、欲しいプレゼントを言ってみ。パパがサンタさんの弟子に訊いたげるから」

「なら『うまれて！　ウーモ　ワォ』がいい」

「なによ、『ウーモ　ワォ』って？」

「パパ、知らないの？　卵が割れて、双子のウーモが生まれるの。それを心菜が育てんだよ」

説明されてもさっぱり分からず、送り支度をしていた可南子の顔を見る。可南子は首を小さく左右に振った。

「それはサンタさんが上限オーバーって言いそうだな」

そう話した途端に娘の顔が午後の朝顔の花のように萎れていった。

「ほら、心菜。帰ってきたらママとインターネットで探そう」

可南子が横から慰める。

「じゃあ探しとくから、パパはサンタさんの弟子に、もう少し待っててって言っといて」

可南子と手をつなぎ、手を振って幼稚園に出かける心菜を、摂男は心を痛めながら見送った。

クリスマスくらい好きな玩具をあげたい。そうすると可南子に「毎月やりくりが大変なのよ」と叱られる。駿平は済んだが、再来年は次男の優馬の高校入試と心菜の小学校入学がある。灯野家はまだまだ学費がかかるのだ。

「あっ、それより、アカリの追い切りだ」

戻ってきたのは、朝日杯の最終追い切りをチェックするためだった。競走馬はほぼ毎日トレーニングしているが、毎週、水曜日か木曜日に速い時計を出して、それが調子の目安になる。スポーツ新聞のサイトを開いていくが、まだどこにも載っていなかった。

「おはよう、お母さんは」

優馬が起きてきた。

「おまえ、学校はどしたのさ」

「きょうは午前中は自主登校」

「この前もそう言ってたけど、本当かい？」

優馬は時々そう言って学校をさぼる。摂男も昔は似たようなことをして、出席日数ぎりぎりで卒業したが大学には行けた。仕事でもなんでも大事なのは要領だと、子供にはうるさいことは言わないようにしている。

「あっ、出たよ」

日日スポーツのサイトに《キタノアカリ、圧巻の動き》と見出しが載った。《新馬、特別と連勝中のキタノアカリ（栗東・西井厩舎、牡2歳）は、坂路での単走で4ハロン50秒8～1ハロン11秒9の好時計をマーク。評価は最高級のS》と出ていた。

「おっ、アカリ、絶好調でねえの」

パソコン画面を見ながら呟く。隣でスマホを眺めていた優馬が「スポーツジャパンのサイトには西井調教師のコメントが出てるよ。『馬なりでこの時計。体に張りが出てきて、さらに良くなってる』って」と言った。地方競馬の調教師の息子である西井とは、スターダストファームで一緒だった。真面目な男なので言うことも信頼できる。

「アカリの馬体は仔っこの頃からピカイチだったからな」

品評会でも高く評価された。仔出しはいいライラだが、初仔も二番仔も尻のあたりが寂しかった。そこでどんな種馬ならライラの欠点が補えるか、スタリオンブックを眺めては種牡馬の写真をライラに重ね合わせ、思い切って三冠馬ヘルメースを付けたのだった。

人間によって改良を重ねられてきた特別な生き物であるサラブレッドは、時として人知を超える名馬が誕生する。それはけっして偶然の産物ではない。悩み抜き、毎年新しい配合に挑戦した生産者だけが、奇跡の馬に巡り会うチャンスを得るのだ。摂男は二十年目でやっとキタノアカリを出したが、これで満足しているわけではなく、もっともっと努力していかないことには上のクラスには追い付けないと思っている。

「保志騎手のコメントもアップされたよ」

優馬が言った。

「どれどれ」と優馬のスマホを覗き込む。《保志騎手は「いい内容で最終追い切りを終えることができました」と少し硬い表情で話した》と書いてある。硬くなるのも当然だろう。三十五歳の保志は、勝てば五年ぶりのＧⅠ勝利となる。

「硬い表情って、保志はレース前に浮かれたりしない男なんだよ。記者も分かってねえな。毎日なにを取材してんだ」

「だけどアカリ、行けそうだね」

隣で優馬が声を弾ませる。

「なによ、アカリのことが心配で、優馬は学校さぼったんかい」

「そりゃ気になるっしょ」

馬の仕事など興味もなかったくせに大きな変化だ。これも自分の家の馬が走り出したせいだろう。最近、家の電球をすべてＬＥＤに替えたと思えるくらい家庭が明るくなった気がする。

「友達が今年の二歳王者はアカリだと言ってたよ」

「お父さんもそう思ってるけど、なにせレースはナマ物だかんな」

自分こそ浮かれ過ぎないよう自分を戒（いまし）めるつもりでそう答えた。

「勝つとしたら、あかり野牧場の馬だから先行逃げ切りだって言われたよ。ねえ、どうしてうちの馬は先行逃げ切りなの？」

「そういう友達は無視しなさい」

そう言ったが、優馬は腑に落ちない顔をしているので「競馬は自分でペースを作って逃げ切る馬が一番強いんよ。自力で勝つんだから」と付け加えた。

「ふーん、そういうものなんだ」と優馬は納得し、「じゃあ学校行ってくる」と出かけた。

優馬にはそう話したものの、摂男はけっして逃げ馬が一番強いとは考えていない。そりゃ、最後方からごぼう抜きで勝つ方が気分はいいものだ。だがそうするには狂気に近いほどのキレる脚が必要だ。スターダストファーム生産の強い馬のほぼ全馬が、そうした究極の脚を持っている。

だがその脚力からして長年改良を重ねた血統で作られたのであり、自分たちのような小さな牧場は、スターダストらの大手にとても敵わないのが現実なのである。

金曜日に枠順発表があり、アカリは十二頭立ての最内「1番」に決まった。

「可南子、スーパーに買い出し行ってくるわ」

「どしたのよ、あなたが自分から行くなんて」

「来週になったら忙しくなるかもしれねえし」

出かけたのは本田に勝ち祝いの酒を用意しておくよう言われたのを思い出したからだ。

一週間分の食料を買い、帰りに酒屋に寄ると、棚いっぱいに日本酒が並んでいた。馬恋の牧場がGIを勝つと、本当にこの棚からすべての酒が消えるのだろうか……とても本当とは思えなかったが、準備するにこしたことはないと、適当な値段の吟醸酒を一本買った。

　車に戻ると栗東の西井調教師から電話が来た。アカリに故障でもあったのかと心配した摂男は、素早く携帯電話を取り「どしたね、西やん」と出る。

〈なによ。大声で。摂ちゃん。ビックリするやんか〉

「金曜の朝に、急に調教師から電話があったら、馬になにかあったかと気になるべさ」

〈アカリは元気やで。それより戸賀野(とがの)オーナーから電話があって、「レディライラ、今年もヘルメースをつけたんだろ？　牡なのか牝(めす)なのか」って訊いてきたんよ。朝日杯勝ったら奪い合いになるやろから、牡なら先に唾(つば)つけとことと思ってるんやないか〉

「そりゃどんだけ気が早いんよ」

〈馬の世界なんてそういうもんやて。一頭走れば、それまでツンツンしてた連中の態度が変わって、向こうから寄ってくるんやから〉

「オーナーには申し訳ねえけど、俺は性別のエコー検査はやらねえんだわ。腹の仔が牝だと聞いて急にテンション下がるのも、馬に可哀想だし」

　同じ体つきでも牡と牝では何倍も値段が違う。男馬は種牡馬になれば何十億も稼ぐ。なによりもダービーを勝つというホースマンとしてのロマンがある。

〈摂ちゃんらしいな。牝馬だから高く売れねえとか、母馬にしたら『そんなん知らんがな』ってもんやしな〉

「それよりアカリちゃんの状態はどうね」

〈絶好調やで。食いはいいし、結構乗ってるのに、三キロほどプラス体重かもしれんくらいや〉

「それくらいなら、減るよりはいいわね」

目標は来年の皐月賞、ダービーなのだ。今は仕上がり過ぎるより、成長する余裕を残した状態で勝ち続けていってほしい。

「相手はどうね？」

〈一番の強敵はスターダストのボールドウィンやけど、まだ体を持て余してるから、本格化するには時間がかかるんとちゃうかな〉

ボールドウィンは父も母もGI馬という超のつく良血馬だが、ここ二戦とも人気になりながらも二着と勝ち切れていない。

「今回も保志に逃げさすつもりかい？」

保志を信頼していないわけではないが、二年前に落馬による大ケガをしてから、あまり人気馬には乗っていない。今回はプレッシャーもあるだろうから下手に抑えるなら馬のいくままに逃げた方がいい。

〈抑えたくても他とはスピードが違うからな。マイル戦は二戦二勝やし、ここは大丈夫やろ〉

西井の言葉が頼もしく聞こえた。若い頃に苦楽を共にした仲間と、ともに最初のGⅠを勝てるとは、自分たちはなんて幸せなのだろうか。競馬は馬の戦いだが、同時に人の勝負であり、そこに至るまでにたくさんのドラマが積み重なっている。そうした人の思いが、馬が必死に走ることでファンに伝わる。だから競馬は多くの人の感動を生むのだ。

6

朝日杯当日の日曜は、優馬だけでなく、可南子まで作業を手伝ってくれた。パドック中継が始まる三時には放牧に出している母馬と仔馬を全部しまい、家族みんなでコタツに入った。

「アカリちゃん、可愛い」

栗毛の馬体がアップになると、心菜がテレビを指した。優馬は緊張しているのかほとんど口を利かない。

「落ち着いてていいな」

摂男は無理やり声を出した。喋っていないと喉がカラカラになり、いざという時に声が出そうになかったからだ。

馬体重は西井が言っていた通りプラス三キロ。十キロ以上増減している馬が五頭もいる中で、西井はきっちり仕上げてきた。冬の柔らかい陽を浴びた毛は眩しいほど輝いている。アカリは焦れ込むことなく、堂々と周回している。

一番人気ではあったが二・九倍で、二番人気のボールドウィンが三・一倍と肉薄していた。スターダスト生産のボールドウィンは、ジョッキーもフランス人のグリーズマンなので、そうした人気も加味されているのだろう。向こうが過剰人気になるのは仕方がない。

アカリは返し馬も大きなストライドで、力まずに走っていた。向正面まで行くと、しばらく静止して呼吸を整え、自分が主役だと言わんばかりに、最後に輪乗りに加わった。摂男は心臓が脈打つのを抑えながら発走時間を待った。ファンファーレが鳴った。

「なんだか、うちの馬のためにラッパを吹いてくれてるみたいね」可南子が言う。

「おまえ、どれだけ自分に都合いいのさ」

そう言って笑った摂男にも、聞き慣れた音色が特別なものに聞こえた。

奇数番枠なので最初にゲートに入れられる。

「なんも一番に入れんでいいのにな」

中で嫌気を差すのを心配したが、他馬もスムーズに入り、待たされることなくゲートは開いた。栗毛の馬体が最内から真っ先に飛び出した。

「アカリ、いいぞ、ロケットスタートだ」

　スタートが良過ぎて飛ばしてしまうのも困るが、保志が手綱を引くと、すぐさま落ち着いた。競りかけてくる馬もいなかった。

〈六百メートルは三十五秒、平均ペースです〉

　アナウンサーの実況に安堵する。平均ペースなら息切れすることもないだろう。

　アカリの首に合わせて摂男は首を上下運動させていた。隣の優馬も首を振っている。二番手に二馬身ほどの差をつけ第四コーナーを回った。保志は手綱を持ったままだ。

「よしゃ、もらった！」

　摂男は叫んだ。

「ぶっちぎれ、アカリ」

「アカリちゃん、頑張って」

　優馬も心菜も声を張り上げた。摂男は座っていられなくなり、コタツから立って、テレビの前まで近づいた。

「先行逃げ切りよ」

　後ろから可南子に言われてギョッとする。

「お父さん、テレビ見えない」

　優馬に言われ、「あ、ごめん」とよろけるように横にずれる。

〈残り二百を切った。先頭はキタノアカリ、キタノアカリが突き放しにいく〉

アナウンサーの声も大きくなった。

「そのままだぞ、そのまま！」

摂男は絶叫するが、保志が追い出したのにアカリの反応が悪く、急に失速していくようだった。

「おい、どしたね、アカリ、頑張れ」

まだアカリはリードを保っていた。二番手以降もバテて下がったので、三馬身以上離しているが、アカリも脚は上がって、一杯になっている。

大外、最後方から真っ黒の馬体をしたボールドウィンが伸びてきた。ボールドウィンは首を下げ、まるで獲物を捕らえるライオンのようにアカリに迫ってくる。

〈先頭はまだキタノアカリ。だが外からボールドウィンがもの凄い脚で追い込んできた〉

「アカリちゃん、頑張るのよ！」

「耐えれ、アカリ」

可南子も優馬も応援する。

〈キタノアカリが粘る。ボールドウィンの脚色がいい。かわすか、かわすか、かわした〉

アナウンサーが連呼した時にはアカリの外側をボールドウィンが並びかけ、ハナだけ前に出てゴール板を通り過ぎた。

頭が真っ白になった。カメラがゴーグルの下から口元に笑みを浮かべるグリーズマンと、唇を嚙みしめた保志の顔を同時に捉えた。アカリはどうしてしまったのだ。息は上がっているが、異常があったようには見えない。

「最後はお休みしちゃったね、アカリちゃん」

そう呟いた心菜に、可南子が「しっ」と指を口に当てた。

それから夜中まで、灯野家は通夜のようにしんみりした。


レース翌日も、次の日も摂男はいつも通り作業を続けた。だが頭の中からはレースの残像が消えず、仕事にも気が入らなかった。

電話は西井から一本だけあった。

〈保志がスタートで少し行きたがったと言うてたから、それが最後に止まった原因かもしれんな〉

摂男には分からなかったが、騎手が感じたのならそうなのだろう。馬には傍にいる者にしか伝わらない特別な感性がある。保志は咄嗟に手綱を抑えたが、すでに遅かった。馬の力を阻害するなにかがほんの一瞬でも起きると競馬は勝てない。素質馬が揃うGIだと尚更だ。改めて競馬の怖さを思い知った。

〈それに今回は勝った馬が強すぎたわ。グリーズマンにも完璧に乗られたしな〉

VTRを繰り返し観た摂男もそう感じた。スタートはアカリと同じくらい良かったボールドウィンを、グリーズマンは中団まで下げた。直線は馬場のいい外に出し、これまで出し切れなかった才能を爆発させた。

〈保志は、もう少しふわっとゲートを出しても良かったと悔んどったけどな〉

「いいや、保志は巧く乗ったよ。ペースも落としたし」

〈まぁ、負けた言うてもハナ差や。そのうち、きっちりやり返したるから〉

西井の言うことは威勢が良かったが、どこまで本気かは分からなかった。それくらいボールドウィンとの力の差を感じた。

気分転換に馬恋のスーパーに買い出しに行くと、年上の牧場主たちに声をかけられた。

「残念だったな、灯野さん。馬恋の馬が、スターダストファームの馬をやっつけてくれると、直線は声を嗄らして応援したんだけど」

「俺もそうさ、灯野さん、次やり返してよ」

「期待に応えられず、すみませんでした」

頭を下げた。身近な牧場が活躍するのは面白くないと決めつけていたが、そうではなかったようだ。馬恋の人間から人の好さを取れば、なにも残らなくなる。

両手いっぱいになった買い物袋をトランクに入れ、車を走らせると、可南子から《ごめん、牛乳頼むの忘れてた!》とショートメールが来た。

もう少し早く言ってよ、そう呟いて、ハンドルを切ってUターンする。スーパーの自動ドアが開くと、さっきの牧場主たちのお喋りが聞こえてきた。

「いやぁ、最後はヒヤッとしたね。あかり野牧場がGⅠを勝つんでねえかと思ったわ」

「なにを言ってるのよ。スターダストファームに勝てるわけねえべ。勝ったら俺、すぐにでも牧場畳むわ」

真面目に受け取った自分が莫迦だった。馬恋の人間は口と心の中が別ものなのだ。摂男は牛乳も買わずに家に引き返した。

「摂ちゃん、そう気落とすなって。まだ二歳っ仔なんだ。これからでねえの。GⅠ二着を誇りに思わんと」

「そうさ、摂男。スターダストの良血馬とあれだけの勝負をしたんだ。見上げたもんだ」

水曜日に朝の作業が終わると、福徳と本田が来た。

「福徳はまだしも、ポンタは負けて喜んでるべ」

「俺はそんな度量の狭い人間ではねえよ。同級生のおまえがいよいよGⅠ牧場の仲間入りすると、本心から応援したさ」

「おまえはこんな時でも上から目線だな。なにがGⅠ牧場の仲間入りだ。だいたい二着で『見上げたもんだ』はねえだろ」

本田もその指摘には「すまねえ」と謝った。

その後も二人から励まされたが、心は曇り空のままだった。馬恋の人の心は真冬の北海道ほど冷たい。スーパーで笑いものにされて以来、摂男は完全に人間不信に陥っている。

「済んだことをいつまでもくよくよしててもしょうがねえべ。それよりみんなでラーメン食い行こ」

福徳が、若女将が手を握ってくれるラーメン屋に行こうとまた言い出した。興味は湧かなかったが、可南子がＰＴＡの会合で外出しているので摂男も付き合うことにした。

馬恋の「道の駅」の近くに出来たラーメン屋は若い夫婦でやっていた。

「いらっしゃいませ、こちらの席にどうぞ」

奥の席に案内してくれた若女将の後ろ姿を、摂男は品定めするように窺った。細いジーンズがよく似合う楚々とした女性である。

「どんな店かと思ったけど、普通のラーメン屋でねえの」

若女将が去ると、一度座った椅子から腰を上げて二人に囁いた。

「普通のって、摂ちゃんはどんな店を想像してたのさ」

「福徳は客の手を握る店だと言ったでねえの」

「俺は正真正銘の北海道ラーメンとも言ったべ」

そう聞いたが、客の手を握るくらいだから、色目を遣い、べたべたと体を触ってくる毒々しい化粧をした女将を想像していた。だが彼女は化粧っけもない顔で、熱いラーメンを両手で運び、注文を訊いては、店内を駆け回っている。

「福徳、そんなムッツリスケベはほっといて注文しよう。俺は特製ラーメンにする」

本田は千円のラーメンを頼んだ。福徳が「俺も」と言ったので、摂男も「じゃあ俺も」と続く。

「おまえらバカか。三千円じゃお釣りもらえねえべ」

本田に叱られた。

福徳が七百三十円の醤油ラーメンに変更したので摂男もそうした。

出てきたラーメンは出汁がよく効いていて、馬恋でも一番のうまさだった。途中から摂男は他の客たちが金を払う姿が気になってラーメンの味どころではなくなった。確かにお釣りを渡す時、彼女の手が触れているように見える。だがそれは握るのではなく、小銭をこぼさないように手を添えているからだ。

釣り銭を渡す時は、小銭を床に落とさないよう客の手を包むように渡すのだと、テレビのマナー講座で見た記憶がある。彼女はそれを忠実にやっているだけなのだが、手が触れると男性客は皆、笑顔になって帰っていく。

「摂ちゃん、さっきから、やらしい目になってるぞ」

福徳に気づかれた。

「おめえらの言ってることが本当かどうか、確かめてるだけだ」

ラーメン鉢を片付け、テーブルを拭く彼女を上目で見ながら、摂男は言い返した。

「摂男、ここは俺が払うから安心しろ。きょうはキタノアカリの残念会だから」

先に食べ終えた本田が伝票に手を伸ばす。

「いいや、俺が出す」

まだ麵を啜っていた摂男は、左手で伝票を奪い取った。

「なにするね、摂男」

「残念会なんてしみったれたことを言ってたらダメだ。一着ごときで奢ってもらってたら、アカリもうちの牧場も成長しねえ」

「摂男、なに、そんなカッコつけたことを言って。おめえだって、ただ……」

「いいから俺に払わせろ」

スープまで飲み終えた摂男は、立ち上がってレジに向かった。

「ごちそうさま。おいしかったですわ」

「どうもありがとうございます」

彼女は両手を揃えてお辞儀した。

「二千四百六十円です」

「じゃあ、これで」

摂男は財布から千円札を三枚出す。

「はい、五百四十円のお釣りです」

感謝の気持ちが溢れた笑顔で、彼女は右手でお釣りを渡し、左手を添えた。

お釣りの重みで自分の手が下がったのか、摂男の荒れた手の甲が、すべすべした柔らかい指に触れた。

それはほんの一瞬の出来事だったが、人の温もりを感じるには充分だった。

第2話　家族牧場の意地

1

金崎牧場に修業に出ていた長男の駿平が、正月休みで帰ってきた。正月休みといっても従業員が交代で休みを取っているため、一月三日から三日間だけ。動物の世話をするこの仕事に盆も正月もない。摂男も元日の朝から馬を放牧に出し、夕方には厩舎にしまう普段通りの作業を続けている。

夏に帰ってきた時は「同じ十九歳の仲間もいて楽しい」「休日に社長に乗馬を教えてもらってる」とハイテンションで喋りっぱなしだったが、可南子が作ったおせちを食べるだけで、仕事の話はまったくしない。

「どしたね、あまり元気がないでねえの」

「別にとくにないよ」

駿平は雑煮(ぞうに)の餅を歯で引っ張りながら素気なく答えた。

「せばいいけど、乗馬はしてんのか?」

「あれはやめた」

「なんでよ。将来はうちの牧場でも育成をやりたいって言ってたでねえの」

牧場の仕事は出産を目的にする「繁殖(はんしょく)」と、一歳の秋から鞍(くら)をつけて馴致(じゅんち)し、トレセンまで送り出す「育成」の二つがある。あかり野牧場のような家族経営の牧場は繁殖で手一杯で、一歳秋までに売ってしまうか、売れ残ったとしても育成業者に頼む。一方、スタ―ダストファームや金崎牧場など大手牧場には敷地内に調教コースがあって、そこで育成してトレセンまで送り出す。それも馬主たちの目が大牧場に向く理由の一つである。親が子供を大学までエスカレーター式で上がれる私立に入れたいのと同じで、馬主だってデビューまで一貫して面倒を見てくれる大牧場の方が安心できる。

「うちみたいな零細牧場が育成やっても意味ねえし」

「そんなの若いうちから言うんでねえよ。夢も希望もなくなってしまうでねえの」

「夢なんかあるのかな、うちみたいな牧場に」

「なに」

摂男はカッとなったが、怒るより先に可南子が「駿平」と注意した。駿平は頬を膨らませ、「ごちそうさま」と箸を置き、自分の部屋に引き上げた。

摂男は大きくため息をついた。すぐに嫌になって戻ってくるだろうという予想していたのが、思いのほか続いていたことに、さすが自分の子だと誇らしく思っていた。所詮は親ばかだったということだ。

子供の頃から牧場を継ぐと決めていた摂男にしたって、駿平の年ごろはちゃらんぽらんで、心を入れ替えたのは大学を勝手に中退し、親から仕送りを止められてからだ。たまたま募集を見つけてスターダストファームに入った。両親はいいところに入ったと喜んだが、スターダストでは先輩たちになかなか馴染めなかった。

当時の自分を思い出すと、駿平が牧場の単純作業に嫌気が差し、もっと夢のある仕事をしたいと心が揺れているとしても理解できなくはなかった。摂男の若い頃は就職氷河期だったこともあり、馬以外の職業に就くなんて無理だろうと悩みもしなかった。

このまま仕事をやめると言い出すのかもしれないとも思っていたのだが、駿平は五日の午後には牧場に戻る支度を始めた。家族四人が見送りに玄関の外まで出る。

「兄ちゃん、またね」

優馬が手を振った。

「ああ」

駿平も軽く手を振って返す。

「駿兄ちゃん、また遊びに来て〜」

甘える末娘の心菜を、「また遊ぼうな」と駿平は抱っこして頬ずりした。

「駿平、傘持っていった方がいいわよ。雨降るみたいだから」

可南子がビニール傘を持って出てきた。

「大丈夫だよ、駐車場から寮まで歩いてすぐだから」

そういった駿平は最後に摂男の顔を見た。視線が合って、頑張れよという言葉が喉元まで出かかったが、それを言うと余計なプレッシャーを与えるだけだと思いとどまり、頷くだけにした。

駿平は無言で牧場から借りてきた車に乗ってエンジンをかけた。

車はゆっくり走り出す。のっぺりした曇り空の下を、黒煙をあげる車のテールランプが見えなくなるまで四人で手を振った。家族一人がいなくなっただけで急にしんみりした。

「駿平、大丈夫かしらね」

玄関に上がろうとすると、隣から可南子の声がした。

「駿平、なにか言ってたんかい？」

「ううん、言ってない。帰ってきた晩、『どう』って訊いたら、『大変だ』とは言ってたけど。あの子は思ったことはなんでもすぐ口に出すから、牧場で仲間の人とかとうまくいってるのか心配なのよね」

可南子が心配しているのは仕事の厳しさより人間関係のようだ。母親にとっては十九歳でもまだ子供なのだろう。確かに駿平は言いたいことは黙っていられない生意気なところがある。だが思ったことをすぐ口に出すのは摂男も同じだ。言いたいことを我慢してなにもできないのなら、嫌われてもやり通す方がいい。

「金崎牧場なら車で一時間ちょっとで帰ってこられるんだ。嫌になったら戻ってくるだろうよ」

「そうなんだけどね」

「あいつはうちの手伝いもしなかったから、夏は楽しくても、かじかむ手で馬の世話をする冬場がどんだけ大変なのか、身に沁みてんだよ」

「少しくらい厳しくしてもらってる方が駿平にとってはいいかもしれないわね。私もはじめは寝藁上げだけでも大変だったから」

「よく言うよ、全然手伝ってくれねえのに」

「結婚する時、子供が小学校に上がるまでは子育てに専念するって、約束したはずです」

「何度も言わなくてもそれは分かってるね」

駿平がお腹にいる時に結婚した可南子は、駿平が四歳の時に優馬を妊娠した。優馬が小学校に上がって二年間は牧場の仕事を手伝ったが、今度は心菜ができた。

その心菜も来年は小学生だ。約束通りなら可南子が作業を手伝い、いくらか楽になるが、その時にはまた妊娠を告げられるのではないかと、摂男は内心びくびくしている。

正月が明けた八日、隣の本田牧場の社長が、耳当てつきの帽子を被ってあかり野牧場にやってきた。

「どしたね、ポンタ、いきなり」

放牧している最中だったので、一歳馬を曳きながら話をする。摂男の隣を歩きながら、本田は「キタノアカリはその後、どうよ」と訊いてきた。

「それなら前走の疲れもなく順調に稽古をしてるらしいわ。西井調教師も体調はいいと言ってきたよ」

なにげない顔で言ったが、本音は一番人気で二着に敗れた朝日杯のショックをまだ引きずっている。

「次はどこを使うね」

「二月二週目の東京の共同通信杯らしいわ」

千八百メートルとこれまでより二百メートル延びる。二千メートルの皐月賞、二千四百メートルのダービーに向けて、西井は徐々に距離を延ばしていき、アカリにスタミナを残して走る練習をさせておきたいのだろう。

「摂男、次は競馬場に行けよ」

「なによ、急に」

摂男が立ち止まると馬も驚き立ち上がろうとした。

「おい、危ねえでねえか」

本田は転びそうになりながら馬を避ける。

「ポンタが競馬場に行けなんて言うからだろ。なんでおまえに命令されなきゃいけねえのよ」

立ち上がった馬に「これっ、どした」と体を反らし、綱を引っ張りながら摂男は言う。

ようやく馬はおとなしくなり、摂男の後ろを歩き始めた。

「俺は朝日杯の時にも言おうとしたんよ。おまえは阪神競馬場に行くべきだって」

「負けたんだから行かなくて正解だったろ」

応援に行って勝つのならいくらでも行く。だが負けて帰る時は本当に応える。飛行機で二時間。さらに千歳から馬恋まで車を飛ばしても二時間かかるのだ。昔は生産馬が出走した時は行ったが、摂男が行って勝ったことは一度もなく、帰り道は毎回、「どんだけ酷い罰ゲームだ」と嫌になった。

「今回は残念な結果だったけど、勝ってたら表彰式での生産者の台に誰が乗ったんよ？キタノアカリを応援したファンは、あかり野牧場ってどんな人がやってるのかって、楽しみに表彰式を見にくるんだぞ。そこに生産者がいないなんて寂しいでねえか」

「それは分かってるけどさ」

「レースだけが競馬でねえべ。表彰式まで含めてすべてが競馬だべ」

いつもは自分に都合のいいことを押し付けてくる本田にまっとうな説教をされた気がした。本田は生産馬が出走するレースは関東でも関西でも応援に行っている。

「うちは本田牧場みたいに従業員がいねえし、俺が行ったら誰が馬の面倒を見ればいいのよ」

優馬や可南子に手伝ってもらうこともできなくはないが、なにかあった時に困る。

「放牧地に干し草を撒いとけば、一晩出しっ放しにしても平気だろ。摂男だって昔は、日本の牧場ももっと夜間放牧すべきだって言ってたでねえか」

昼夜通しての放牧がアメリカ式だと触れ回ったのは摂男だった。他の生産者も真似しやり始めたが、冬でも零度くらいまでしかならないケンタッキーとは異なり、あかり野牧場のある馬恋の内陸部は、真冬の夜は氷点下二十度まで下がる。これでは仔馬の成長が阻害されると、真っ先に夜の放牧をやめたのも摂男だった。放牧地に着いたので曳いてきた馬を放した。

「いざという時はうちの従業員を出すから心配すんな」

そこまで本田が言ってくれるのはありがたいが、摂男は次の共同通信杯の応援に行く気にはなれなかった。朝日杯で負けてから、まるで早熟の逃げ馬だったかのように新聞からアカリに関する記事が消えた。父馬は三冠馬ヘルメースだし、けっしてアカリをただの短距離馬とは思っていない。だがスピードの違いで勝っていた馬が、一度負けた途端にずるずると弱くなっていく姿は、長く競馬をやって何度も見てきた。

せっかくの提案を無下に断るわけにはいかず、「行くのはＧⅠだけでいいかね？」と確認した。

「まぁ全部行ってたら、きりがねえしな」

あかり野牧場の狭い放牧地を眺めながら、本田はそれで納得してくれた。

2

「そっか、ポンちゃんもたまにはいいこと言うね」

翌日、軽種馬農協の会議室で、摂男は本田に説教されたことを話した。

「でも俺らクラスの牧場は、行きたくてもなかなかできねえよ。間もなく出産シーズンだって始まるし」

出産の次は種付けだ。一回で受胎してくれればいいが、そうでないと何度も牝馬を種馬場に連れて行かなくてはいけない。それが終わると夏のセリに向けて一歳馬の仕上げが待っている。セリで売れるか売れないかで、家計が楽になるか、それとも借金に駆けずり回るのか大きく変わってくる。

「牧場が暇になったら、それこそ終わりだべ」

「なにが終わりだ。福徳には言われたくねえ。おまえは大概この部屋でお茶飲んでるんだろ」

言われっぱなしでは悔しいので軽口を返す。

「なに言ってるね。俺は年明け早々から昨日まで東京に二泊三日で出張だったんよ」

「出張ってなによ」

「ＪＲＡとの会議よ。このままではますます馬恋は衰退の一途でねえか。俺らもなんとかせんと必死なのよ」

「福徳は分かるけど、なしてＪＲＡと考えるね。向こうにとってはどうでもええ話だろうに」

「スターダストファームが強いのは企業努力してんだから当然だ。今は海外馬券も始まったし、スターダストが世界で通用する強い馬作りに励むのはいいことだとＪＲＡだって思ってるさ。にしても毎年ダービー勝つのはスターダストの馬で、そのうち出走する十八頭が全部スターダストになってみろ。それこそ競馬はファンから見向きもされなくなる」

「まるで俺らがだらしねえみたいな言い方だな」

「平たく言えばそういうことだ」

「平たくなくてもそう聞こえるわ」

　そんなことを東京で会議してきたのか。ご苦労なことだが、それが紛れもない馬産地の現状である。今のうちに対策を打っておかないことには、一部の大牧場を除いて、馬恋から牧場は消えてしまうだろう。

「で、東京はどだったよ」

「気温が十度だったよ」

「なんか春みてえな気温だな」

「みんなダウン着てたけどな」

この時期に馬恋の人間が東京に出かけると大抵はこういう会話になる。そこに摂男より十歳ほど年下の牧場主が二人やってきた。木垣（きがき）牧場と津村（つむら）牧場というあかり野牧場と同レベルの家族経営の牧場だ。この後、青年部の会合を開くことになっている。

「俺はこういう苦しい時期でも、設備投資をしていかないといかんと思ってるよ。設備を揃えて、馬屋を綺麗にして、お客さんが『この牧場の馬なら安心して買える』と思ってくれるように、外観から見せていくことも大事だと思う。去年、たまたま車でスターダストの近くを通ったけど、俺がいた頃にはなかった屋内馬場が出来ていて、こんなに勝ってるのにまだ努力してるのかって、びっくらこいたから」

副部長として摂男が若い二人に力説した。

「灯野さんとこはリーマンショックで馬が売れんかった時も放牧地を広げてたもんね。うちは代替わりこそしたけど、親父が健在だから、そったらことしても馬は売れっこねえと絶対に反対されるよ」と木垣が首を左右に振った。

「うちだって最初はそだったよ。俺が牧場に戻ってきたばかりの頃は、親父も金を使うことを嫌がってたし」

仕方なしに跡取りになった摂男の父は、まるきしやる気がなかった。牝馬は今と同じ六頭だったが、全部馬主や大牧場から預かっている預託馬だった。預託であれば種付料はかからないし、馬を売る手間も省けるから、損することはない。だが毎月のわずかな預託料しか収入がないため、馬が走っても生活は良くならない。そこで摂男は父を説得し、一頭ずつ預託を断っていき、今は六頭中、四頭まで自家所有馬に替えた。

「そう言えば灯野さんは、ウォーターカップも買ったんだって。あれ、なんぼしました？」

もう一人の津村から訊かれた。電熱線で水の凍結を防ぐ牧草地に置く給水器のことである。

「一台百万円で二台買ったから二百万かな？」

「二百万？」

二人がカエルのように両手両足をあげた。

「俺も高いと思ったけど、水が凍らねえから、いちいち冬場にバケツで水を運ぶ必要がなくなったからな」

「その分、摂ちゃんは、あかり野牧場の三代目は水をやるのも面倒くさがってるって、年寄の牧場主から陰口を叩かれてるけどね」

福徳が茶々を入れた。

「それ、うちの親父も言いそうです」と津村が笑う。摂男の父も生きていれば苦い顔をしただろう。アカリは幸いにも二千万円で売れたが、産駒の中には百万円でも買い手のつかない馬だっている。そうなると種付料を払った分だけ赤字になる。

「そだけど摂ちゃんの言う通りだと思う。俺がきょう、みんなに言いたいのは、もっといい繁殖を揃えていってほしいってことなんよ」福徳が提案した。

「言うのは簡単だけど、いい繁殖を揃えるのに、どんだけかかると思ってんのよ」

牝馬の質を上げろとは本田からも言われていたし、摂男は今も、各地の繁殖セールに顔を出しては良さげな馬を探している。しかしサラブレッドは、ネットで気に入ったものをクリックするように気軽に買える値段ではない。良血で若い牝馬だと何千万円もする。キタノアカリの母レディライラは七年前にスターダストファームの繁殖牝馬セールで見つけた。空胎だったことで競り合ってくる者もなく落とせたが、一千五百万円もして、銀行から借金した。

「そんなのは百も承知さ。俺は毎年セリに出したい牧場の馬を見てるけど、スターダストファームの仔馬とは体つきが全然違うよ。なにが違うかといえば種牡馬の質もそうだけど、やっぱり母馬だ」

「今はスターダストの繁殖牝馬セールも高くなる一方だし、俺らではますます手が出ねえよ」

「だからこそ海外に行くのさ。ここのところ為替も落ち着いてきてるし、買い時だと思うんよ」

「福徳さん、無茶言わんでくれ。海外なんて行くだけでいくらかかるのよ」

津村が眉をしわめて手を振った。それでもスターダストなど大手牧場は毎年海外のセリに行き、GI馬や世界的ファミリーの良血牝馬を何億も出して集めている。

「そりゃ一つの牧場では無理さ。だけど何人かが共同して一頭の牝馬を買って、毎年交互に預かって子供をとればいいだろう」

「そういうの昔はやってたけど、みんなトラブルの元になってたべさ」

馬恋では牧柵が登記簿より少しはみ出していると言って、隣近所と喧嘩になることだってあるのだ。購入した母馬が毎年、同じレベルの仔を産んでくれればいいが、片方だけいい馬が出たり、高く売れたりしたら、そうでなかった方は面白くない。

「俺も反対だ。うちの親父が絶対に首を縦に振らねえ」

木垣が言うと、津村も「うちも無理だな、これ以上、銀行も金貸してくれねえし」と続いた。

「そうだよ、福徳、うちみたいに親父が亡くなった牧場はいいけど、まだどこも親は残ってんだ。年寄は変化することを嫌がる」

「俺はただ、レディライラにヘルメースをつけて、キタノアカリを作った摂ちゃんを、みんなにも見習ってほしいと思っただけなんだけどな」

「そう言ってくれるのは嬉しいけど、GI二着くらいじゃ、誰も見習おうなんて気持ちにはならねえよ」摂男はそう話してから「今の話、ポンタに言ったか？」と尋ねた。

「まだだけど」

「だったら言うなよ。あいつは今は金が余ってるから、そんな話したら一気に進めてしまいかねねえ」

青年部長である本田は、東京から急に馬主が来たので遅くなると連絡を寄越してきた。今頃、あの自慢の応接室で、高い金額をかまして売りつけているに違いない。

「分かったよ。今の話は一旦忘れるよ」

そう納得したところでドアが開き、「悪い、悪い、遅くなった」と本田が目をぎらぎらさせて入ってきた。きっと商談がうまくいったのだ。

「で、どこまで話を進めたね？」

勢いよく腰を下ろす。

「まだなにも。福徳が昨日まで東京に二泊三日で出張してきたんで、どこで飲んだかそんな他愛のない話をしてたんだ」

摂男はごまかした。

「福徳、どだったね、東京は？」

「気温が十度だったよ」

「春みてえだな。だけどみんなダウン着てたろ？」

「着てた、着てた。エスキモーが着るようなボア付きもいたよ。あいつらどんだけ大袈裟なのよ」

福徳は調子よく話を合わせた。

3

その日も朝から冷えていた。いつものように昨夜のうちに作った飼料を一頭ずつ与えていく。

スターダストファームと他の牧場の差は良血の繁殖牝馬や屋根付きの馬場など育成施設などにあると言われているが、摂男はこの飼料に大きな違いがあると思っている。スターダストでも、ケンタッキーの牧場でも飼料の配合は専門スタッフがやっていて、一切教えてくれなかった。

実家に戻ってから、燕麦（えんばく）などの自然飼料だけでは足りないと、サプリメントも加えたし、ケンタッキーの牧場が馬に塩を舐（な）めさせていたのを思い出して、モンゴル産のピンク色の岩塩（がんえん）の塊を取り寄せたが、これだというものにはまだ巡り会えない。スターダストや外国の大牧場にしたって、どうすればもっと強い馬が作れるか、試行錯誤を繰り返しているに違いない。

「おはよう」

驚いて振り返ると、厩舎の入り口に、ポケットに手を入れて背中を丸めた優馬が立っていた。

「びっくりするでねえの、誰かと思ったね」

まだ六時十分だ。ようやく日が出かかってきた頃で、白熱灯が照らす厩舎内は薄暗い。

「手伝おうかと思ったんだよ」

「どういう風の吹き回しよ。今夜は吹雪くんでねえの」

中学校はまだ冬休み中だが、優馬から手伝うなんてことは聞いたためしがなかった。

「お父さんがどんな仕事してるのか、見たかったんだよ」

「今までそんなこと言わなかったでねえの。急になしてよ？」

「やっぱりアカリのせいかな。負けちゃったけど、正々堂々と勝負して、最後まで抜かせまいと頑張ってるのを見て、俺、感動したんだよ」

摂男の目にはあっさりボールドウィンにかわされたように映ったが、優馬には粘ったように見えたようだ。

「友達からも灯野くんところの牧場はすごいって言われたよ。二着だったけど一所懸命走ってる馬にジーンときたって」

そう言われて、急に手伝うと言い出した理由が分かった。

「優馬、その友達って女の子だべ」

「ち、違うよ」

ただでさえ寒さでほっぺが赤くなっているところに、耳までが同じ色に変わった。

「いいや、きっとそうだ。だいたい、男友達はおまえのことを優馬って呼ぶっしょ。灯野くんなんて呼ぶのは女の子しか考えられねえ」

優馬はその子のことが好きなのだろう。上の駿平は中学生で彼女がいたが、おとなしくて口下手な優馬からは、これまで女の子の名前が出てきたことはなかった。

その気持ちは摂男にもよく分かった。摂男も高校でできた彼女に馬の話ばかりしたし、家の馬が道営競馬に出た時はその子をバイクの後ろに乗せ、当時は夏に地方競馬を開催していた札幌へ応援に行った。その時は生産馬が逃げ切り勝ちした。摂男は、自分が両手を広げて一着でゴールを駆け抜けたような爽快な気分になった。馬恋では運動会で自分が一等になるより、家の馬が走った時の方が羨望の眼で見られるのだ。

「じゃあ、基本的なことから教えるわ。優馬もただ馬を放牧地まで引っ張ってくだけではつまらねえもんな」

あまり冷やかしたらかわいそうだと普段の仕事を順番通りに説明した。馬房を見て周り、水を飲んでいるか桶を確認する。そして餌を与えて、食べたかどうかをまた確かめる。単純なことだが、馬の体調を見極めるには、食欲を確認することが第一である。

「みんな、残さず食べてたよ」

笑顔を弾けさせ、厩舎の奥から走って戻ってきた。

「だべ、お父さんの飼料の配合がいいからな」

「お父さんはすぐそうやって自慢するから、みんなに嫌われるって言ってたよ」

「言ってたって、誰がよ?」

「本田先輩」

本田牧場の長男だ。息子が言っているってことは本田が話しているのだろう。

「次は放牧だけど、お父さんは、じいちゃんに夏休みに沙流川(さるがわ)のキャンプ場に、ヤマメ釣りに連れてってもらったのを思い出しながら、馬を放してやるんだ。これから広い放牧地で好きなだけ走り回れるぞ、夕方までたくさん遊んでおいでって」

「分かった、やってみる」

「だけど今の優馬みたいに、しばれる恰好してたら、馬も楽しい気分でなくなってまうぞ」

そう言うと、優馬は、ポケットから手を出し、縮ませていた姿勢を正した。

全馬を放し終えると、次は雪の上に干し草を撒く。

「これは、きょうはどこでご飯を食べさせようかっていうレストラン探しのようなもんだな。ただ撒くのではなく、『きょうはどっちの景色がいいか』『この子はこの景色が好きだったな』と考えてお父さんは撒いてる。あとはあとでどれくらい食ったか確認できるように、撒いた場所は忘れないことだな」

「うん、やってみる」

優馬は「ほ〜れ」と馬に合図しながら、放牧地に干し草を撒いていった。馬たちは優馬の後ろをついて歩き、草を咥えていく。

仔馬にとって生まれて最初に迎えるこの冬はとても重要だ。生後二年でデビューする競走馬は、人間の何倍もの速さで成長する。冬の間にエネルギーを貯めて根幹を作っておかないと、馴致や調教に進めない。もっともこの時期に注意を払うのは、これから出産シーズンを迎える母馬たちの方だ。

「お父さんは昼間も時々、窓の外を見てるだろ？　あれは馬を確認してんのさ」

「時々、昼寝もしてるけどね。お母さんが『また船を漕いでる』って言ってるよ」

「たまには、そうやって体力を温存しとかないことには疲れてしまうだろ。なにせうちの牧場は、今はお父さん一人でやってんだから」

「そうだよね、ごめんなさい」

茶々を入れたのを悪いと思ったのか優馬は謝った。

「なんだかんだ言っても馬が亡くなるのはこのお産の時期だ。難産で、獣医さん呼んでも諦めるしかない時もあるけど、一番悔いが残るのは、放牧中に見に行ったら母仔ともに死んでることさ」

十回出産があれば一度は難産で、その二回に一回は死産か、競走馬になれない奇形で生まれる。母馬まで亡くなることもある。

「うちの放牧地で死んだことなんてあったの？」

「お父さんがおまえくらいの歳の時に、一回あったよ」

父はこの仕事をしていれば避けられないと割り切っていたが、摂男は母馬が苦しみながら、放牧地の端でのたうち回って助けを待って死んだのだと想像し、号泣してしまった。だから五年前にリフォームした時は大きな窓を作り、放牧地が見えるようにした。組合で外出する時は可南子に頼む。馬の仕事はあまり好きではない可南子だが、摂男が不在の時は家事をしながらも馬の様子を見て、異変があるとすぐ電話をくれる。

教えたことを優馬は、復唱して頭に叩き込んでいた。たとえそれが好きな女の子の影響だろうが、こうやって仕事を覚えてくれたら満足だ。

摂男は次男が馬の仕事に興味を持ってくれたお礼を言おうと、アカリの母親のレディライラを探した。来月、あかり野牧場では今年最初の出産を迎えるライラは、円らな目で摂男を見ていた。だがすぐに視線を外して干し草に首を伸ばす。ツンとした性格のライラは、放牧地でも他の馬とは群れずにぽつねんとしている。群れない馬はいじめられるが、どの馬もライラにはちょっかいを出さない。アカリも牧場にいた頃は同じだった。本気で怒らせたら怖いことを、他の馬たちは知っているのだ。

「そういや、兄ちゃんからメールあったか？」

摂男は毎晩、駿平が戻ってくるのではないかと脳裏をよぎるが、一週間経ってもそんな様子はない。

「ないよ」

「正月に戻ってきた時、なんか話してなかったかい？　仕事が辛いとか？」

同じ部屋で過ごした優馬ならなにか聞いているかと思って尋ねたが「聞いてない」と言われた。

「夏にはあんなに馬の話ばっかりしてたのにな。もう馬の仕事に飽きたのかなぁ」

きっとそうなのだろうと思って呟いた。優馬は兄に悪いと思ったのか、聞こえていない振りをしていた。

「優馬くんが手伝ってくれるのか、摂ちゃんは羨ましいな」

本田牧場の応接室で福徳が言った。青年部の副部長になってからというもの、本田と福徳の同級生コンビから、ちょいちょい呼び出される。

「駿平の方が心配だよ。夏に帰ってきた時は、牧場には調教師の息子も働きに来てて、交友関係が広がったとか、調子がいいことを言ってたんが、今回はまったくしなかったから」

「それこそ仕事なんだと自覚した証拠なんじゃねえのか。その後、駿平くんから連絡はねえんだろ」と本田。

「優馬にも可南子にも訊いたけど、ないって」

「だったら心配ねえべさ」

「今は跡取りがいなくて潰れる牧場がいっぱいあるのに、摂ちゃんとこは、息子二人が馬の仕事に興味を持ってるんだから。みんなに羨ましがられるよ」

「ありがたいことは分かってるけど、俺もまさか二人が馬の仕事をやるとは考えたことがなかったから、そうなったらなったで、将来が心配になるけどな」

「そん時は二人でやればいいべ」

福徳が気軽に言う。

「兄弟で始めたはいいけど、喧嘩が始まって、絶縁したってのもよく聞くでねえの」

「今は空いてる牧場もあるんだから、そん時は買い取ればいいだろ?」

本田までが軽々しく話す。

「そうするには資金がいるだろう。土地はただでもらえても改修するには金がかかるし、軽種馬農協が貸付してくれるならいいけど」流し目で福徳を見た。

「無理、無理。うちは健全経営の農協だから」

福徳は咳払いしながら、手を振った。

「まるでうちみたいな生産者に金を貸すと、健全でなくなるみてえな言い方だな」

「そうは言ってねえよ。それより公一郎くんはどうなのよ」

福徳が、本田の中三の息子に話を振る。

「うちの公一郎は、残念なことにまったく馬の仕事に興味ねえな。本人が行きたいって言うから高校から東京の私立に行かせるけど、これからは学費やら寮費やらでえらい金がかかる」

「それもまた大変だな」

「うちの子は運動も苦手だし、体も細いし、牧場で働くってタイプではねえからな」

聞きながら摂男は話が嫌な方向に向かっているように感じた。困った顔をしながら、本田の口の周りにたくさんの皺が寄り、次第に目が見開かれてきたからだ。

「幸いにも学校の成績だけはいいみてえだから、東大にでも入って、そこから農水省に入ってくれたらいいと思ってるんだけどな」

「くだらねえ。ただの自慢でねえの。同情して損したわ」

摂男は腕組みしてそっぽを向いた。そこでドアが開き、本田の妻が入ってきた。

「あら、摂ちゃん来てたんだ、元気そうだね」

「美香ちゃんは、相変わらず若いねえ」

派手な顔だちに、豊満な胸で人気があった美香は、今も月一度、札幌までエステ通いしていて、メンテナンスに余念がない。最近は体がずいぶんふっくらし、この日もジーンズに、腰回りの油断を隠そうとしているのか、長めのセーターを着ていた。

「主人と一緒に青年部の副部長をやってくれるんだって。うちのが勝手なことを言って他の牧場さんを怒らせるかもしれないから、摂ちゃん、フォローお願いね」

「なにを言ってるのよ。フォローするのは俺の役目よ」

本田がすかさず口を出した。高校の同級生四人が集まったことで談論風発となり、気づいたら一時間近く経っていた。

「もう帰らねえと」

摂男は立ち上がった。

「なによ、今、美香がコーヒー淹れてるのに。ハワイでコーヒー農園持ってる馬主からもらった特別な豆だぞ」

「従業員がいるおまえんところと違って、うちはそんな余裕はないんよ。さっさと戻って馬をしまわねえと」

外に出たところで「車のカギ忘れてんぞ」と本田が持ってきてくれた。隣同士というのに歩いたら十分はかかるため必ず車を使う。しかも二つの牧場の間にある土地はすべて本田牧場の所有地である。子供の頃から本田の家から帰るたびに、世の中はなんて不条理なのだろうかと暗い気持ちになった。

繁殖牝馬だけで四十頭、明け一歳馬、二歳馬を含めて百頭以上いる本田牧場では、約三十人ほどの従業員を雇っている。「人間一人で六、七頭」が世話できる目安だと言われているが、その割合は牧場の規模が大きくなればなるほど低くなる。年が明けると馬は一つ加齢され、この春にはまた当歳仔が生まれる。摂男一人でやっているあかり野牧場は、母馬が六頭、明け一歳馬が六頭いるので、出産前の今の段階からして、すでにオーバーワークだ。

本田牧場の上には、名門秋山牧場や駿平が働く金崎牧場などがあるが、どちらも繁殖牝馬だけで百三十頭、一歳馬と二歳馬もそれぞれ百頭ほどいて、八十人が働いている。日本競馬の頂点に立つスターダストファームの繁殖牝馬は確か七百頭、いや毎年増えて今は八百頭を超えたと聞いた。となると従業員の数は……考えるとめまいがしてきた。

そんな大牧場相手に、下町の町工場のようなあかり野牧場が対等に戦わなくてはならないのが競馬だ。レースになればどこの牧場出身かなどは一切関係なく、決められた斤量で、決まったコースを馬たちは競い合う。

あかり野牧場は祖父の時代、重賞レースを勝ったが、GⅠはなく、ダービーは出走したこともない。アカリの出現でダービーを勝つのが夢にまで出てきたが、その期待も萎んでしまった。アカリが負けたのは朝日杯の一度だけ。最優秀二歳牡馬のボールドウィンにハナ差かわされただけだが、それくらいスターダストファームの力を見せられた。勝てると思った相撲で、気が付いたら土俵（どひょう）の外までぶん投げられていたくらいの敗北感だった。

本田牧場の駐車場で、アイドリングしながら物思いに耽（ふけ）っていると、窓ガラスに雪が落ちてきた。

「まずい。早く厩舎にしまわねえと、うちの馬たちが風邪を引いてしまう」

摂男は車を走らせた。風も強くなり、雪を被った山のカラ松が揺れていた。

4

その日はたくさんの人が馬恋の町に集まった。

〈続いてシマノライデンです。馬恋の濱（はま）牧場の生産、競走成績は安田（やすだ）記念優勝、秋の天皇賞二着など二十一戦七勝。本年度からの供用で、種付料は受胎条件付きで百五十万円です〉

アナウンスとともに種牡馬が曳かれ、防寒具を纏（まと）った二百人ほどの参加者の前に披露される。カメラマンが一斉に撮影した。スタッフがこの日のために曳き運動し、しっかり餌を食わせたのだろう。引退して二カ月くらいなのに、体が一回り大きくなり貫禄が出ている。会場を囲む多くの生産者や調教師からも「なかなかいいでないか」と感嘆の声が上がっている。

二月に入り、「馬恋スタリオン」では種牡馬のお披露目会、「スタリオンレビュー」が行われている。先週はスターダストスタリオンステーションで、今週は昨日、今日の二日間、日高各地にある種馬場が順番に開催している。

出てくるのは種付けの申し込みを受け付けている全種牡馬だが、中でもみんなが気にかけているのは、今年から種牡馬入りした新しい馬である。昔活躍していたからといって、走る産駒を出せていない種牡馬には見向きもせず、まだレースの感動が生々しく記憶に残っている新しい種牡馬に目移りする。

〈続きましてグレイトフルタピット、米国での競走成績は八戦四勝、フロリダダービー優勝、ケンタッキーダービー三着があります。本年度からの繋養になります。種付料は受胎条件付きで二百五十万円です〉

黒鹿毛の馬が白い鼻息を立てて登場した。この外国産馬が馬恋スタリオンの今年の目玉である。アメリカ馬らしく筋肉隆々で黒光りしている。成績も申し分ないが、アメリカ馬を付けるとダートの短いところしか走らないことが多いので、それが悩みどころである。

「灯野さん、どうよ、なかなかいい馬だろう」

近くにいた秋山組合長に声をかけられた。

「そうですね。体は最高ですね。後肢(トモ)の張りが抜群にいい」

欠点がないことはないが、秋山が中心になって購入した馬なので、目に付いたいい点だけを挙げた。

「レディライラにちょうどいいんでねえの。エーピーインディの四×四のインブリードになるし」

確かに父系、母系ともに四代前に同じ種牡馬の血が入るインブリードになる。そんなことまで、どこで調べてきたのか。組合のお偉いさんは、普段はあかり野牧場の肌馬(はだうま)など興味がないくせに、こういう時だけ、やけに詳しい。

「いいかもしれませんね」とりあえず相槌を打つ。

「したっけ満口になる前に早く申し込まねえと。キタノアカリよりスピードのある仔が出るさ」

ここまで勧(すす)めてくるということは、思うほど牝馬が集まっていないのだろう。組合は地元生産馬の質を上げようとこうして海外から種牡馬を買ってくるが、肝心の牧場は、いい繁殖はスターダストの種牡馬をつけて、地元の馬にはそれほど血統がよくない繁殖牝馬を当てる。結果的にその種牡馬の価値は下がり、組合は余計な支出が増えただけで、それが巡り巡って出資者である各牧場を苦しめてしまうのだ。

「摂ちゃん、どだね。グレイトフルタピットは？」

秋山が去ると、次は福徳だ。軽種馬農協にとっても新種牡馬が成功するかどうかは気が気でないのだろう。

「今、組合長にも言われたよ。悪かねえけど、うちの牧場には合わねえな。三冠馬のヘルメースをつけたのに、生まれたアカリはスピードタイプだ。これ以上、速い馬つけたらクォーターホースになってまうさ。西部劇でねえんだから」

「冷たいこと言うなよ。みんなで買ってきた馬なのに」

「そういうのは金崎牧場とか本田牧場とか、たくさん繁殖を持ってるところに言ってくれ」

六頭いても、うち二頭は馬主さんから預かっている預託馬なので、摂男が決められる種牡馬は四頭しかいない。毎年春先までは、なにを配合するか悩む。夢の中にまで種牡馬の立ち姿が出てきて、スタリオンのスタッフから「早く決めないと満口になりますよ」とせっつかれ、うなされるのだ。

「最近、うちのスタリオンがうまくいってねえのも事実だかんな。三年前ヨーロッパの馬を買ってきたら、血統が重くて産駒は勝ち上がれねえし、その前はアメリカのスピード馬買ったら千二ダートしか通用しねえし、やることなすこと逆効果だ」

福徳も苦い顔をした。福徳もヒダカ・ゴールドセールくらいは日高の種牡馬の子供を揃えたいが、それでセールの売り上げが下がっては本末転倒になる。逆にいい馬だけをセレクトすれば自ずとスターダストの種牡馬の仔が増え、結果的にスターダストの種付料だけが上がる。こういう悪循環を繰り返し、いつしか馬産地は格差社会となった。

「貧すれば鈍するとは、こういうことを言うんだな」

摂男はため息をついた。

「馬は血統でずっと繋がっていくわけだし、簡単に今の勢力図を逆転はできないわ」

「逆転できてるなら、とうにしてるわ」

「ということは、摂ちゃんは今年もライラにヘルメースを付けるのか」

「そう思ってたんだけどね」

先週は、スターダストの展示会に行った。名だたる種牡馬が披露されるとあって、日本の生産者がほぼ一堂に会したと思うほど、すごい数の人が来ていた。馬主もいたし、榊康太やグリーズマンといったトップ騎手までゲストとして招待されていた。

出てきた種牡馬は、どれも惚れ惚れする体をしていて、血統書には涎が出そうなほど名馬が並んでいた。新種牡馬にはダービー馬もいれば、ジャパンカップや有馬記念を勝った馬もいた。父馬の名前を出しただけで、お客さんが買ってくれそうな馬ばかりだ。

その中でも摂男は、惚れ込んできたヘルメースを付けるつもりでいたが、去年より二百万円も高い、七百万円に値上げされていた。

「アカリが走ったおかげで人気が上がったというのに、スターダストは負けてくれねのか」

「くれるわけねえべ。向こうはうちのおかげであかり野牧場は生き延びたと思ってるさ」

「それも当たってねえことないけどな」

福徳にそう言われると少し傷つく。他の馬も目が乾くほど観察したが、摂男が理想とする馬を作れる種牡馬は見当たらなかった。いや、いるにはいたが、一千万円以上してとても手を出せない。

「七百万円でもヘルメースを付けるしかねえかな。その分、他の馬はただみたいな種馬で凌ぐとするか」

そう言ったが、福徳からは返事がなかった。顔を向けると、福徳は口の周りに皺を寄せていた。

「どしたね、難しい顔をして。俺、なにかまずいことでも言ったかい？」

「なんか、そういうの、摂ちゃんらしくねえな」

その後、福徳からとうとう説教をされた。

その日の摂男は、馬の方が心配して顔を撫でつけてくるほど、落ち込んで厩舎作業をした。

「どうしちゃったのよ。帰ってきてずっと元気がないじゃない」

夕食後には可南子からも言われた。

「実はきょうの展示会でな……」

福徳から言われたことを説明する。福徳はどうにも、摂男が「ただみたいな種馬」と言ったことが気に入らなかったようだ。

——この仕事って買ってくれる馬主さんやファンが応援してくれる馬を作ることでないのかい。俺だってセリでお客さんが「おっ、今年のゴールドセールはいい馬がたくさんいるな」と買う気になる馬を集めようと思って選んでんだ。それを摂ちゃんはなによ、ただみたいな種馬で凌ぐだなんて。

——しょうがねえべさ。うちの種付料の総額は、出せて八百万円までなんだから。

残りの金で、ちゃんと考えて種牡馬を探せ、そう言われるのかと思ったが、福徳の言いたいことは違った。

——馬恋の馬が弱くなったのは、生産者がスターダストと勝負するのを諦めて、地方競馬で勝てる馬でいいって、種付けにお金を出さなくなったからだと俺は思ってる。中にはそうするしかない牧場があると思うよ。だけど摂ちゃんは違うべさ。これまでだっていい繁殖を買って、ようやくキタノアカリという走る馬を出したでねえの。以前、種付けは人がワクワクするような配合をしなきゃいけねえって摂ちゃんが語った時、俺は摂ちゃんならいつか必ず走る馬を出すって確信したんだから。

酔ったスナックでそんな話をした。だけども福徳がなぜ怒るのかが理解できなかった。ワクワクする配合を諦めたわけではない。むしろそのために七百万円を払ってヘルメースを付けようと決心したのだ。訊き返すと福徳はかぶりを振った。

――俺が間違ってると思うのはそこよ。摂ちゃんはレディライラをえこ贔屓してる。

――えこ贔屓ってことはねえけど、福徳だってアカリはゴールドセールに入れてくれたでねえの。

――確かにそうしたけど、それはアカリの体が良かったからさ。だけど、もしレディライラになにかあったらどうするね。

――そんな滅相もねえことを言うんでねえよ。

――滅相とかそういう問題でねえって。だいたい他の牝馬だって、摂ちゃんが一所懸命配合し、繁殖馬セールで惚れて買った馬だろ。その馬たちをおろそかにしてどうするね。サラブレッドはその系列が途絶えない限り、永久に血統書が付いて回るんよ。白いものに黒い絵の具を一滴でも垂らしたら二度と白には戻らねえ、それくらいの覚悟を持って毎回配合を考えねえと。

いつもなら「私は馬のことは分からない」で済ませる可南子からも、「福徳さんの言う通りね」と言われた。

「なによ、可南子まで」

「あなたはいつもブランディングが大切だと言ってたじゃない。いい馬だから買ってもらうだけでなく、あかり野牧場の灯野摂男が手を掛けた馬だから、信頼して買ってもらえるようにしたいって」

「言ったけど、それってえらい昔でねえの」

「そうよ、私たちが付き合ってた頃よ」

　摂男が大学を中退してフラフラしていた時期に、札幌に一人旅に来ていた可南子と知り合った。二人ともまだ十九歳だった。可南子が帰った翌月には、横浜に遊びに行き、その後、摂男がスターダストファームや米国の牧場に修業に出た時は、電話や手紙で遠距離恋愛をした。ただ可南子が牧場の嫁になることに躊躇していると思った摂男は、なんとか北海道に来たがるようにと、調子のいいことやロマンチックな話ばかりした。

「あなたはスターダストで働いていた時にこう言ったのよ。スターダストでは良い従業員の癖だけでなく悪い従業員の癖もつけないように、みんなで代わりばんこで触るようにしている。だけど自分が跡を継ぐあかり野牧場は違う。全頭、灯野摂男が、責任を持って手掛けた馬だ。それを馬主さんへの売りにするんだって」

「それは今も思ってるけど、可南子はよくそんな話を覚えてるな」

「牧場の人って、あなたに限らず、まだ生まれたばかりの仔馬を未来のダービー馬だ、大物になるって無責任なことを語るじゃない。私、時々、この人たち全員、大ぼら吹きじゃないのって呆(あき)れて見てるんだけど、そういう時でも『うちの主人の語る夢は、ちゃんと責任を持った夢なのよ』って思うようにしてたのよ」

「それって褒(ほ)めてくれてるのかい」

「当たり前じゃない、その都度、ダメよ信じなきゃって、自分に言い聞かせてここまでやってきたんだから」

　やはり完全な褒め言葉ではなさそうだ。でなければ「ダメよ信じなきゃ」とは思わないだろう。

「で、今回はヘルメースを諦めたの？」

「別にえこ贔屓してるわけでねえけど、福徳の言う通り、他の牝馬のことも考えてやんないといけないし」

「それがいいわ。ライラちゃんだって毎年高い馬をつけられたら不安だし、生まれる前から期待される子供も気の毒だし」

「子供が気の毒ってそんな言い分、初めて聞いたわ」

「そうかしら、母親としては当然の心理だと思うけど」

　いかにも馬と関係のない場所で育った可南子らしい。二着に負けたとはいえ、朝日杯でアカリが一番人気になったことで、摂男は牧場にとって馬は子供同然であり、その子供には平等に愛情を注(そそ)がなくてはならないということこの仕事の基本を忘れるところだった。

5

午後の厩舎作業から戻ってくると、可南子が電話で謝っていた。

「はい、すみません。本当に息子が申し訳ございませんでした」

優馬が学校でなにか問題を起こしたと思ったが、その優馬がトイレから手をズボンで拭きながら出てきた。

「おまえ、先生に怒られることでもしたのかい？」

「違うよ、お兄ちゃんだよ」

「駿平が？」

ということは働きに出ている金崎牧場からの電話だ。可南子はもう一度謝罪してから切った。

「駿平がなにしたのさ」三和土に立ったまま可南子に聞く。

「一緒に働いている従業員と喧嘩したんだって」

「なんだ、それくらいで親に電話してくるなんて金崎牧場も大袈裟だな」

「その子、ケガして病院に行ったけど、それだけじゃないのよ。駿平は財布も盗んだって」

「それ、本当かい？」

「そのことを注意されて、それで殴りかかったって」

可南子が話している途中で、摂男は車のカギを持って玄関を飛び出し、ガレージから車を出した。

家にまで電話をしてきたのだから、金崎牧場は相当怒っているのだろう。摂男は重たい気持ちでハンドルを握り、夜気が迫る国道を走った。ところが玄関に出てきた社長の金崎吉彦の顔は穏やかだった。名門牧場の三代目である金崎は、牧場主というより町役場に派遣された役人のような容姿で、馬産地でも人望がある。摂男の高校の先輩であるが、十歳以上離れているため接点はほとんどなく、福徳を通して駿平を雇ってもらった時も、電話で礼を言っただけだった。

「うちは若い従業員がたくさんいるので揉め事はしょっちゅうあります。喧嘩の理由が金を盗んだことだと言われると、さすがに私も放っておけなくなりまして、それで厩舎長にご自宅に電話をするように言ったんです」

通された社長室で金崎から説明された。

「従業員さんはどんなケガをされたのですか」

「胸の打撲です。たいしたことはないのですが、医者から全治二週間の診断書が出ました」

眉間に深い皺を寄せた。人手は足りなくなるし、従業員によってケガを負わされたとなれば、その間の休業手当も支払わなくてはならないのだろう。

「その従業員さんには申し訳ないことをしました。だけど駿平は本当に人様の物を盗んだのでしょうか」

調子が良く、なにをしても飽きっぽいが、盗みをする子ではない。どちらかというとそういう悪さをする友達のことは嫌っていた。

「駿平くんの部屋からなくなった財布が見つかったらしいです」

「それってなにかの間違いでは」

「私もそう思いたいですけど、私が訊いても駿平くんはなにも答えないので」

否定しないとなると本当に盗んだのだろう。こんな噂が広まれば、駿平は馬恋で馬の仕事ができなくなる。いや仕事どころか、会う人から後ろ指を指されて、住むのも厳しくなるかもしれない。

「駿平をここに呼んでもらえませんか」

「いいですよ、でもこういうことが起きてしまうと……」

言葉を濁したので、摂男は「クビで構いません」と先を引き取った。さらに「その従業員さんの治療費もうちが支払います」と言う。

「それは大丈夫です。うちも保険に入ってますし」

最初から解雇するつもりだったようだ。それでも盗んだのならクビは当然で、警察に突き出されていても不思議はない。

ドアが開き、厩舎長らしき年長者に駿平が連れられてきた。俯いていて、まるで腰縄をつけられた容疑者のようだ。駿平は中に摂男がいたことに驚いたが、すぐ瞳を逸らした。

「駿平くん、お父さんの隣に座って」

金崎に言われると、黙って腰を下ろした。厩舎長は引き揚げ、三人で話す。

「駿平、社長から事情は聞いた。おまえ、仲間にケガをさせたんだってな」

顔を向けずに尋ねるが、返事はかえってこない。

「その仲間の財布を盗んだのは本当か？」

今度は横顔を見て訊いた。口をへの字に曲げていた。

「本当にしたんなら社長さんに謝れ。俺も親として一緒に謝るから。だけどなにかの間違いならちゃんとそれを説明してくれ」

話している最中に金崎の顔が目に入った。整った顔をゆがめ、そんな甘いことを言っているから子供は犯罪を起こすんですよという、冷たい目をしていた。

「駿平、黙ってたら、なんも分からねえべ」

「駿平くん、お父さんが心配してこうしてきてくれたんです。ちゃんと話してください」

い。

金崎は優しい口調で諭すが、駿平は視線を下げたまま、顔すらまともに見ようとしな
「駿平、おまえ社長さんに世話になっておきながら、なんちゅう態度をするんだ。まずは謝れ」

手を伸ばし、無理やり頭を下げさせようとしたが、そこで急に手が出てきて、腕を払いのけられた。子供だと思っていたのが、自分と同じくらいの力があった。反抗的な態度に頭に血が昇り、気が付いた時には摂男は「いい加減にしろ」と息子の頬を平手打ちしていた。

「なにすんだよ」

駿平は頬を押さえて目を剝く。

「いつからそんな態度を取るようになったんだ。だいたい仲間の金に手を出すとはどういう了見してんだ」

言い終える前に、息子が摑みかかってきた。完全に不意をつかれた摂男は胸倉を握って応戦するが、息子の方が力があって、首をぐいぐいと絞められる。

「ちょっと駿平くん、やめなさい」

金崎が駿平の背後から止めに入った。今度は摂男が優勢になり、息子の胸倉を締め上げた。

「灯野さんもやめてください。おーい、誰か来てくれ！」

厩舎長や他の従業員が中にどかどかと入ってきて、摂男と駿平は引き離された。金崎も厩舎長も、止めに来たスタッフもみんな呆れていた。

急に駿平の声がした。目に腕を当てて泣いている。泣くのを見るのは小学生以来だったかもしれない。摂男には息子のそれが悔し涙に思えた。


駿平がすべての荷物をまとめるのを待ってから、摂男は「お世話になりました」と深々と頭を下げた。駿平も横で頭を下げていた。

対応したのは厩舎長で、金崎は奥に引っ込んだまま出てこなかった。社長室で立ち回りするような親子にこれ以上関わりたくなかったのだろう。

厩舎長からは今月分の日割りの給料を渡された。摂男は断ったが、「社長から言われているので」と引っこめようとしないため受け取った。

駿平がシートベルトをつけてから車を発進させる。息子はまだ膨れっ面だ。沈黙の中、街灯が微かに照らす暗い道をひたすら走った。国道に出ると蕎麦屋が見えてきた。摂男は方向指示器を出し駐車場に入る。

「あんなことがあったから、飯（めし）食ってねえんじゃねえか。腹減ってんだろ？」

車を停めてから摂男は言った。

「別に減ってねえよ」

口を尖らせて答える。

「だったら一人で食ってくればいいべさ」

駿平はシートベルトを外そうともしない。

「そんなホッペ腫らしたまま家に帰ったらお母さんが心配するべ。いいから来い。時間潰しだ」

そう言うと膨れっ面のままようやく降りてきた。摂男の手にはまだ平手打ちした感触が残っていた。生まれて初めて子供に手を出した。馬にも手を出さないようにしている摂男が、あの時だけは抑えられなかった。だがその衝動に駆られたのは金崎の顔が見えたからだ。息子を本気で叱ったのではなく、単に他人の前で、父親としてちゃんと子供を躾けているると見せようとしたポーズだった。今は反省している。

蕎麦屋に入っていくと駿平も後ろをついてきた。顔見知りの老婦が出てきた。

「摂ちゃん、久しぶりだね。カツ丼かい？」

この店に来たらいつもカツ丼を頼んでいる。

「うん、カツ丼をふた……」と答えかけ、「きょうはたぬき蕎麦が食いたくて来たんだ」と言い換えた。駿平はメニューを眺めてカツカレーを頼んだ。

出てきたものを二人で黙々と食べる。つけっぱなしのテレビはＮＨＫの歌番組を流していて、サブちゃんが『与作』を熱唱していた。語り掛けるように唄う声が、早く息子に声をかけてやれと促（うなが）しているように胸に響いた。

「駿平、悪かったな、金崎社長の前でおまえが悪いって決めつけて」

「別にいいよ、ケガさせたのは事実だし」

「みんなして駿平をいじめたんだろ？　おまえばかりに仕事を押し付けたり、嫌がらせをしたり、そういうことはどこの牧場でもあるからな」

「お父さん、なんでそれを知ってるの」

目を瞬（しばた）かせる息子に、摂男は「ごめんな。家族みんなが知っていることをお父さんだけが気づかなくて」と謝った。

駿平が荷物を片付けている間、優馬から携帯に電話があった。

――お父さん、お兄ちゃんを叱らないでね。お正月に帰ってきた時、あんな牧場に戻りたくねえ。東京から来た連中は最低だって怒ってたから。

駿平のことを訊いても優馬が「知らない」と答えたのは、駿平から事情を聞いていたからだった。

――それ、なんで、お父さんに言わんのよ。

――お兄ちゃん、そんなことまでお父さんに知られたくないと思ったから。

優馬の言った通りだ。摂男も子供の頃、クラスで仲間外れにされたことがあった。だがそのことより、先生から親に連絡されたことの方が恥ずかしかった。子供がクラスで嫌われていると知った親は、不安そうだった。

可南子に替わってもらった。

――可南子も駿平が牧場でうまくいっていないことに気づいていたのか？

正月に可南子は「あの子は思ったことはなんでもすぐ口に出すから」と心配していた。

――なんとなくね。帰る前に『どうしても我慢できないことがあったら帰ってきなさいよ』って言ったら、駿平、急に泣きそうな顔になったの。私があんなことを言ったから、心配かけたくないって余計に帰りにくくなったんだと思う。

駿平が言うには、いじめてきたのは調教師の息子とその取り巻き連中で、彼らはさぼってばかりで従業員の間でも評判は悪かったらしい。そのことを秋に駿平は厩舎長に告げ口した。厩舎長は彼らを注意したが、それを逆恨みされて、十二月頃から直接、嫌がらせを受けるようになった。最初は悪口を言われたり、脱衣所から服を隠されたり、そんな些細な悪戯だったので駿平も我慢した。それがある時、馬を手入れするブラシを隠されたのだけは許せなくなり、「馬には関係ねえだろ」と言い、取っ組み合いの喧嘩になったという。

「それは酷いな。そのこと金崎社長は知ってるのか」

「知ってると思う。その時の喧嘩は許してくれたから」

「その連中とも最初のうちは仲良くしてたんだろ」

「そうでもないよ。俺、人とつるむの好きじゃねえし、調教師の息子なんか、最初から相手にしてなかったから」

十九歳といえば誰かとつるんでいないと不安でならない年頃だ。生意気なことばかり言っていた摂男も、その頃は札幌の大学生で、ぐうたらな仲間たちと無為な日々を過ごしていた。

「だけど俺が財布を盗ったのは本当だよ」

「えっ、そうなのか？」

「たまたま調教師の息子が食堂に置き忘れてたんだよ。別に盗る気はなかったけど、少し困らせてやろうと部屋に隠したんだ。そしたらそれがバレて、そんでまた喧嘩になって、今度はケガさせちゃった」

「そりゃ、おまえがクビになるわ」

「そだね、俺も反省している」

息子がそこまでやんちゃだったとは知らず、何度も瞬きした。そこまでしないことには、駿平は腹の虫が治まらなかったのだろう。それにしてもブラシを隠された時に駿平が言った「馬には関係ねえだろ」の言葉には鳥肌が立った。馬の仕事を長く続けた摂男でも、そんなセリフはなかなか言えない。十カ月間で息子はずいぶん成長したようだ。

「調教師とのしがらみなのかもしれないけど、そんなバカ息子雇ってるようでは金崎牧場も先が知れてるな」

過去に多くのGⅠ馬を誕生させた、日高では五指に入る大手牧場だが、脅威を感じなくなった。

「お父さんは気づいてくれないと思ってたから嬉しかったよ。『カツ丼ふたつ』と注文しかけた時は、『取調べかよ』と思ったし」

「気づかれたか」

摂男は額(ひたい)に手を当てた。

「だけどおまえだってカツカレーを頼んだってことは、本当はカツ丼を食いたかったんでねえか」

「うん、食べたかった。ここは昔、お父さんと優馬と三人で来たことがあったから」

「そしたら、次は優馬と三人で来るべさ」

いつ来るかなど余計なことは言う必要はなかった。これからはいつだって来られる。ここから先、息子の面倒は自分が見る。摂男の腹は決まっていた。

6

「ねえ、どこ行くのさ」

　助手席で駿平が不安そうな顔で訊いてくる。蕎麦屋を出てから、インプレッサは再び、金崎牧場のある西方向へ走っていた。

　金崎牧場の看板が見えた。駿平から唾を飲み込む音がした。無理やり戻されると思ったのではないか。摂男はアクセルを踏んだ。マフラーから轟音を立てて、車は牧場を通り過ぎた。

「ねえ、お父さん、どこ行くのさ」

　安堵の息を吐きながら、また訊いてくる。

「なぁ、駿平、お父さん、大学中退してスターダストファームに一年修業に出たって言ったろ。あれは嘘だったんだ」

「嘘って、マジで？」

　駿平は助手席で固まっていた。

「けど、まったくデタラメではねえぞ。嘘なのは一年修業したってことだけだ。八月に雇ってもらって、十二月にはクビになったから実際は四カ月だ。クビの理由はおまえと同じ、他の従業員と喧嘩してうまく仕事ができなくなったからだ。厩舎長さんが見かねたんだな」

駿平のような嫌がらせを受けたわけではない。単に摂男が威張り過ぎたのだ。小学生から父親に手伝いをさせられた摂男は、先輩従業員より手際がよく、知識もあった。仕事がのろくて要領の悪い年上に「なにやってんだよ」と舌打ちして、「俺にやらせろ」と仕事を奪った。まだ二十歳そこらの若造がそんな態度を見せるものだから、他の従業員はみんな怒ってしまい、摂男と同じ厩舎では働けない、仕事をボイコットすると言い出したのだった。

「それでどしたのさ」

「厩舎長からみんなに謝りなさいって言われたけど、俺も生意気だったから、仕事ができねえやつらに、なして俺が謝らなきゃいけねえんですかって断ったんだ」

「そりゃお父さんが悪いわ」

「そだな。お父さんの味方をしてくれたのは今、アカリの調教師をやってる西井くらいでねえか。西井にしたってあと何年も一緒に仕事をしていたら、お父さんのことを嫌いになってたかもしれねえ。あの頃はなんでも自分でできると勘違いしてたから」

当時を思い出すと顔から火が出そうになる。なによりも恥ずかしいのは、たかだか二十歳ごときですべてを知った顔をしていたことだ。馬の仕事に答えなどない。今でさえ失敗を繰り返しているのだ。天下のスターダストファームであんな偉そうな口を利いたのは、後にも先にも自分くらいでないか。

「そのこと、本田のおじさんや福徳さんは知ってんの？　二人ともよく『摂ちゃんはスターダスト仕込み』とか言ってるっしょ？」

「もちろん知ってるさ。だけどそういう小さなことを言わないのが本当の友達だ」

心の中では「四カ月しかいなかったくせに」と思っているだろう。それでもたった四カ月でもスターダストで学んだことを、摂男は仕事に採り入れているし、本田や福徳から訊かれた時は隠さずに答えている。

「アメリカに一年行ってたってこともしかして嘘？」

不安を宿した目で訊いてきた。

「それは本当だ。スターダストをクビになった後に少し反省して、もう少し勉強したいとじいちゃんに頼んで一年行かせてもらった」

「良かったぁ」駿平は大きく息を吐いた。「金崎牧場でうちのお父さんはスターダストとアメリカに一年行ってたって俺も自慢したから」

「おまえも似たようなもんでねえの」

「お父さんの子だからね」

ちょっとした見栄が、子供にも迷惑をかけていたようだ。これからは話を盛らないように気をつけよう。

「スターダストファーム」の看板が現れた。牧草地帯に屋内坂路コースが一キロ先まで延びている。月の光を帯びた銀色の建物は、まるで要塞のようだった。

ログハウス風の事務所の電気は消えていたが、車があるから、何人かは厩舎に残って仕事をしているのだろう。摂男は駐車場には入らず、道路脇に車を停めた。

「行こか、駿平」

「えっ、どこに行くのさ」

また目が虚ろになる。外は、駐車場の照明が微かに灯っているだけで仄暗く、ひっそりとしていた。

エンジンをつけっぱなしにした車の前で、摂男は事務所に正対して立った。隣に立つよう駿平を手招きした。

「俺は二十二年前、荷物をまとめて牧場から出てきて、まさにこの場所で振り返ったんよ。そしてこう叫んだんだ。よく聞いてろよ」

二十歳の血気盛んな自分を記憶の中でたぐりよせる。そして胸を張り、大きく息を吸い込み、腹の底から大声を吐き出した。

「でっけえだけが牧場じゃねえからな〜。俺たちの牧場にも意地があっからな〜」

これまでの鬱憤をすべて吐き出したほどの大声が出た。あの時も今と同じくらいの声量だった。

「すげえ、お父さんの声、山の方で木霊してるよ」

　駿平は目を白黒させていた。

「よし、次はおまえの番だ」

「えっ、俺もやるの？」

「当たりめえだ。きょうはおまえのために来たんだ。今のお父さんはスターダストとはヘルメースを付けさせてもらってるし、仲良くさせてもらってる」

「なんか、自分だけずりいな」

　洟を啜った駿平だが、緊張した面持ちで息を吸って体を仰け反らせ、体ごと前に飛ばすようにして叫ぶ。

「デカいだけが牧場じゃないからな～。俺にも意地があっからな～。いつか見てろよ～」

　摂男が教えたことに「いつか見てろよ」とアドリブまで付け加えた。なかなかたいした度胸ではないか。やはり息子はこの十カ月でずいぶん成長した。

「コラッ！　なにやってる」

　駐車場から人影が動いた。

「やばい、駿平、逃げるべ」

「うん」

二人でインプレッサに飛び乗り、アクセルを目一杯踏んで走り去った。隣では駿平が口笛を吹いている。顔はすっかり晴れ晴れしていた。

「よし、次は金崎牧場行こう」

「えっ、そっちもやるの」

「当然でねえの。そっちがメーンレースだ」

笑っているから駿平もやる気のようだ。そこからはさっきまでとは一変し、車内が賑やかになった。駿平は金崎牧場で学んだことを喋ったし、摂男も最近の牧場のこと、そして優馬にどうやら好きな女の子が出来て、その子にアカリを褒められたことで、急に家の仕事を手伝うと言い出したと話した。

「それ、いかにも優馬らしいわ」

「今のことは内緒だかんな。優馬、顔を真っ赤にして怒るから」

「分かってるよ。だけど仕事をさぼってたら、彼女に嫌われるぞって言ってやろうかな」

「そんなことを言ったらお父さんが喋ったのがバレバレでねえの」

駿平は肩を揺らして笑っていた。

第3話　噂の女

1

二月上旬の水曜日、朝の作業を終えた灯野摂男は、修業先から戻ってきた長男の駿平と一緒に、コタツで缶コーヒーを飲んでいた。この日は、共同通信杯に出走するキタノアカリが栗東トレセンで最終追い切りを行うのだ。

スマホでスポーツ新聞のサイトを検索していた駿平が言った。

「お父さん、出たよ」

「どうよ」

「Cウッドで6ハロンから外、一杯に追って、併走馬に三馬身遅れだって」

「遅れって、その新聞社のサイト、先着を間違えたんじゃないのかい」

「そんな大きな間違え、新聞がしないっしょ」

「おいおい、どしたね、アカリちゃん」

あまりのショックに摂男はコーヒーをこぼした。カバーを汚すと可南子に叱られるので、急いで台所から布巾を持ってくる。染みた箇所を叩くように拭きながら、「その併せた馬、走るのかい?」と駿平に尋ねる。

これまでなら相手にしていなかったレベルである。

「今、追い切りが出た。アカリはイマイチ」

駿平は呟きながらＬＩＮＥを打っている。

「それ、誰に送るね？」

「優馬だよ。アカリの調教が出たら教えてって言ってたから」

「そんなの送ったら勉強が手に付かなくなんだろ」

「あいつは最初から真面目に授業を受けてないよ」

「まぁ、そだろうけど」

摂男同様、子供たちもあまり勉強は得意ではない。もっともアカリを心配して仕事が手に付かなくなるのは摂男の方だ。これまでなら追い切りは必ず併せた馬に先着した。馬までが朝日杯で負けたショックを引きずっているのではないか。あるいは故障でもしたとか。そう思ったら居ても立ってもいられなくなり、コタツから立って西井調教師に電話した。

「西やん、アカリは大丈夫なんかい？」

焦っていると思ったが、電話に出た西井はいつも通り呑気だった。

〈摂ちゃんの電話は毎回、大声やな。鼓膜が破れてまうかと心配になるわ〉

「そりゃ三馬身も遅れたなんて知ったら誰でも泡食うわ。最後はバタバタだったんでねえの?」

〈それも計算のうちよ〉

西井によると、朝日杯後から普段の調教方法を変えたそうだ。それまでは八百メートルの坂路コースを毎日二本、駆け足で登っていたのを、平坦な周回トラックに替え、追い日以外は二周走らせているらしい。

「二周ったらどれくらいよ」

〈だいたい三千メートルくらいやな〉

「三千ったら菊花賞と同じ距離でねえの」

ダービーもスタミナが要ると言われているが、それでも二千四百メートルである。三千で相当驚いたというのに、西井は〈乗り役の保志にはコーナーは外を回すよう指示してるから、三千二百くらいは走ってるかもしれんな〉と平然と言う。そんなきついトレーニングを毎日していれば、追い日にへばってしまうのも当然である。

「なして急にそんなことをさせたのよ」

〈よう訊いてくれたわ、摂ちゃん〉

謙虚な男が、待ってましたとばかりに説明しだした。これまで逃げ一辺倒だったアカリを差し馬に換えたくて、その一環として長距離を走らせるトレーニングに変更したというのだ。

「それが脚質転換とどう関係してくるのさ」

〈俺はアカリはけっして逃げ馬ではないと思っとる。ただデビューから三戦、ハナにいったせいで、アカリ自身が競馬はそうやって走るもんやと誤解してるんや〉

「毎日三千メートルなんて、いくらなんでもハード過ぎるでねえの」

最近は多くの厩舎が、角馬場（かくばば）で金属棒（ハミ）を正しく噛ませて、ダクと呼ばれる常歩（なみあし）で時間をかけて筋肉をほぐす馬術競技の調教法を採り入れている。コースに出てからもそんなに速い時計は出さない。疲れが残らない程度にとどめて、馬が走りたくてうずうずしている状態でレースに臨むのが今流のスタイルだ。びしばし鍛えるのは、ひと昔前の調教方法である。

〈アカリは賢い馬だから、長く走るうちに、最初（テン）で飛ばすと最後は疲れるってことが分かるようになるやろ思（おも）てな〉

「そんな人間みたいな考え、馬ができるのかね」

〈そこは半信半疑やけど、保志が言うにはアカリは最初のうちは前に馬がいようなら、抜きたくてうずうずしてたんが、今は余計な力は抜いてゆったり走れるようになったらしいわ〉

「きょうの追い切りは一杯だったでねえの」

〈そんなん昨日きょうで簡単に修正できたら、調教師なんか要らんわ。もう少し長い目で見たってや〉

他人事のように話していた西井だが、そこで急にしかつめらしい口調に変わった。

〈なぁ、摂ちゃん、俺かてこんだけの馬を預かって、ただの短距離馬で終わらせとうないんよ。ここらでなにか変えんことには、ダービーまで間に合わんやろ〉

調教師の口からダービーと言われるとなにも言えず、「西やんがそこまで言うなら」と従った。西井はスターダストファームで仕事をしていた時から急いでいる姿を見たことがなく、仕事がのろいと上からよく怒られていた。だが遅くてもやるべきことはしっかりやっていた。実家が地方競馬の厩舎だったこともあり、良血馬も、スターダストにしてはそれほどでもない血統の馬でも平等に扱っていた。そんな男だからこそ、ゴールドセールでアカリを買ってくれた戸賀野オーナーに預託先を相談された時、「栗東の西井厩舎がいいですよ」と勧めたのだった。

〈あっ、そうや、戸賀野オーナーから電話があって、摂ちゃんから去年買った、アカリの弟、あの馬、牧場に買い戻させるって言うてたで〉

「なんだって」

アカリの半弟は去年のゴールドセールには弾かれて出場できず、戸賀野に直接取引で売った。父がアカリほど人気種牡馬でなく、なんだかんだ言われて七百万円まで値切られた。千五百万円くらいを期待していたから、ずいぶん安く売ったつもりだった。

「俺はなんも言われてねえけど、理由はなによ」

立ったまま携帯電話を耳に押しつける。

〈それは聞いてへんけど〉

「聞いてねえんかい」

脱力して、たたらを踏む。

〈訊こうとしたけど、その時には切られたんよ〉

「朝日杯前には、戸賀野オーナーはレディライラの今度生まれてくる子供にも興味があると言ってたでねえの」

〈朝日杯を一番人気で負けて嫌になったんかな？　最近の新しいオーナーは熱しやすくて冷めやすいから、困ったもんや〉

時々返金しろなどと無茶を言う馬主がいる。だがそれはケガなどで未出走に終わった後に代替馬を要求してくる時だ。生産者も今後の付き合いを考えて応じることはあるが、デビュー前に言われるのは珍しい。

「だけど買い戻すなんて無理さ。こっちには売買契約書だってあんだから」

そう言いながらも、馬主が急にそんなことを言い出したからにはなにか異常が生じたのかもしれない。アカリだけでなく弟のことまで、摂男に心配の種が増えた。

翌朝も夜明け前から摂男は作業を始めた。

「おはよう、お父さん」

すでに駿平は飼い葉の用意をしていた。前に仕事を手伝わせた時は必ず寝坊していたし、挨拶もしなかった。金崎牧場でみっちり鍛えられたようだ。

摂男は真っ先にレディライラの馬房に入って、乳の張りを確認した。

「お父さん、ライラの出産はいつ頃になりそう？」

「この感じだと来週くらいかな。一応、明日にでも獣医さんを呼んで診てもらうつもりだけど」

「そっか。いよいよ大変な季節がきたね」

「なによ、よそ事みたいに。駿平とお父さんで交互で見張んだかんね」

「もちろんそれは分かってるけど」

お産の時期になると、馬房に監視カメラをつけて一晩中監視しなくてはならない。これまでは摂男一人でやっていたため、夜は十五分ごとに携帯のタイマーをセットし、仮眠しては起きることを繰り返した。

馬はなにも問題がなければ自然分娩だ。産道に手を突っ込んだ時、仔馬の両脚が伸びていればあとは見ているだけでいい。ところが片膝を曲げていたり、胎位が横になっていたりすると難産になる。そういう時は獣医を呼び、診療所に運ぶ。それが仔馬は死なせても母馬を守る最良の方法であり、判断が遅くなれば、仔馬ばかりか、母馬まで失ってしまう。

摂男は母馬、駿平が明け一歳馬と役割分担していたが、この日から母仔ともに放牧はすべて駿平に任せ、摂男は出産が近づいてきたライラに専念することにした。馬房でライラに引き手をつけて、厩舎の外で曳(ひ)き運動する。運動させることで安産になることが多い。ただ馬にしてみたら、どうして毎年出産時期になると無理やり歩かされるのか、迷惑がっているだろう。

ライラも放牧地に行きたいのか、厩舎周りを歩きながら首を振って反抗した。「コレッ、ライラ」と注意する。出産前は馬も神経が張り詰める。放牧地に監視カメラがないため、あかり野牧場では出産間近は馬房から出さないが、研修したケンタッキーの牧場は、昼間は放牧して、草の上で自由に産ませていた。

腹に入っているのは三冠馬ヘルメースの子供なので、アカリの全弟(ぜんてい)、または全妹(ぜんまい)になる。朝日杯を勝っていれば、今頃競馬雑誌から「GI馬のふるさと」の取材を受け、ライラの出産も記事になったことだろう。朝日杯の前は何度か電話取材を受け、「馬恋の小さな牧場からGI馬が誕生する」と書いてくれたスポーツ新聞も、レース後はぱたりと連絡が途絶えた。たった一度負けただけだというのに、アカリは終わった馬だとみなされているようだ。それくらい馬の世界は人の気移りも激しく、薄情である。

厩舎周りを何周かしたところで、またライラが首を振ったので「コレッ」と注意した。

そこに駿平が厩舎から一歳馬を引っ張り出してきた。

「駿平、あと何頭よ」

「これで終わりだよ」

「そっか、お疲れさん」

駿平は引き手を短めに持っていた。人間に曳かれている時は真面目に歩かなくてはいけないということを若馬に伝える、教科書通りの曳き方である。これも教えたことはなかったから、金崎牧場で指導を受けたのだろう。ただ一つだけ、気になることがあった。それは一歳馬が悪さをするたびに、駿平が「コラッ」と結構な大声で叱っていたことだった。

「なぁ、駿平、おまえ、なんであんな大声出すのさ。馬だってびっくらこくべ」

馬の放牧を終えた休憩中、ストーブの上で温めた缶コーヒーを飲みながら、摂男は尋ねた。

「子供のうちに、悪い癖がついたら後々困る。きちんと躾けろってお父さんも言ってたでない？」

「そだけど、あんな大声出したら、周りの馬まで怖がってしまうでねえの。おまえだって運転中に急にクラクションを鳴らされたら、自分でなくても面食らうだろ」

馬は人が近づいたり、カメラを向けたりしたくらいではなんてことはない。むしろもっと写真を撮ってくれとポーズを決めることもある。子供の時からチヤホヤされてきた馬の方が人間慣れして大レースで物怖じしなくなるのだ。

それでも人間が大声を出したり、突然、目の前で屈んだりすると、自分より体の小さな肉食獣に襲われると錯覚し、パニックになって暴れ出す。約五百キロの体で、強い闘争本能を持つように血統を掛け合わせられて作られても、所詮は草食動物である。

「あんな程度で驚いてたら、競馬場に行ったら済まないっしょ。スタンド前からスタートのダービーとかは大歓声を浴びるわけだし」

駿平は納得がいかない様子だった。

「怒る時にコラッはないいんでねえか」

「なんて怒ればいいのさ」

「コレッでいいさ」

真剣に言ったのに、駿平は腹を揺すって哄笑した。

「お父さん、『コラッ』がきつくて、『コレッ』なら優しいなんて、そんなの馬には分からないよ」

「そんなことはねえって」

馬には必ず伝わる。それに摂男が言いたいのは、扱う側の気持ちである。普段から苛々(いらいら)していると、本当に馬が悪いことをした時に過剰に反応して手を上げてしまう。そうしないためには馬を扱う時は穏やかに、注意する時も本気の手前くらいの気持ちでいること。それには「コレッ」くらいがちょうどいいのだ。

もっとも駿平は大声を出すだけで、馬を叩いているわけではなかった。いきなり自分のやり方を押し付けてこの仕事が嫌になったら元も子もないと、「これからも優しい気持ちで頼むな」とだけ言った。

2

その日の昼食中、戸賀野オーナーから電話があり、〈あんな欠陥馬を売りつけやがって。金を返せ〉と怒鳴られた。どこが欠陥馬なのかを訊き返したが、戸賀野は言いたいことだけ言って電話を切った。アカリの弟は日高地方の最東部、あかり野牧場からは車で二時間近く離れた名前も聞いたことのない育成牧場にいる。迷った末、外出している可南子に〈帰ってきたら放牧している馬を見といてよ〉とショートメールで頼み、駿平も連れていくことにした。

「えっ、俺も行くの？」

「育成場を見るのも勉強だべさ」

駿平にはそう言ったが、実際は繁殖専門でやってきた自分より、金崎牧場で育成馬も見ていた駿平が一緒の方が、なにか発見があるのではないかと思ったからだ。なにが気に入らなくて戸賀野がキャンセルしたいと言い出したのか。もし先天的な欠点があるのなら、次の馬を値引きするなり、代替馬を渡すなり、なんらかの補塡はしなくてはいけないだろう。逆に育成場で起きた事故のせいなら摂男には責任はない。

しばらく海沿いの国道を走ると、ナビから北側に左折するよう指示され、脇道に入った。最初は馬恋と同じで、厩舎の屋根と放牧している馬しか見えない長閑(のどか)な景色が続いていた。ところが次第に牧場はなくなり、未舗装の道になった。行けども行けどもトレーニングコースどころか厩舎らしき建物も見当たらない。

「お父さん、ナビに道がなくなったよ」

「おまえ、ちゃんと住所を打ち込んだか」

「打ったよ」

ナビからは消えたが、実際に道が続いているからまだ行けるのだろう。途中で沢があり、古い橋が架けられていた。川は凍っているが水面が高いため、大雨でも降れば増水しそうだ。本当にこんな場所に牧場があるのか。ついに車一台分がギリギリ通れるほど道が細くなったので、諦めて引き返そうとしたところ、黒地にピンクの文字で《与田ファーム》と書かれた、やたらとキラキラした看板が立っていた。

厩舎というよりは、廃屋（はいおく）のような掘っ立て小屋だった。古材の横から馬たちが顔を出し、古びた飼い葉桶（おけ）に顔を突っ込んでいる。みすぼらしさにも驚いたが、現れた与田（よだ）という場長にも我が目を疑った。まだ二十代前半、ミラーのサングラスをかけていて、帽子の後ろから金髪の襟足（えりあし）が伸びていた。

「灯野さんですか。遠いところご苦労様です」

彼はサングラスをかけたまま会釈した。

「GⅠ二着の牧場さんと会えるのは初めてなので、俺、今、激アツです」

からかわれているのかと思ったが、「さあさあ、こちらへどうぞ」と手を出して敷地内へと案内してくれたから、そうではなさそうだ。聞けば与田は神奈川出身の二十八歳らしい。学生時代から乗馬をやり、高卒後に福島の育成場で働き、去年、ここに育成牧場を作った。スタッフは育成場時代の仲間がもう一人いて、彼と二人で毎日、軽トラックで二頭の馬を一時間ほどかかる軽種馬育成調教センターまで運び、そこの馬場で乗り運動してから車で戻り、残りの馬をまた連れていくことを繰り返しているとか。敷地には馬房以外は、馬一頭で窮屈になりそうな小さな放牧地が一つあるだけで、ウォーキングマシーンもない。想像を絶する劣悪な環境に摂男はなにから訊いていいものか混乱していた。すると隣から駿平が話しかけた。

「与田さんって神奈川のどこですか？　うちの母さんも横浜ですよ」

「俺も横浜だよ。きみのお母さんはどこ？」

「元町です」

「すげえお洒落じゃん。だけど俺も元町の近くの本牧（ほんもく）ってところなんだけど」

「本牧って、家系ラーメンで有名な店があるところですよね」

「よく知ってんじゃん。昔は暴走族とかメチャ走ってたけど、今はずいぶん変わったよ」

　どうでもいい話で二人は盛り上がっていた。いくら駿平が年下とはいえ、内地の言葉で馴れ馴れしく喋る与田が、摂男はどうにも気に入らなかった。そもそも初めて会った人間の前で、自分を「俺」と呼ぶのもどうか。

「それはそうと、ライラの仔を見せてくださいよ」

　与田の相棒が馬房からアカリの弟を引っ張ってきた。去年の夏以来、五カ月ぶりの再会である。栗毛のアカリに対し弟は鹿毛（かげ）だが、額（ひたい）に流星があって、アカリとよく似たイケメンだ。馬体は若干、後肢（トモ）が寂しいが、それは父親に長距離血統のロイスクラウンをつけたからで、ある程度予測していた。廻（まわ）って確認したところ、他に不安は見えない。

　気になったのは馬より、曳いてきた男の方だった。彼も金髪にサングラス、耳にピアスまでしていた。

「今朝、馬主から欠陥馬だと文句を言われたんですけど、この馬、どこか悪いんですか」

馬を見ながら尋ねた。だがピアス男は自分には訊かれていないと思ったのか返事もしない。与田を探すと、摂男の背後で、両手でスマホを持って画面を眺めている。

「与田さん、なにしてるんですか」

「動画撮影ですよ。せっかく牧場さんが来てくれたんで、うちのフェイスブックにアップしとかなきゃと思って。ちゃんとあかり野牧場の親子が来たと書いときますから、安心してください」

「安心って、別に心配もしてませんよ」

「灯野さんってフェイスブックをやってないんですか？　それってすごくもったいないなあ。今は牧場とファンが繋がる時代なのに」

次第に腹が立ってきた。発信するのは一向に構わないが、そういうことは仕事に余裕ができてからやるものだ。少なくともこの育成牧場は、厩舎を直すなり、飼い葉桶を新調するなり、すべき仕事は山ほどある。

「与田さんたち、自宅はどこなんですか」

「二人とも町の方ですよ。ここから車で三十分くらい」

「そんなに遠く？　夜は大丈夫なんですか。馬が熊に襲われたらどうするんですか」

「灯野さん、笑わせないでください。熊は今の季節は冬眠してますよ。こんな寒いのに」

与田が言うと、それまで一言も声を発しない相棒がハハハと声に出して笑った。

態を例に出したのは、もしなにかあった時に誰が責任を取るのかと言いたかったからだ。怒っているのに、与田はいつのまにか摂男の横に来ていて、馬をバックに自撮りを始める。隣で駿平がピースサインした。

「駿平、そんなことしなくていいんだよ」

摂男は息子の手を払う。

「だって、うちの馬がフェイスブックに載るんだよ」

「ほら、灯野さん、スマイルですよ」

与田に馴れ馴れしく肩を叩かれたので、摂男は仕方なく口角を上げた。

「戸賀野オーナーは僕らにも文句を言ってきましたよ。こんなトモが寂しい馬は走らねえって書かれたとか」

撮影を終えた与田が言った。

「書かれたって誰にですか？」

「うちのフェイスブックを見たペーパーオーナーファンです。オーナーは『この馬、体がガレてて非力そう』というコメントを読んだみたいですね。実際はカイ食いもいいし全然そんなことはないんですけどね。最近のファンは評論家だから」

「そんなことでオーナーは文句を言ってるんですか」

それで欠陥馬だという戸賀野もどうかしているが、聞いているうちに与田の方に腹が立った。

「おたくが勝手にフェイスブックに載せたからではないですか」

「でも《いいね》ボタンはたくさん押してもらってますよ」

与田は悪びれることなく答える。

「そんなの押されたって、我々にはなんの得にもなりませんよ」

「僕らは馬をもっと身近なものにしたい、馬を通してファンと交流したいと思って牧場を始めたんです」

「違うでしょ、与田さんの仕事は、預かった馬を競走馬としてきちんと育成して勝たせることでしょ」

「もう灯野さん、そんなカリカリしてちゃ馬もハッピーになりませんよ。ここにもうちのキャッチフレーズが書いてあるでしょ。『ハッピーホース、ハッピーファーム、与田ファーム』って」

フェイスブックのトップページを指す。

「なんですか、そのどこかで聞いたようなフレーズは。もういいです。帰ります」

頭に来た摂男は背を向けて車に戻った。

3

帰り道を運転しながら、すぐにでも戸賀野に連絡し、育成施設を変更するように進言しようと考えた。たぶん預託料が安いから彼らに頼んだのだろう。実際に足を運んで自分の目で確認すれば、こんな場所に大事な馬を預けられるかと怒って引き上げるはずだ。

摂男は怒りが収まらなかったが、助手席の駿平は鼻歌を唄いながらスマホを弄っていた。

「お父さん、さっそく僕らの写真がアップされたよ」

手を伸ばしてスマホ画面を見せてきた。

「それ、あの金髪軍団のフェイスブックかね」

あれだけ嫌悪感を態度で示したのに、帰るやいなや掲載するとは、いったいどういった神経をしているのか。

「金髪軍団って、二人だけじゃん」

「従業員二人が両方金髪なら、充分軍団だ」

「もう一人の人、馬術で国体にも出たことがあるって出てる。馬に情熱を持って生きてきたとも書いてるよ。熱男だったんだね」

ピアスをした男の方だ。コミュニケーション能力に欠けているのか、彼は一言も話しかけてこなかった。

「だいたいそんな凄い人間だったらあんなボロ家みたいな場所でやらねえべ」

「お父さんはそう言うけど、うちみたいに家が牧場をしてる人はともかく、そうでない人が馬の仕事を始めるのは大変なんだよ。仕方ないじゃん」

駿平は彼らを擁護した。その苦労は分からなくはない。熊が出そうな山奥でも初めは仕方がないかもしれない。摂男が気に入らないのは彼らの仕事への姿勢だ。だがそう言ったところで、「そうかな。馬の脚にはちゃんとバンデージも巻いてたし、ちゃんとケアしてたじゃん」と駿平は引かなかった。

「それくらい誰だってやるだろう」

「この仕事に情熱を持ってたし」

「どこがだね。ろくに会話もできねえのに」

「相棒の人は人見知りだったけど、与田さんとはお父さんも会話が弾んでたじゃん」

「弾んでなんかいるか。なにが僕らがハッピーで楽しまないとよ。そんな甘い考えでやれる仕事ではねえよ」

駿平はそこでため息をつき、肩をすくめた。

「お父さんみたいな考えだと、もう若い人はこの仕事をやらなくなっちゃうよ。馬に触れることは楽しい仕事だと伝えていかないといけないのに」

「そんな温(ぬる)いことを言ってたら、いつまで経(た)っても大きな牧場に勝てねえ」

「勝ち負けって考え方からして間違ってるよ。人と比べるものではなく、自分が納得すればいいじゃんか」

「競争なんだから比べるのは当たり前だべ」

「それよりお父さんはあの人たちの髪の毛の色が気に入らないんだろ。それって偏見じゃん」

　本音を見抜かれたことにムキになり「俺が気に入らないのはあの鏡みてえなサングラスだ」と言い返す。

「あれ、俺はカッコいいと思ったけど」

「やめろ。あんなのかけたら、馬もよく見えなくなる」

「フェイスブックも気に入らないんだろ。自分の牧場をSNSで発信するのって今は大事じゃん。新しい馬主さんが見て、うちの牧場を気に入ってくれるかもしれないし」

　頑固なところは摂男によく似たのか、駿平は一歩も引かなかった。

「よし俺も決めた。うちの牧場もフェイスブックやる」

「そんなのやるな。災難の元だ」

「いいじゃん。きっと与田さんたちがフォローしてくれるし。あっ、与田ファームのフォロワーには、スターダストファームの育成場の場長さんもいるよ」

会話の語尾にやたらと「じゃん」が付くのも気になった。可南子が横浜育ちとあって、子供たちもつられてよく言っていたが、急にこれほど連発するのは与田の影響を受けたせいだ。

車は馬恋に入る橋に差し掛かった。この幅広の川は結氷しておらず、傾きかけた西日が反射した川辺に、シベリアからの渡り鳥が羽を休めている。橋の継ぎ目を乗り越えるたびに車を揺らしながら、長い橋を渡る。今の摂男と駿平の考え方は、この川幅ほど遠く離れている。

家に戻って玄関を開けると、可南子から叱られた。

「お父さん、あれだけストーブの上にコーヒーを置かないでって言ったじゃないの。心菜が怖がるって」

出かける前に缶コーヒーを温めたまま、部屋を出てしまったようだ。コンビニも自販機も近くにないこのあたりでは、ストーブの上で温めるのはみんなやっていることだが、熱し過ぎると缶が膨張し、爆竹のような音がする。その音に心菜が一度大泣きした。

「次から気をつける。それよりライラのお産が近づいてきたから、もうしばらくしたら俺はコタツで寝るわ」

機嫌がいいと「私も手伝うわよ」と言ってくれるが、「ストーブはつけっぱなしにしないでよね」とこの日の可南子はそんな気分ではないらしい。

「寒いからダウンケットを出しときたいんだけど、どこにしまったっけ？」

「知らないわよ。あなたが去年、しまったんでしょ」

「そだったっけ。それよりきょうの晩御飯はなによ」

機嫌を伺うつもりで尋ねたが「これからセイコーマートに行くの。きょうは優馬の保護者会とかで忙しくてスーパーにも行けてないんだから」と可南子はけんもほろろで、せわしなくダウンを着て出ていった。

可南子が不機嫌なのはその後も変わらなかった。夕食はコンビニの出来合いのコロッケと唐揚げ。まだ食べている途中だというのに、摂男たちがお笑い番組に夢中になっていると、食器を片付け始める。

「ちょっと、なによ、まだ食べてるのに」

「食べるなら食べる、テレビを見るなら見る。どっちかにしてよ」

「分かったよ、食べるよ」

一緒にテレビを見ていた駿平と優馬も慌ててご飯を掻き込み始める。心菜までが母親がピリピリしていることを不安そうにしている。

「もう、昨日最後にお風呂入ったの誰よ？　最後の人はちゃんとお湯を抜いておいてって言ってるでしょう」

　風呂場からきんきんした声が響いた。

「ごめん、俺だ。次からちゃんとやる」

　摂男は大きな声で謝った。

「お父さん、なんできょうのお母さん、怒ってるのよ」

　駿平に訊かれた。

「知らんよ、帰ってきてからずっとそうだし」

　考えてみるが、ストーブの上にコーヒーを置いたこと以外、思い当たる節はない。

「優馬、お母さんを怒らせたんでねえか。先生から出席日数が足りなくて進級できねえと言われたとか」

「それよりお父さんじゃないの、浮気したとか」

「するわけねえべ」

　最近はフィガロにも行っていないし、買い出しも今週は可南子の番だ。女の機嫌の悪さを男が深く考えても分からないことの方が多いと、その晩はさっさと風呂に入って、早めに布団に潜った。

　日曜日の共同通信杯、パドックを歩くアカリを映したテレビに向かい、「アカリ、意地を見せたれよ」と応援した。ハード調教をこなしていると聞いたが、馬体重の増減はなく、気配は悪くない。

駿平と優馬もコタツで観戦している。だが可南子は心菜の幼稚園のイベントに出かけた。朝日杯の時は家族みんなで応援してくれたのに、なんだか寂しい。

「あっ、出遅れた」

ゲートが開いた瞬間、駿平と優馬が口を揃えた。これまで好スタートを切っていたアカリが、最後方からの競馬になる。

「大丈夫かな」

優馬が声を出すが「いいんだよ。西井が脚質を換えるよう保志に指示したのさ」と自分に言い聞かせるように摂男は言った。

四コーナーを回ってもアカリは最後方だった。

「あ〜、ゲッパだ」と駿平。

「いや、ここからさ」

まだ余力がある。保志はそんなにムチを連発したり、騎乗が乱れるほど手綱を激しく追ってもいない。

「全然だめかぁ」

優馬がそう嘆いた時にはテレビカメラは、逃げ粘ろうとするガーランド、二番手から並びかけるマイタイビーチの二頭だけを映し、アカリは画面から消えた。二頭ともスタートダッシュを決めたが、中ほどでスタミナが切れた。すでに勝負が決してから、大外からアカリが伸びてきたが、十一頭立てで六着と掲示板にも載れなかった。

ファームの馬だ。ゴール前でマイタイビーチがかわした。すでに勝負が決してから、

西井が採った作戦は裏目に出たようだ。やはりアカリは逃げてこその馬なのだ。それを抑える競馬を無理強いしたことで馬が走るのを嫌になったのではないか。このまま平凡な馬で終わってしまうのなら、ダービーはすぱっと諦めて、逃げ馬として短距離で活躍してくれた方がいい。

頭の中が整理できないでいると、外で車の音がした。可南子が戻ってきたと思ったら福徳だった。

「さっそく慰めに来てくれたのか。だったら無駄だ。俺はしばらく立ち直れそうもねえ」

「そんなことより奥さんはいるか？」

どうも様子がおかしい。

「可南子は出かけて、今は息子二人がいるだけだ」

「だったら外で話そう」

手を引っ張られて玄関から出された。

「どしたね、福徳、そんなに慌てて」

「葵が馬恋に戻ってきたぞ」

高校時代に摂男が付き合った元カノの名前が出た。

毎週、馬恋から札幌に歌と演技のレッスンに通っていた葵は、三年の夏休みを終えると、東京の芸能事務所に決まったと言って引っ越した。付き合っていた摂男はショックを受けたが、止めるわけにもいかず、結局、自然消滅した。

会ったのはそれっきりだが、彼女は東京で夢を叶えて歌手デビューしたからテレビでは見た。ただし馬恋高校では男子生徒全員が振り返るほどだった葵でも芸能界は厳しく、歌手では売れず、その後は女優になったが、十年くらい前からはドラマでも見なくなった。最初のうちはテレビに出演するたびに「葵がまた出てるぞ」と騒いでいた町の人間たちも今は忘れている。

「帰ってきたというのはびっくりだけど、だからといってそんなに慌てることもねえべさ」

「五歳の男の子も一緒だって」

「そりゃ、いても不思議はねえだろ」

「旦那もいる」

「子供がいるなら旦那だっているだろう。いねえ方が心配だ」

「その旦那が問題なんだよ。その男、どうもヒモらしいんだわ。でけえ体して髪も髭もだらしなく伸ばして見るからにヤクザみたいな感じだって。葵は馬恋のスーパーでパートで働いてんだけど、旦那から無理やり働かされてるって、町中で噂になってる。それを聞いて、こりゃ摂ちゃんに伝えなきゃって慌てて来たわけさ」

馬恋高校の創立以来、一番の美少女と言われた葵がスーパーで働いている姿はイメージできなかった。今は四十二歳になっているし、仕事が必要ならスーパーでだって働くだろう。だとしても旦那がヒモでヤクザみたいな男とは、東京で葵になにがあったのだろうか……。

昔の彼女のこととはいえ、摂男は気が動転した。

4

肩まで真っすぐ伸びた黒髪に、くっきりと二重で縁取られたきれいな目をした葵が馬恋高に転校してきたのが高二の一学期だった。クラスの男子全員が、その瞬間ひと目惚れしたのではないか。それくらい全員が放心状態だった。間もなくして彼女が芸能界を目指しているという噂も広まった。テレビではしゃいでいる天真爛漫なアイドルとは違い、彼女はけっして表情は豊かな方ではなかった。それでも自分たちが想像でしか知らない芸能界に彼女は足を踏み入れようとしている……彼女の佇(たたず)まいには色気というか艶(つや)やかさというか、高校生にはけっして出せない大人の香りが漂っていた。

彼女は馬恋のスーパーの裏にある、大工をしている祖父の家を間借りしていた。両親とも仕事はしておらず、借金取りから逃げてきたという噂だった。にもかかわらず、葵は週二回、母親が運転する祖父の軽自動車で札幌までレッスンに通っていた。

当初はクラスに馴染めていなかったが、誰かが声をかけていき、次第に彼女の周りに人が集まるようになった。ほとんどが女子だったが、摂男たち男子もなにか口実を作ってその仲間の輪に入ろうとした。高二の文化祭の打ち上げで、摂男のクラスは教室でカラオケ大会をした。自分の番になっても、恥ずかしがって歌わなかった葵だが、仲の良かった朋美が勝手に選んだ『負けないで』を熱唱した。あの時は本物の芸能人が来たと思ったほど、地味な教室が都会のコンサートホールのように華やいだ。

男子はほぼ全員が葵のファンだった。すでに今の嫁と付き合っていた本田にしたって授業中にこっそり眺めていた。告白する者がいなかったのは、彼氏が札幌の大学生で、オープンカーに乗って馬恋まで来ていたという噂もあったからで、田舎者の自分にはとても葵の彼氏は務まらないと、男子全員の腰が引けていたのだ。

――よし、俺、決めたわ。告白する！

三年になって摂男がそう宣言した時、無謀なことはやめろと本田や福徳に止められた。本音はみんな、先を越されたと悔しがっていたはずだ。屋上に呼び出し、心臓をバクバクさせながら思いを伝えると、葵から「いいよ」と言われた。

それからというもの摂男は勉強も家の仕事も手に付かず有頂天だった。自転車を押しながら毎日、葵の家まで送り、一時間以上もペダルを漕いで家に帰った。初めて付き合った女の子に、摂男は手も繋げなかった。

芸能界やレッスンの話を聞きたかったが、あまり話したがらないので、馬の話ばかりした。そして夏休み、ついに初体験した。

ところが休みが終わる直前、午前中に葵に呼び出され、「東京の事務所に入れたから東京の学校に転校する」と伝えられ、彼女は馬恋から引っ越した。その頃の摂男はパソコンを持っておらず、教えてもらった住所に手紙を書いたが、返事は来なかった。きっと新しい事務所から男女交際を禁じられているのだろうと、摂男は諦めた。

そこまではかけがえのない青春の一コマだったが、新学期に登校すると、摂男とは仲が悪かったクラスメートが、にやにやしながら近づいてきた。

「葵が朋美に言ってたらしいぞ。『摂ちゃんって牧場の息子だけに、あっちも先行逃げ切りだった』って」

噂は瞬く間に広まり、摂男はみんなに羨ましがられる美少女の彼氏から、学校中の笑い物になった……。

本田牧場の応接室にいつもの三人が集まった。

「あの葵がヤクザみたいなヒモ男と結婚して馬恋に帰ってくるとはな。東京は恐ろしい場所やな」

「おい、ポンタ、まだヤクザかは分からねえだろうが」

　摂男が本田に言ったが、福徳が「そうでなくても似たようなもんさ」とあおる。「この前、うちにガソリン入れに来た時も、旦那は助手席に乗って、葵に運転させてたらしい。うちのおふくろが言うには、旦那は目つきが悪くて、目すら合わせようとしなかったって」

「俺もそう思うべ」今度は本田だ。「偶然、スーパー行ったら、顔もスタイルも昔のまま、『滝川(たきがわ)』と名札をつけた葵がいたよ。それがヤクザもんの苗字なんだな。邪魔したら悪いから帰ろうとしたら、仕事終わりみたいで、旦那が息子を連れて迎えに来た。旦那と来たら、買い物袋を全部葵に持たせ、ジャンパーのポケットに手を入れて歩いてたよ」

　偶然行ったと言うが、きっと葵に話しかけに出かけたのだ。そこに旦那が現れたものだから、風を食らって逃げ隠れたに違いない。

「どして旦那は迎えに来たのさ」

「そんなの当然だ。葵に悪い虫がつかねえか、見張ってるのさ」

「そうよ、この町には元カレがいるからね」

　福徳が白々しい目で摂男を見た。

「いつの話してるんよ。俺は関係ないわ」

手紙を書いても返事がなかったのだから振られたも同然、しかも「先行逃げ切りだった」と言い残して……。

初めてだった摂男は緊張して、できたと思った時には終わっていた。元カレと比べた葵は呆れたのかもしれないが、だとしても他人に言わなくてもいいし、競馬に喩えなくてもいい。馬産とは関係のない家に育った葵は、摂男が必死に馬の話をするのを真面目に聞いてくれた。でも彼女の口から競馬用語が出てきたことはなかった。

福徳が知らせに来たのは、可南子が心配だったこともあるそうだ。優馬と同じ中二の息子がいる福徳の嫁が保護者会に出席した時、周りが「灯野さんの元カノが帰ってきた」と噂していたというのだ。

「可南子はそんな昔のことを気にしねえよ」

そう言ったが、福徳の嫁が言うには、その噂を聞いてから可南子は急に険しい顔になり、口数が減ったらしい。可南子も「先行逃げ切り」の噂を知っていたようで、言いふらした葵に怒っているのかと思ったが、「きっとそこまで言われても黙っている摂ちゃんの方に怒ってんのさ」と福徳は分析した。

「福徳の言う通りだべ。ここは摂男が乗り込んでガツンと言わなきゃいけねえ。やったれ、摂男」

「おい、ポンタ。おまえ、さっきは旦那はヤクザもんだと思うって言ってたでねえの」

「それとこれとは別だ。こういうことはきちっと決着をつけねえと男がすたるってもんだ。これから葵は馬恋の住人になるんだからな」

「俺もそう思うわ。摂ちゃんだけでなく、あかり野牧場の馬まで、逃げて垂れると不名誉なことを言われるぞ」

「垂れるとまでは、誰も言ってねえべ」

「誰も摂ちゃんが『勝った』とは思ってねえべ」

心配していたはずの福徳までが、クックと笑っている。葵の帰郷は、馬以外にさして話題のない町のいい娯楽になっているようだ。


本田と福徳に言われたわけではないが、その日の夕方、可南子に「組合に行ってくる」と嘘をつき、馬恋のスーパーに出かけた。

思い出すのは高校時代、いつも目の中に入った汗粒が弾けたような、眩しさを放つ葵だった。ただ時々、なにか物憂げな表情を見せていたのも忘れていない。何度か悩み事でもあるのか尋ねたが、「ううん」と無理に作り笑いをされて答えてもらえなかった。

ずっと馬恋にいるつもりがなかった葵が告白を受けたのは、暇つぶしのようなもので、摂男のことなど好きではなかったのかもしれない。かといって嫌われてはいなかったと思う。毎日、一緒に帰ってくれたし、まごつきながらも結ばれた時には、それまで目を瞑って応じているだけだった葵が、おずおずと細い手を摂男の背中に回してきた。その時になって初めて摂男は好きな子と一緒になれた気がした。

スーパーならレジ係だろうと思ったが、レジにはいつもの主婦しかいなかった。きょうは休みか、それとも早帰りしたか。スーパーの従業員も皆、顔見知りなので帰ろうとしたところ、野菜売り場でスウェットに野球帽を被った細身の女性が、キャベツの入ったダンボールを運んでいた。胸に「滝川」の名札をつけている。つばの下から顔が見えた。

「おばさん、こっちもあるから早くね」

トマトの箱を運ぶ高校生バイトに言われ、「はい」と返事をした。

あの葵が野菜を運んでいる。高校生からおばさんと呼ばれている。想像していたのは二十七、八歳の頃、アイドルから女優に転身し、サスペンスドラマで悪女のホステスを演じていた時の艶美な容姿だった。横顔にその面影は残っていた。だがほとんど化粧をしていないためか、目尻に薄っすらだが皺が見え、同年代の田舎の女性とそれほど代わり映えしなかった。

キャベツを陳列すると、今度はトマトの箱を運び、棚に並べていく。スウェットの袖で葵は額の汗を拭いた。こんなところから覗き見するのは悪いと、引き返そうとした。そこでポケットの携帯電話が鳴った。手を入れて切ろうとしたが、慌てたため時間がかかった。

「もしかして、摂ちゃん」

背後から声がした。振り返るとトマトを両手に持つ葵が立っていた。

スーパーの休憩所で摂男は葵と二人きりで座っている。青果売り場で立ち話をしようとしていると、バイトの少年に「なんだよ、さぼるんだったら先に休憩入ってよ」と舌打ちされ、摂男は葵の後ろをついてきたのだった。長テーブルを挟んで二人で向かい合って座ったが、適当な言葉が浮かばない。

なぜ帰って来たの？　芸能界はいつ引退したの？　旦那さんは仕事してないの？　訊きたいことは山ほどあるが、なにを訊いても葵を傷つけてしまいそうだ。

「あっ、お茶、取ってくるね」

葵は立ち上がって緑茶を持ってきた。

「ありがとう」

出されたお茶を飲んだ時に、「高校の時以来だから二十五年ぶりだね」と言われた。

「そだな」

返事はするけど、まともに顔を見られず、爪を弄ってもじもじしてしまう。

「どうして急に帰ってきたのとか、摂ちゃん、そういうことを訊かないんだね」

「別にこっちに家があんだから帰ってきても不思議ないっしょ。誰がそんなこと訊くのさ」

目を合わせずにさりげなく答えたつもりだったが、まるで下手な役者の棒読みのようになっている。

「もう何回も訊かれたよ。テレビで見なくなって何年も経つけどその後はなにしてたの？結婚してるみたいだけど旦那さんはなにしてるのとか、田舎の人は容赦ないから」

「そんなの挨拶みたいなもんじゃねえの。本気で知りたいわけではねえよ」

「そんなことないよ。みんな根掘り葉掘り訊いてくるから。あたし自身に、負けて帰ってきたという負い目があるからそう感じちゃうんだけどね」

そこで初めてちゃんと顔を見た。無理して浮かべた笑顔に十代の頃がよみがえった。思い出したのは南北海道の予選に出場した野球部の応援に行った時だ。彼女は他の生徒に混じって声を嗄らして応援して、九回のツーアウトになると両手を握って祈っていた。その打者がアウトに倒れると目から涙がこぼれた。そのしずくに、摂男ももらい泣きして、しばらく号泣した。

部活もせず、ほとんどレッスンに費やしていたのに、東京で結成したアイドルグループは鳴かず飛ばずで解散し、女優でも二時間ドラマの端役だった。それくらい彼女が挑んだ世界は厳しい場所だったということだ。

「葵ちゃんは東京で頑張ってたでねえの。俺も何回もテレビで見たし」

「あたしは全然、頑張ってなんかないよ。やることなすこと全部だめで、結局、挫折しちゃったし」

「歌ったり、ドラマに出たり、普通はそんなことは誰もできねえんだから」

なにを言っても励ましにもならないことは分かっていたが、なんとか元気づけようと思いついたことを口にしていく。葵にしたって馬恋に戻ってくることは屈辱だったに違いない。だがなにか代えがたい事情があって、祖父が亡くなった後も空家で残っていた家に戻ってきたのだろう。葵に限らず、馬恋でしか生きていけない人間がここにはたくさんいる。

「摂ちゃんは昔と同じで優しいね。札幌にいた時は、男子はみんな、思い込みが激しくて自分勝手だと思ってたけど、摂ちゃんは全然違ったもの」

褒められたのではなく初心と言われたように聞こえた。

「俺もあの頃、調子に乗ってたけどね」

「調子には乗ってたかな。卒業したらアメリカに留学するとか、いつかダービー勝つとかそんな話ばっかりしてたし」

思い出しただけでも汗が止まらなくなりそうだ。馬の話しかしなかったのは、いくら背伸びしたところで、スターを夢見て頑張っている葵に対抗できることは、自分には他になかったからだ。競馬に興味のない女の子にそんな話しかできなかったのだから、振られるのも当然かもしれない。

「葵ちゃん、結婚したんだって？　旦那さんって、東京ではなんの仕事をしてたの？」

一つくらい訊いておこうと勇気を振り絞って質問した。

「前は芸能関係。あたしが最後に所属していた事務所の社長なんだけど、その会社が潰れちゃって」

いかにもありそうな話だ。

「そっか」

「そのあとは土木関係の仕事をしてたんだけどね」

「だったらこっちにも仕事はあるよ。最近、橋ゲタの改修工事が始まったし」

「もう仕事はしてないんだ」

「そ、そうなんだ」

舌がもつれてそれ以上は触れられなかった。芸能事務所の社長で羽振り（はぶ）りがいい時代も知っているから、土木仕事などやっていられず、葵を働かしているのか。そんな男に引っかかった葵が可哀想すぎる。

「そうだ。あたし、昨日、幼稚園に子供の編入の相談に行ったら、摂ちゃんの娘さんに会ったよ、心菜ちゃんっていうんだね。摂ちゃんに似たクリクリした目で可愛いね」

幼稚園に入れるつもりなのか。お金はかかるが、ヒモ男が面倒を見るくらいならそうした方がいいだろう。女房に運転させ、買い物袋も持たせる男だ。子供の虐待だってしかねない。

「奥さんにも会ったよ」

「えっ、うちの女房にも」

「いろいろ幼稚園のこと教えてくれた。横浜の人なんだってね。こっちで子育てする大変さとか、いろいろ教えてくれて参考になったよ」

驚いて返事もできなかった。昨日の可南子を思い出す。それなら話してくれても良さそうだが、葵の話など聞いていない。

「摂ちゃんって、優しいよね。あたし、あんな酷いことを言ったのに、こうして心配して見に来てくれたし」

「酷い話ってなんだっけ？」

惚（とぼ）けたが中身は分かっている。葵は急に話を替えた。

「ねえ、摂ちゃんのバイクで一緒にデートしたことを覚えてる？」

「もちろん覚えてるさ」

一二五ccのバイクに二ケツして、地方競馬が開催していた札幌まで生産馬の応援に行った。その馬は二頭で馬体を併せて先行し、相手を振り切って勝った。ゴールした瞬間、二人で抱き合って喜んだ。葵と初体験した次のデートで、最後のデートだ。忘れるものか。

「摂ちゃん、ゴール前で万歳したよね」

「したよ。『やったぁー。先行逃げ切りだ！』って。あっ！」

摂男は口を押さえた。そうか。俺が言ったのか。だけど、なぜ……葵が口角をもたげた。

「競馬場からオートバイに戻る途中、摂ちゃん、俺は将来、牧場を継ぐって言ったんだよ。摂ちゃん、こう言ってた。昔、おじいさんの頃にあかり野牧場が重賞レースを勝って、その時にたくさんの人がお祝いに来てくれて、みんなが明るい顔になった。競馬ってこんなに人を笑顔にできるんだ、だから俺は馬の仕事をやるんだって。あの時の摂ちゃん、目が星みたいにキラキラ輝いてたよ……」

一言一句、覚えている。あの時は自分の夢を語ることで、葵に対して責任を取ると伝えたつもりだった。古いタイプの男かもしれないが、高校生の男なんて、好きになった女の子の前で同じことを考える。それくらい本気だったし、一途で純情だった。

「それに比べて、あたしは札幌ではデビューさせてもらえないからって、母が無理やり東京の事務所に移したけど、そこでレッスン受けても先生や事務所の人をガッカリさせるばかりで……なんとかグループでデビューできたけど全然売れなかったし、演技の練習をしてドラマにも出たけど、結局、誰一人笑顔になんかできなかったよ……」

「それは葵ちゃんの思い過ごしじゃ……」

慰めようとしたが、声は葵に届いていなかった。

「そんなこと、東京に行く前から分かってたんだよね。あたしには芸能人なんて無理。テレビで人を笑顔になんかできないってことくらい分かってた。あたし、競馬でみんなを笑顔にしたいと言った摂ちゃんに焼き餅をやいたんだと思う。だから朋美に『摂ちゃんとは夏休みになにかあった？』って訊かれた時、摂ちゃんの言葉を思い出して、『先行逃げ切りだった』なんてひどいことを言ったの」

「なして葵ちゃんが俺ごときに焼き餅やくのさ」

そう言った時には形のいい、どこか底深さを感じる黒目勝ちの目が揺れ始めていた。

「ちょっと、葵ちゃん、大丈夫か」

摂男が腰を上げようとすると、葵の顔に一筋の涙が伝った。

「ごめんね、あたし、ちょっと弱ってるだけだから、だから、あたしのことは気にしないで」

葵は走って休憩所を出ていく。どうしたものか分からず、摂男はその場であたふたした。

5

葵に会った三日後、福徳が切羽詰まった顔で牧場に来た。実家のガソリンスタンドに、葵の旦那から灯油の注文が入ったらしい。

「摂ちゃん、一緒に行ってくれよ」

「なして俺が付き合うのよ」

「だって嫉妬深いヒモ男がいるんだぞ。俺のことを間男だと間違えられたら、えれえことじゃねえの」

「俺だって嫌だよ」

スーパーを出ようとした時には、葵はすでに泣き止んでいて、帽子を深めに被って野菜を陳列していた。ブロッコリーの場所を訊いてきた客に「こちらです」と笑顔で案内していた。痛々しくて摂男は見ていられなかった。

「あなた、行ってきてあげなさいよ」

台所から可南子が出てきた。

「おまえ、滝川さんと幼稚園で会ったのなんで言わねえのよ」

あえて苗字で言う。

「そんなこと、あなたに報告することでもないでしょ」

「したらば可南子さん、なして葵は戻ってきたって言ってたよ?」

福徳が訊いた。

「そんなの訊かないわよ。人には事情ってものがあるんだから。そのことをこっちの人は、東京でひどい目に遭ったとか、悪い男に騙されたとか勝手に噂して、聞いているうちにだんだん腹が立ってきたのよね」

可南子は、摂男や葵に対してではなく、好き勝手な話をする地元の人間に業腹だったようだ。

「私だってお嫁に来た時はいろいろ言われたのよ。横浜から馬に興味がないくせに来るなんて、よほどの事情があったに違いないって」

確かにそういう噂は出回った。可南子は噂している家に乗り込みそうな勢いだった。そのたびに摂男は「気にするな、ほっとけば噂なんて消えるから」と宥めた。

「当たってないこともないから我慢したけど」

「えっ、当たってないって、なによ、それ?」

突然の告白に摂男はたまげる。

「当たり前じゃない。じゃなきゃ十九歳で札幌に一人旅なんかするわけないでしょ」

「俺には一人旅が趣味だと、言ってたでねえの」

「そう言わないとヘンでしょ。あなたに滝川さんとの思い出があったように、私にだって大恋愛の一つや二つあっても別にいいじゃない」

どんな恋愛があったのか、気になるけど怖くて訊けない。

「昔のことはどうでもいいじゃない。私はあなたの情熱に惹かれ、牧場の奥さんになろうと決めたんだから」

「まっ、そだけどさ」

「それよりあなたが今すべきことは、同級生の一人として滝川さんの相談役になってあげることよ」

大事なところで話をすげ替えられた気もするが、「そだよ、摂ちゃん、早くしねえと日が暮れるべ」と福徳からも言われ、気もそぞろで出かけることになった。

福徳の実家の軽トラックで向かう。スーパーを通り過ぎて小道を車体を揺らして走ると、記憶にあるトタン屋根の平屋が見えてきた。屋根が半分落ちそうになっている。福徳は裏に車を停めた。

「ここからは歩いて行こう。車が来た途端に旦那が包丁持って飛び出てきたら、堪ったもんじゃねえし」

「おまえ、恐ろしいこと言うんでねえよ」

「摂ちゃん、一応、これ持ってくか。用心にこしたことはねえから」

荷台から金属バットを出した。

摂男は一瞬考えてから「なにが用心よ。葵に失礼だわ」と、バットを荷台に戻した。ポリタンクを持った福徳に続いて、家の脇を通る。家の正面から「あ〜、またダメだ」と子供の声が聞こえた。

「くじけないでもう一回」

今度は葵の声だ。家の脇から福徳と並んでこっそり覗く。雪が積もる庭先で、子供がバットを持って構えていた。ピッチャーはニット帽を被った葵で、子供用のグローブを左手にはめて、ゴムボールを投げる。

「旦那はいねえみたいだな」

摂男は胸を撫で下ろした。

「したらとっとと灯油を渡して帰るべ」

福徳は再びポリタンクを持ち上げた。そこでいきなり、真横の玄関の扉が勢いよく開き、摂男たちは咄嗟に足を止める。

微かに横顔が見えただけだが、噂通りごつくて、目つきの悪い男だった。口髭を生やし、髪はぼさぼさで、ヤクザというより悪役のプロレスラーのようだ。福徳と二人で壁にへばり付く蛾のようになった。やはりバットを持ってくるべきだったか。だが息を殺して待ったところで男が目の前に現れる気配はない。こっそり覗くと、紺のジャンパーのポケットに両手を突っ込んだ大きな背中は、野球をする母子の方向に歩いていく。

「摂ちゃん、葵に『遊んでねえで、早くメシ作れ』って怒鳴り付けんでねえのか」

縦に並んだ下側から福徳が忍び声で言う。摂男も同じことを思った。ところが男は息子の背後に回り、左手だけポケットから出した。子供が空振りしたボールを雪の上から拾うと、葵に投げ返した。

「男親だったら普通はピッチャーやるべ」

福徳はそしるが、摂男は旦那がどうして右手を出さないのか分かった。

「違うよ、福徳、あの人、ケガしてんだよ」

右手のポケットの中に白い包帯のようなものが見えた。隠しているということは他人には見せたくない大怪我(おおけが)なのかもしれない。

息子は次も空振りだった。旦那は明らかに利き腕でないと分かるぎこちない投げ方で返球する。

暴投になりそうだったが、葵はジャンプして、逆シングルでキャッチした。

次の球も、その次も空振りだった。

眉が下がり、息子は今にも泣き出しそうだった。旦那がアドバイスするが、体に似合わず声が小さくて聞こえない。

「あさひ、負けないで頑張ろう」葵が激励した。息子はあさひという名前のようだ。

次の球、思い切り振ったバットにボールが当たり、葵の頭上を越えた。

「うわっ、やられた」

そう言って長靴を履いた葵が、雪の上を飛び跳ねるようにボールを追いかける。あさひは転びそうになりながらも一塁を蹴り、二塁、三塁も回ってホームに向かう。

「パパ！」

ボールに追いついた葵が送球する。

その球を旦那は大きな左手で捕った。

あさひが雪の上を滑りこむ。

タイミングはアウトだったが、旦那がタッチを遅らせた。

「セーフ」

初めて旦那の声を聞いた。なかなか渋い声だった。

「やったぁ」

あさひは万歳した。

「やったね、あさひ」

葵が飛び上がってガッツポーズした。あさひが葵の元に駆け出して、まるで優勝したように二人で抱き合っている。あさひも葵も笑みを弾けさせ、そこに相好を崩した旦那も加わって輪になった。摂男は鼻の奥がツンときた。

「福徳、灯油はあとにしよう。今は家族三人の邪魔はしたくねえ」

「そだな、俺も息子が小さい頃を思い出した」

葵は充分幸せだった。そして家族を笑顔にしていた。

6

夕方からライラは落ち着きがなかった。摂男が確かめると、乳房が張り、乳頭にヤニといわれるミルクの固形状のものがついていた。いよいよ分娩だ。

その晩は駿平もコタツで眠ることになった。摂男はコタツに両手を入れた恰好(かっこう)で、監視カメラと繋がるパソコンを見ていた。

駿平はずっとハンドムービーのテストをしている。始めたフェイスブックにライラの出産を載せるらしい。フェイスブックにはすぐに三十名ほどのフォロワーが付き、「お父さん、スターダストファームの桂島(かつらしま)さんもフォローしてくれたよ」と画面を見せられた。テレビにもよく出ているイケメンの場長である。おまえ、人とつるむのは嫌いじゃなかったのか。文句を言おうとしたがやめた。今の若い子にとってネットは大切なコミュニケーションの場所なのだ。

十二時を過ぎたので、交代で寝ることにした。

「お父さん先寝て」

「じゃあそうさせてもらうわ」

横になるが寝付けない。何年経ってもその年最初の出産は緊張する。それはやはり馬たちの命を預かっているからだ。今年も全馬が無事で過ごせますように……目を瞑ってお祈りした。

「お父さん！」

駿平の慌てた声にがばりと起き上がる。画面の中でライラが狭い馬房をくるくると回り始めた。出産する場所を捜しているのだ。寝藁に座るといよいよだ。破水するまではできるだけ自然にさせる。様子を見ながら支度を始めた。そうするとライラはまた立ち上がった。破水はまだのようだ。

四時になり、床に寝たライラが起き上がらなくなった。ついに破水が始まった。

「行こう、駿平」

ムービーを持った駿平と厩舎に向かう。普通は破水したら白いツルツルした膜が出ているはずなのに、ざらついた真っ赤なものが出ていた。

「大変だ。レッドバッグだ」

早期胎盤剥離という症状で、胎盤が剥がれたせいで破水できていないのだ。摂男は過去に一度だけ経験したことがある。

「胎盤が剝がれて、子供が低酸素状態になっている。下手するとライラの命だって危ない」

「どうしよう」

「駿平はすぐ獣医さんを呼んでくれ。あとは優馬も起こしてきてくれ」

「分かった」

ムービーを置いた駿平の足音が暗い厩舎から遠ざかる。

「ライラ、何とかするかんな。頑張れよ」

寝転んだライラも苦しいのだろう。不安げな目をしていた。生まれても競走馬になるのは難しいだろう。前に経験した時は仔馬はすでに息絶えていた。

「お父さん」

優馬が来た。後ろにフリースを着た可南子もいる。

「ライラ、大丈夫なの？」

「今のところは元気だ。だけど早く取り出さねえと母仔ともに危なくなる」

「獣医さん、今から来てくれるって」

遅れてきた駿平が言ったが、摂男は獣医が来るのを待っていては間に合わないと、手袋をはめた。産道から出た袋を力ずくで破いて、破水させる。仔馬の脚が出てきた。触ると体温を感じたから、まだ息はある。

「よし、引っ張り出そう」

「えっ、俺たちで」と駿平。

「なにもしねえで死なせるよりいいだろう」

駿平に用意していたロープを馬房の中へ投げ込んでもらう。出ている両脚にロープをしっかり巻いた。

「俺は手で確認すっから、駿平と優馬でロープを引っ張ってくれ」

「うん、分かった」

息子二人が声を揃えて返事をした。

「可南子は酸素マスクと、タオルをあるだけ持ってきてくれ」

「はい」

いざという時のために、酸素ボンベに切ったペットボトルをつけた酸素マスクを作ってある。

「いくぞ、せえの」

摂男の声に合わせて息子二人がロープを引っ張る。ライラが嘶いた。

「ライラ、頑張って」

酸素ボンベとタオルを両手に抱えた可南子が声をかける。ライラも子供を出そうといきむ。子供の脚が膝まで見えたが、それ以上は出てこない。頭が引っかかっているようだ。

「ちょっとタンマ」

摂男は産道に手を入れ、仔馬の頭を奥の方に押し返す。

「よし、もう一度引っ張ろう」

声を掛けると息子たちが顔を真っ赤にしてロープを引いた。摂男も引っ張る。仔馬の鼻が覗いた。生きているのか死んでいるのかも分からない。生きていても競馬場を走るのは無理かもしれない。それでも生きていてくれ——ただ必死にそう願った。

ライラの尻が浮き、羊膜(ようまく)で体を包まれた仔馬が飛び出して寝藁の上に落ちた。摂男が羊膜を破くと仔馬が呼吸を始めた。すぐさま酸素マスクを顔に被せる。仔馬の唇は真っ青で、ぶるぶると震えていた。その時には家族みんながタオルを持って馬房に入っていた。駿平がタオルを被せて仔馬の体を抱きしめ、可南子と優馬も必死に脚を擦(さす)って温めた。

ライラも心配なのか首を曲げて子供を舐(な)めている。牝馬だった。だが今はそんなことはどうでもいい。

「摂ちゃん、レッドバッグだって、大丈夫か」

獣医が鞄を持って走ってくるが、仔馬を見て「なんだ、摂ちゃん、自分で出したんかい？」と驚いている。

「みんなが手伝ってくれてなんとかなった」

仔馬の顔色が戻ってからは、獣医と一緒に、仔馬が自力で立つのを待った。立てなければ馬は生きていけず、安楽死させなくてはならない。

四十分ほど経過すると仔馬は立ち上がろうと脚をつっぱり始めた。しかし力なく頽れた。もう一度立とうとするがまた倒れる。それでも前脚を踏ん張らせ、後ろ脚も伸ばして、ついに立った。

「立ったぁ、立ったぞ！」

摂男が万歳した時は、駿平と優馬が抱き合っていた。

「頑張ったな」

仔馬に向かって声をかける。

「ライラもだよ」

優馬がライラの顔を撫でる。出産直後は気が立っていたライラも誇らしげに鼻を寄せる。

「先生、この仔、競走馬になれますか」

駿平が獣医に訊いた。

「ちょっと小ぶりだけど大丈夫だろう。普通の仔っこと変わらないよ」

「おい、駿平、動画はいいんかい」

摂男は床に無造作に置いてあったハンドムービーを持ってきた。

「いいもなにもそのつもりで昼間から準備してたでねえの。それに仔馬だって今のうちから撮影に慣れておいた方がいいさ。将来、大物になるかもしれねえし」

調子がいいもので、駿平は話も聞かずにムービーを回し始めた。優馬も覗き込むようにして画面に映った仔馬を眺めている。

「めんこいな」

摂男は隣に立つ可南子に聞こえるように呟いた。

「可愛いわね」

「仔っこ馬だな」

そう言ってまた顔を覗き見する。

「まさか今なら私が流されると思ってるわけじゃないでしょうね」

可南子は冷ややかな目を向けてきた。

「いや、そんなことはねえけどさ」

さすが二十年間、一度も北海道弁を喋らないだけある。こんな時でも可南子は釣られなかった。

「これで男馬だったらもっと良かったけどな」

「女の子で良かったじゃない。繁殖に上がってからもずっとうちの牧場にいてくれるんでしょ」

牡馬は競馬場に行ったらお別れだが、牝馬は引退した後に戻ってくる可能性がある。

「可南子が手伝ってくれるとは思わなかったよ」

「駿平がライラが死んじゃうって言うから」

「心配ならこの際、もっと仕事を手伝ってよ」

「心菜が小学校に上がるまでは子育てに専念すると約束したはずです」

ここでも頑(かたく)なだった。「でも人も馬も家族一丸となったって感じで感動的だったわね。

みんなよく頑張ったわ」笑顔がこぼれている。

外はすでに明るくなっていた。

摂男は家族が奮闘した姿を、朝焼けが残る空に焼きつけた。

第4話　最後の連絡

1

栗東インターから名神高速道路に乗り、ETCレーンに入ると、〈通行できます〉と車載器がアナウンスした。バーが上がるタイミングで保志俊一郎はアクセルを踏んだ。

隣から妻の美央(みお)が声を上げた。

「あっ、急加速やで!」

「今のは全然、問題ないだろう。ちゃんとバーが上がったのを確認してから踏んだし」

まったく減速しないでETCを通過するドライバーもいるが、俊一郎は必ずスピードを緩める。ただバーが完全に上がり切ってからゆっくり発進するのは、競馬で出遅れたような気分になるため、上がり始めた瞬間に本能的にアクセルを踏んでしまうのだ。

北海道の馬恋出身の俊一郎は、今年で三十五歳、騎手になって十七年目になる。二十代でGIを二勝したが、ここ二年はGIどころか重賞すら勝っていない。

去年はキタノアカリという期待馬に出会い、朝日杯FSで一番人気に推(お)されたが二着に負け、次の共同通信杯では六着と着順を下げた。

ただその敗戦には理由がある。逃げ一辺倒だったアカリの脚質を換えようとそろっとゲートから出したのだが、隣の馬が急によれたせいでアカリはバランスを崩し、最後方からの競馬になった。初めて前に馬がいる展開になってもアカリは無理に追い抜いていこうとしなかった。東京競馬場の直線の長い坂はさすがに苦しそうだったが、登りきってからはいい脚で伸びた。それでもファンは怒っていて、十二レースのパドックでは「保志のヘタクソ、騎手やめちまえ」「金返せ」と容赦ないヤジを浴びた。

西井調教師からはなにも言われていないが、調教助手の玉田（たまだ）からは「馬主から鞍上（あんじょう）を替えろと電話がきて、調教師（テキ）も困っとったわ」と言われた。次走は再来週の皐月賞トライアル、スプリングステークスを使う予定だ。それにはなんとか乗れそうだが、次も結果を出せなければ、その次は替えられるだろう。

愛車のボルボは京都方面に向かっている。追い越し車線は美央が嫌がるので三車線の真ん中を走る。前は軽トラックだった。

「俊ちゃん、また近いで」

美央に注意された。

「あっ、ごめん」

「きょうび、あおり運転やと思われるで」

「あおるまでは近づいてないだろう」

法定速度は守っているし、車間距離は充分空けているが、他の車が横から割り込めるほどのスペースはない。これも長年ジョッキーをやっている習性で、いいポジションにつけたのに前に入られてしまうほど、騎手にとって悔しいことはない。

もっとも車と競馬では恐怖心はまるで異なる。鐙（あぶみ）に足を乗せただけの姿勢で時速六十キロで走る競馬は、レース中に馬同士がぶつかることもあれば、騎手の肘（ひじ）が当たってバランスを崩しそうになることもしょっちゅうだ。いくら慎重に乗ろうが、レース中に馬が故障すれば騎手は落ちる。一昨年、俊一郎は勢いよく回った四コーナーで馬が骨折して落馬、意識不明のまま救急車で搬送された。美央と結婚して三カ月目だった。

「なぁ、俊ちゃん、近いって」

一度は離れた軽トラックと、また車間が狭（せば）まっていた。

追い抜きたいところだが、スピードを出すと美央が怒るのでアクセルペダルから足を離す。エンジンブレーキが利き、ボルボは減速した。


病室に入ると、母は酸素マスクを被って眠っていた。俊一郎は静かに近づき、色を失った母の頬に手を置いた。昨夜から微熱があったと看護師に聞かされていたが、薬が効いているのか熱は下がっていた。

去年の春、母に乳癌（にゅうがん）が発覚した。肺にも転移していて、余命一年と宣告を受けた。当初は食欲もあり、「こんな辛気臭（しんきくさ）い病院にいたらますます体が悪くなるね」と医者から勧（すす）められた入院を拒否するほど元気があった。

それが今年の正月、肺炎で再入院してから急に衰え始め、医者の言った時間通り、着実に終末期に向かっている。口が利けないわけではないのだが、咳き込んで痰が絡むのか、母は無口になった。それでも急に元気になり「俊一郎、なにうじうじしてるね、まったく情けねえ」と叱責してくる気がしてならない。

美央はいつも通り、病室の外に立っていた。看護師に見られると「奥様も中に入ってあげて」と促されるが、美央がそれを望んでいない。タレントだった美央とは、彼女が競馬イベントの司会をしたことで知り合った。だが結婚生活はうまくいかないだろうと俊一郎は最初から思っていた。それは二十五歳で初めてGIレースを勝った時、栗東トレーニングセンターがある滋賀県栗東市に家を建て、母を呼んで同居していたからだ。北海道にいた頃から男勝りで口が悪いと言われていた母は、美央を敵視し、「テレビでチヤホヤされてたあんたに、気配りなんかできねえわな」などと、ことあるごとに嫁いびりした。

結婚当初は、母から言われっぱなしだった。小さな芸能事務所に所属し、たくさんのオーディションに落とされてもめげずにスポーツを勉強して、野球中継のリポーターや競馬イベントの司会の仕事を得た美央も、気の強さでは母に負けてはいなかった。一カ月もしないうちに「お義母さんがいろいろ口を挟みはるから、俊一郎さんも仕事がしづらいんやないんですか」と言い返すようになった。嫁姑の喧嘩に耐えられなくなり、俊一郎は、二カ月後には近くにマンションを借りた。

別々に生活し始めても、一人暮らしの母が毎日マンションに来て、美央と喧嘩をする。間に挟まれた俊一郎は、いつもおどおどしていた。そんな矢先にレースで落馬負傷し、ようやく復帰してしばらくすると母が癌になった。結婚してから次々と嫌なことが起きるが、裏を返せばなにもなければ、結婚生活はとっくに破綻していたかもしれない。

母のいびきが聞こえた。これだけすやすやと眠る姿を見るのも久々だ。このまま寝かせてあげようと帰ることにした。開いたドアの外に立っていた美央は、病室を眺めていた。

「どうしたんだよ、美央」

「電話……」

振り返ると、サイドテーブルの上に携帯電話が置いてあった。なにかの時のために母に持たせているが、普段使っているのは見たことがなく、電話も固定電話でかけてくる。

それなのになぜ病室に持ってきたのか。

考えられる理由は一つしかなかった。あの携帯電話で美央に小言のメールを送っているのだ。美央は持って帰ってほしがっているが、そんなことをすれば起きた時に母が探す。

「美央、帰ろうよ」

まだ携帯を見ていた美央の肩を抱き、俊一郎は廊下を進んだ。

俊一郎の父親は、息子から見ても風采の上がらない男だった。地元の昆布工場に勤務していたが、そこをクビになり、タクシーの運転手も稼ぎがなく失業した。母からは「ぼけっとしてるからあんたは人に莫迦にされるんだ」といつもなじられていた。

たぶん母に叱られるのが嫌だったのだろう。父は俊一郎が小学四年生の時、東京に出稼ぎに出たまま失踪した。

それからは母が働いて俊一郎を育ててくれた。勉強は苦手で、運動神経もクラスでは中の上くらいだったが、体は柔らかくて、バランスは良かった。

――あんた、騎手になったらええね。

急にそんなことを言い出した母は、俊一郎の意思を訊くことなく地元の乗馬学校に入れた。乗馬学校の月謝は高く、毎月振り込みが遅れるものだから、最初はコーチから嫌がられた。それが次第に俊一郎に馬乗りの才能があると見たのか、コーチが個別に教えてくれるようになった。

もっとも母はすべてをコーチ任せにせず、家でも台所の椅子二脚を背中合わせにして騎座を作り、そこに鐙を下げて、毎晩のように特訓させられた。「なに、そのへっぴり腰は！」姿勢が悪いと鞭で思い切り叩かれた。

鐙がずれ、何度も落下した。頭から落ちようが「気持ちが弱いから落ちるんよ」と、心配されたことなどなかった。

母のスパルタのおかげで、倍率が高い競馬学校に合格し、一年目に三十勝して新人賞を獲った。減量特典が取れてからもそれなりに勝ち星をあげ、GIも勝てた。騎手では上背はある方だが、拳の柔らかい理想的なフォームだと先輩ジョッキーからもよく誉められる。

そうは言っても母ほどの度胸があれば、もっと上のクラスの騎手になれただろう。

残念ながら自分が受け継いだのは、馬恋から逃げ出した臆病な父の血である。

そのことを二年前、集中治療室で奇跡的に目覚めて以降、俊一郎は改めて気づいた。

2

翌朝もまだ薄暗い時間に俊一郎はボルボで自宅を出て、トレセンの関係者駐車場に車を停めた。西井厩舎に到着した時には空がけぶったように青灰色に変わっていた。

アカリを担当する女性厩務員が曳き運動をしていた。少しぽっちゃりした、女子高生と間違えそうなほど幼い、渡辺麻衣という厩務員である。

「保志さん、おはようございます」

彼女は白い息を吐きながら、元気よく声をかけてきた。

「おはよう、そろそろ行けそうかな」

「はい、いつでもOKですよ」

彼女の明るい声に「ほな、行きまっか」とわざと関西弁で返し、アカリに跨る。この後、地下馬道を潜って角馬場に行って体をほぐし、開門直後の六時から馬場に出て、前を歩く玉田調教助手の馬と、スプリングSの一週前追い切りを行うことになっていた。

併せ馬をする玉田の馬は、西井厩舎で一番うるさい馬で、他の馬なら近づけたくないが、アカリは尻尾が顔につくほど接近してもまったく気にせず、デンとしている。

去年の夏、西井厩舎に入厩したアカリに騎乗した時の感触は今も体に残っている。背中が高級外車のシートのように柔らかく、弾力性があった。ゆっくりと駆け出してキャンターを始めると、けっしてスピードを出しているわけではないのに、脚を伸ばした時にしばらく馬体ごと宙に浮き、前の方から強い力でぐいぐいと引っ張られるように進んでいった。昔、GIを勝った馬でもこんな空を飛んでいるような浮遊感はなかった。

――どやった、保志、この新馬は？

戻ってくると西井に感想を訊かれた。厩舎開業以来、主戦として起用してくれている西井だが、ここで思った通りの大物感を口にしようものなら、大先輩の榊康太や外国人騎手に乗られてしまうのではないか、そんな心配が過って「まだフワフワしてて、子供っぽいですね。使ってからじゃないですか」と答えた。

西井が調教で速い時計を出さないせいもあり、デビュー戦までアカリの突出した才能に、誰も気づいている様子はなかった。

迎えたデビュー戦、それほど人気はなかったが、俊一郎は勝てると確信していた。将来を見越して馬群（ばぐん）の中でレースをするつもりだったが、スタート直後、前を行く新人騎手の乗る馬がふらふら走っていたことに危険を察し、その馬をかわして先頭に立った。するとアカリのペースにどの馬もついてこられなくなり、後続を八馬身も離して逃げ切ったのだ。

　そのレース内容で、西井は逃げ馬だと思ったのかもしれない。二戦目も「無理して抑えんでもええからな」と指示され、今度は最初（テン）からハナに行った。楽勝だった。ところが三戦目の朝日杯ＦＳでは良血馬のボールドウィンにゴール前で差された。

　逃げてはクラシックを勝てないと感じた俊一郎は「次から差す競馬を覚えさせましょう」と提案した。西井も「俺もなんか変えていかなアカンと思ってたんや」と言い、それまで坂路（はんろ）中心だった普段の乗り運動を、長い距離をゆっくり走らせるメニューに変更した。

　前走の共同通信杯は六着に負けたが、スタートで不利があったからで、差す競馬もできる。ボールドウィンほどではないが、瞬発力があることも確認できた。これなら皐月賞の二千どころか、うまく乗りさえすればダービーの二千四百メートルももつのではないか。だが今の時計が速くなった競馬で後方からのレースをしていては、よほどのスーパーホースでない限りＧＩは勝てない。今度はもっと好位の馬群の中で競馬をさせたい。自分が騎乗できる時間は少ないが、アカリに試してみたいことはたくさんある。

「保志、ほな、そろそろ行こか」

玉田が言ったので、「はい」と返事をし、玉田の馬の後ろについて角馬場を出ていく。

ところがコースの入り口でアカリは止まってしまった。

「どないしてん、保志」

玉田が馬を止めて振り向く。

「なんか、アカリ、走りたくないみたいです」

「なんやそれ、足で蹴飛ばしてみいや」

玉田は乗馬ブーツの踵を自分の騎乗馬の腹にぶつけた。鞭と同じで、刺激を与えると動く馬もいる。だが俊一郎はそういうことはしない。

「そのうち走る気になるかもしれませんからもう少し待ちましょう」

「なに言うてんねん、さぶいやろが」

三月に入ったが、早朝は手がかじかむほど気温が低い。玉田の鼻の頭が赤くなっている。

数分すれば機嫌が直ると思ったが、アカリは五分経っても動かなかった。何度か鼻を鳴らしたが、怒っているわけではなさそうだ。玉田はずっと苛々していた。

「おお、どないしてん」

西井が原付バイクで来た。

「なんかボイコットしてるみたいで、全然動きません」

俊一郎が伝えると、玉田が「テキ、次の馬が待ってますから、引っ張ってでも走らせましょうや」とせっついた。だが西井は「そやったらアカリの機嫌が直るまで待ってくれるか」と言い、玉田に「作戦変更や。玉田は単走で頼むわ」と一頭で追い切るよう指示した。

「まったくテキも乗り役も、うちはどんだけ呑気やねん」

玉田が呆れて馬場を出ていっても、アカリに歩き出す気配はなかった。

静かな佇まいの金勝山から強いからっ風が吹いてきた。鐙に足を乗せたままアカリの上でじっとしていた俊一郎は、風をまともに受けてから目をつぶった。

「お疲れ様でした、保志さん」

馬場から戻ってくると、マスクをした渡辺厩務員が小柄な体に、馬を曳く綱を肩にかけて待っていた。

「渡辺さん、ずいぶん待ったろ。ごめんな」

そう言ってアカリから下りる。三十分かかってアカリは急に動きだした。単走での追い切りになったが、併せ馬と同じくらいのペースでしっかり走った。やはりなにか走る気にならなかっただけのようだ。そっとしておいて正解だった。

「私はスタンドにいましたから平気です。保志さんこそ、寒かったんじゃないですか」

「なに言ってるのよ。俺は道産子やで。忘れてたやろ」

「フェイスマスクしてそんなこと言われても全然説得力ないですよ」

渡辺に笑われた。待っている途中から寒さに耐えきれなくなって、フェイスマスクをつけた。

手を伸ばして渡辺がアカリの首を擦った。首の後ろを掻いてもらい、アカリも気持ち良さそうにしている。

「渡辺さんの前だとアカリはすごく素直だね」

「でも意志が強くて、こうと決めたら聞かない時もありますよ。朝日杯の時もそうでしたよね」

「なんだ、渡辺さんも気づいていたんだ」

「当然じゃないですか。私、一番人気なのに競走除外になったらどうしよって、ヒヤヒヤでしたもん」

朝日杯の輪乗り場に向かう途中でもアカリは立ち止まった。GⅠの観客にアカリも緊張しているのかと思った。輪乗りに加わってからもゲートを嫌がるのではと心配したが、自分から進んでゲートに入っていき、好スタートを切った。

アカリを曳いて帰った渡辺の後ろ姿を見送ってから、俊一郎は調教スタンドに戻った。

馬場全体を見渡せるスタンドは、三階が新聞記者、二階が調教師、一階は騎手や厩務員の待合室になっている。世話係のおばさんが「保志さんはアメリカンね」とお湯で割ったコーヒーを出してくれた。

「おお、保志ちゃん、戻ってきたか」

競馬専門紙の山田が、大きな体を揺らして歩いてきた。「騎乗依頼仲介者」、いわゆるエージェントとして俊一郎が毎週乗る馬を探してもらっている。

「日曜の六レース、あれ、なしになってもうたわ」

両人差し指でバツを作った。その馬はずっと凡走していたのを、前走、俊一郎が最後方から行く競馬をして、二着に持って来た。次は勝てると期待していただけにショックは大きい。

「誰に替わったか、保志ちゃん、知りたいか？」

落ち込んでいる俊一郎を気にすることもなく、山田は含みのある顔で訊いてくる。

別に知りたくもないが、

「どうせグリーズマンでしょ？」

リーディングトップの外国人騎手を挙げた。

「ブブー。ヴィトーでした」

リーディング三位のイタリア人騎手だった。

「どっちでもいいですわ」

毎月、エージェント料を払っているのだから、他に獲られないようにするのが仕事だと思うが、俊一郎は文句を言ったことがない。山田にしたって本音はもっと勝てる騎手の馬を探したいと思っているに違いない。

「保志先輩、またバラシですか」

山田が消えると、一期下で障害レース専門の下平が寄ってきた。

「なによ、それ」

「テレビ用語ですよ。お笑い芸人が仮押さえされるのを『(仮)』、それで本命の芸人が決まってキャンセルになると『バラシ』っていうんです。バラシの多い人は急に仕事がなくなって、一、二週間、暇になるんです」

「知らねえよ、俺は芸人じゃねえし」

そう言いながらも、乗れない騎手も同じだと思った。騎乗依頼は入るが、いい馬は仮押さえで、ほとんどがレースの週にキャンセルされる。今週は土曜二鞍、日曜二鞍の予定だったが、土日ともに一鞍に減った。どちらかがなくなれば一日は競馬場に行く必要がなくなる。

「調教師試験の過去問、手に入りましたよ」

下平が耳元で囁く。俊一郎より乗鞍が少ない下平は去年から調教師試験の勉強を始めた。馬学、経営学、競馬法などが出題される一次試験は相当難しくて、一次を通過するのに何年もかかると言われている。

「問題を手に入れたところで、正解が分からなかったら意味がないんじゃないの？」

「そこは抜け目なくやってますよ。合格した勝谷厩舎の助手さんに教えてもらいました」

「おっかない勝谷のテキにも、平気で言い返す人だろ？」

「京大出だから試験も満点だったみたいです。あとで聞いた解答もメールしときます」

厩舎関係者では調教師のことを「テキ」と、「騎」と「手」を逆にして平仮名読みするように、昔は引退した騎手か調教師の息子が調教師になっていた。だが今は競馬とは関係のない家庭で育ち、有名大学を出た調教助手が若くして受験し、次々と合格して開業していく。そんな勉強が得意のエリートと、中学しか出ていない騎手が同じ試験を受けなくてはならないのだから、並大抵の勉強では合格できない。

「なんやねん、俊一郎、調教師試験受けるんか？」

同期の落合の声がした。

「おい」

周りの新聞記者に聞かれていないか、俊一郎は首を回してから注意した。

「大丈夫やて、俺たちなんか、誰も興味あらへんし」

確かに記者たちは今週の出走予定馬の状態チェックに忙しく、乗鞍の少ない俊一郎たちは視界にも入らないようだ。落合も二十代の頃は毎年、二十勝以上を挙げていたが、ここ数年の勝ち星はずっと一桁だ。

「それより本気なんか。GIジョッキーの保志俊一郎が調教師転身を決めたなんて」

「試験を受けるかどうかは分からねえよ。ただどんなかなと興味を持っただけだ」

「毎年五十勝以上はしてた俊一郎も、去年は半減やもんな。落ちぶれ具合で言うなら俺よりマシやけど」

「保志先輩はキタノアカリがいるからいいですよ。僕なんか障害で勝ち目のない馬ばかりですから」

下平からそう言われたが、落合が「いるったって共同通信杯六着馬やろ？」と言い、俊一郎は「オチ、それを言うなら朝日杯二着にしろ」と注意した。

「にしたって、次の次あたりは短期免許の外国人が乗ってるかもしれへんし？」

「俺の前で言わなくてもいいだろ。気にしてんのに」

俊一郎が顔をゆがめると、「すまん」と落合は謝った。

「あんな大ケガしたら、誰かて影響でるわな」

落合がこぼしたことにドキリとした。表情を変えず「なにの影響よ」と惚けて訊き返す。

「二年前の落馬事故に決まってるやろ。集中治療室に入ったら誰かて、馬群にいるのが怖なるわ」

「オチだって陥没骨折で、頭に包帯巻いてた時は『俺はもうジョッキーは無理や』って泣いてたじゃないか」

「そんなんあるか。一度もないわ」落合はムキになる。

「落合先輩は落馬の影響はないんですか？　いくら口では強がっても、落ちて大ケガしたジョッキーなら恐怖心がない方がおかしいですよ。おととし、引退した岡津さんだって、馬に乗るのが怖くなったと言ってましたし」

下平が言った十歳上の先輩はＧⅠも十勝以上していて、俊一郎がリーディングの十位前後にいた頃は、五位以内に入っていた。それがなんの前触れもなく引退を発表したので騎手内にも衝撃が走った。記者には「昔から調教師になりたいと思っていた」と話したが、騎手仲間には「急に怖なったんや」と本音を吐露した。岡津も数年前に落馬事故で長期間休んだ。

「俺のことはええやろ。おまえらが調教師試験の話をしてたんやし」

「だから俺も興味を持っただけだと言ったろ」

「俊一郎が乗り役を続けたくても、問題は家族だよな。俊一郎が落ちた時の美央ちゃんなんか普段の姿からは信じられんくらい気が動転してたし」

連絡を受け、美央と母が病院に来た。一緒に来てくれた落合が言うには「危険な状態です」と告げた医者の前で、美央は「先生、どうにかしてください」と急に取り乱したそうだ。母は覚悟を決めたような顔をしていたという。ところが俊一郎は五時間後、奇跡的に意識を取り戻した。なにが起きたのか分からずきょとんとしていたが、美央が抱きついてきて、「俊ちゃん、良かった。もう二度と会えへんと思った」と啼泣した。

心配するだろうから美央には話していないが、あのレースで覚えているのはゲートの中までで止まっている。どうスタートを切って、どの位置につけ、どういう状況で馬が骨折したのかすべて記憶から飛んでいた。記憶喪失なんてドラマの中のことだと思っていたが、脳への衝撃はその前の記憶まで消してしまうから恐ろしい。打ちどころが悪ければ、美央との思い出も失っていたかもしれない。

「美央ちゃん、相変わらず競馬を見てへんの？」

「見てない」

そのことは酒の席で話した。競馬イベントのＭＣの仕事もしていたというのに、今の美央は競馬中継どころかスポーツ新聞も読まない。

「下平は新婚やろ、おまえんとこは大丈夫なん？」

「うちも競馬中継なんか絶対に見ませんよ。嫁はアナウンサーが『踏み切ってジャンプー』って叫ぶたびに命が縮むって言ってますから」

「障害ジョッキーは大変だな」

障害レースに落馬はつきもので、鎖骨（さこつ）の骨折くらいなら軽傷と言われている。

「ていうか、僕の方こそ毎週、金曜日に調整ルームに向かう時は、もしかして嫁と会うのも今回が最後かもって、覚悟を決めて家を出ますから」

「おまえら、なに弱気なこと、言うてんねん」落合が肩をそびやかす。

「なんだよ、オチの奥さんは違うのかよ？」

落合は陥没骨折した時の他にも合計で三度入院し、今も膝にボルトが入っている。

「当たり前やんか。俺はいつも嫁に言うとるわ。落馬するのもケガするのもジョッキーの宿命や。ジョッキーの嫁になったんや。だったら俺が死ぬ瞬間も、その目に焼きつけとけって」

「よく、そんなこと言う勇気があるなぁ」

俊一郎が呆れると、下平も「そうですよ。落合先輩の奥さん、鬼嫁なのに」と茶々を入れた。

「おまえ、人の嫁を鬼嫁って言うな」

「先輩の家に行った時、奥さんに『おまえ』って呼ばれてたじゃないですか」

「それは黙っとけて言うたやろ」

頭をはたいて、深刻な話をしていた場が急に和んだ。

俊一郎たちの前では強弁した落合だが、三度目の入院以降は、逃げたり追い込んだりと極端なレースが増え、馬群にいてもいち早く抜けだすようになった。

それは俊一郎も同じで、落馬後、俊一郎の乗り方が臆病になったことを、たぶん他の騎手は気づいている。

レースで一緒になると、他の騎手の心の中までが見える時がある。迷ってるなとか、焦ってるなとか、怖がって外を回そうとしているなとか。

そういった人間の弱さをうまく突くことも、勝つジョッキーの腕の一つなのだ。

3

土曜日は八着だったが、日曜の六レースで俊一郎は勝利した。今年やっと五勝目で、二カ月余りでこの数字だから年間にしたら三十勝ほど。これでは去年を少しだけ上回る勝ち星しかあげられない。

レース後、落合と下平から飲みに誘われたが断った。騎手の多くは、日曜夜は浴びるほど飲む。レース前は減量があり、金土は調整ルームに缶詰にされていることもあるが、一番は無事レースが終わった解放感からだ。昔の騎手は日曜の酒を「命の洗濯」と呼んでいたらしい。

まっすぐ家に帰った俊一郎は、夕食時に考えていたことを美央に伝えた。

「俺、今乗ってるキタノアカリから降ろされたら調教師試験を受けようかと考えてる」

そう言えば美央が安堵した表情で、喜んでくれると思ったが、「なんで?」とつれなかった。

「なんでって、喜ばないの？　抱きついて喜んでくれるかと思ったんだけど」

「なんで抱きついて喜ばなあかんねん。試験を受けたからって、受かるかどうか分からへんのやろ」

「そだけど……」

痛いところを突かれた。確かに受かる保証もなければ、受かって厩舎を開業しても、勝てなければ生活は今より苦しくなる。

「俺みたいな弱気な性格やと、調教師になってもうまくいかないだろうけど」

今は人の好さだけでは馬主はいい馬を預けてくれない。西井がいい例だ。調教助手時代から知っている西井は馬のことを一番に考え、仕事も熱心だが、なにせ押しが弱い。営業がさっぱりなので、スターダストファームなど大オーナーからの良血馬は入らない。

「あのな、俊ちゃん」

美央がまっすぐ目を向けてきた。怒る時の顔なので怯んでしまう。だが怒られはしなかった。

「言うとくけど、俊ちゃんは自分が思ってるほど気い弱ないで」

「なによ、急に」

「あたしが煩いことを言うてると、時々お義母さんみたいにキーッとした顔で睨んでくるし」

「睨んだりなんかしないでしょう」

「するする、しょっちゅうするわ。そういう顔をするから、あたし、言うのをやめんねん」

「そういう顔って、どんな顔よ？」

「こんな顔や」

眉間を寄せて、無理やり目を吊り上げた。

「そんな顔しないよ」

突然の変顔に吹き出してしまった。

「お義母さんそっくりや。いくら人の好さそうな振りをしても、親から受け継いだ性根の悪さが、そういう時に顔に滲み出るんよ」

ここでそう来たか。美央にあるのは母への憎しみであり、なにもいえないマザコン夫への不満だ。土日は競馬があるので、美央が病院に行き、着替えを持ち帰る。きょうも母から嫌なことを言われたのだろう。

「母さん、少し元気になってた？」

「お義母さんがあたしの前で老いぼれるわけないやんか。よう動くんは口だけやけどな」

ほら、やはりそうだ。美央も黙っていられなかったはずだ。次に俊一郎が行った時に母から「あんたの嫁は……」と愚痴られる。病院に行くのに気が重くなった。

「で、きょうはなにを言われたのよ？」

どんな諍いをしたのか一応訊いておく。

「最近の俊一郎、弱気になって情けないって」

「で、美央はなんて答えたの」

いつもなら母の方が先に「嫁のあんたの責任だ」と言い、美央は「お義母さんが煩いことを言いはるから、俊一郎さんが萎縮するんですわ」とやり返す。

「あたしもその通りですわって言うたわ」

「えっ、同意したの？」

二人の意見が合ったのは珍しい。

「なぁ、俊ちゃん、騎手をやろうがやめようが俊ちゃんが決めることやから、あたしはなんも言わんけど、そんな中途半端な気持ちで次の仕事しても絶対成功せえへんで。あたしもそやし、お義母さんも望んでへんで」

「それは分かってるけど……」

美央は自分の食器を片付け始めた。

「のんびりしてんと、さっさと食べてな」

「飯（めし）くらいゆっくり食べさせてよ」

「食洗機回したいんよ。俊ちゃん、洗剤の入れ方、分からんでしょ。あたし、早くお風呂入りたいし」

「食器くらい俺が手で洗うよ」

「ええって、そんなところをお義母さんに見られたら、あんた、男の人に洗い物なんかさせてるんかって、またえらい叱られるわ。まったく今は女性も働いて家事は分担する時代やというのに。はいはい、どうせ今のあたしは働いてへんけどな」

「そんなことは誰も咎めてないよ。家事をしてくれてるし、病院にも行ってもらってるし」

「フォローはええから、はよ食べて」

　いつにも増してこの日の美央はきつかった。

　急いで味噌汁を飲みこもうとしたら咽せた。なにをやっても鈍くさいと思っているのか、美央は憐れんだような目をしていた。


　三月三週目の日曜日。キタノアカリはスプリングSに出走した。二歳王者のボールドウィンも朝日杯FS以来、出走してきた。もちろん人気はボールドウィン、アカリは五番人気まで下がった。

「レースは保志に任せるわ」

　西井からはいつもと同じことを言われたが、俊一郎は、今回は逃げでも後方からでもなく、中団でレースをすると決めていた。

　三枠四番のゲートの中で、前走より手綱を長く持った。長手綱でも無理に出していかなければ、今のアカリならハナに行くことはないと思ったからだ。扉が開くと他馬と並んで出た。正面スタンド前、俊一郎はなにもしなかったが、先頭から四番手のイン、悪くないポジションで最初のコーナーを回る。

金曜日に調整ルームに入る前、一人で見舞いに行った。母は起きていたが、体調はあまり良さそうではなかった。壁の方を向き背中を丸め、携帯電話を握っていた。

――母さん、なんで携帯電話を持ってんのよ。

――あんたには関係ないわ。

母はそう言って咳き込んだ。美央に頼まれた俊一郎に、携帯を奪い取られまいとしているのだろうと思った。そして今もテレビで競馬中継を見ていて、ふがいない結果に終われば、「嫁のあんたが悪い」と意地悪なメールを美央に送る。

向正面（むこうじょうめん）に入ってもペースは緩まなかった。ボールドウィンは後方からだが、ヨーイドンの競馬ではキレ味で突出したボールドウィンには敵わないと考え、先行馬に乗る騎手はスローに落としたくないのだろう。

初めて馬群に入れたのに、アカリは周りの馬を気にしていなかった。ただスイッチが入ったら途端に前の馬を抜いてしまいそうなほど手応えがいいため、「まだペースを上げるのは先だぞ、しばらくこの感じでな」と声をかけ、前とは少し間隔をあけて走らせる。

渡辺が言ったようにアカリは普段はおとなしいが、強い意志も持っている。その性格をレースで活（い）かすことができるのか、今回のどこかで試してみたい。

淀みなく流れていたところに、三コーナー手前、外を走る二番人気のマイタイビーチが、アカリの前に急に割り込もうとした。手綱を押してアカリを前に出せば阻止できたし、アカリが怯むのか、それとも向かっていくのか試す機会にもなったのに、俊一郎は危ないと手綱を引いてしまった。

鞍上のヴィトーが振り返り、ゴーグルの下で口が横に開いた。無理やりでも寄せていけば、俊一郎が譲って審議にもならない。ヴィトーはそう思って、俊一郎の前のポジションを狙っていたのだ。

馬は、先に接地する前脚を左が前、しばらく行くと右が前と器用に両脚を入れ替えながら走る。その時はアカリは右手前で走っていた。中山競馬場は右回りなので、このまま右手前で走ればコーナーに沿ってスムーズに回れたのだが、俊一郎が手綱を引いたせいで、アカリはおかしな形で左手前に替えた。急にスピードが落ちて四コーナー手前では最後方近くまで下がった。

一方でボールドウィンは、グリーズマンが手綱を持ったまま、最後方から大外を上がっていった。アカリはすぐにリズムを取り戻したが、インコースには何頭も馬がいて、このままでは直線で前を塞がれる。かと言って今から外に出しても間に合わない。

後方インコースで最終コーナーを回った。前は早めに抜け出たマイタイビーチに、大外からボールドウィンが追いかけていく。俊一郎は馬場の内寄り、横に広がった他の馬たちの後ろで、抜け出す場所を探した。

アカリはけっしてバテてはおらず、伸びていきそうな手応えも感じるが、このままでは脚を余してまた着外だ。

俊一郎は諦めなかった。いや、諦めていなかったのはアカリだ。目の前で二頭の間にわずかなスペースが出来た時、アカリはその隙間に向かって走り出した。

――行け、アカリ。

これまでの俊一郎ならそんな狭い場所を突くことを躊躇（ちゅうちょ）したが、声に出して力いっぱい追った。

一度縮めた体が伸びた時には、アカリは二頭の合間を抜け出ていた。

そこからも勢いを増し、後ろ脚を強く蹴って伸びていく。

一頭、また一頭、さらにもう一頭かわした。

勝ったボールドウィン、二着のマイタイビーチからは二馬身ほど離されたが、三着に入った。

「渡辺さん、やっぱりアカリ、すごい馬だよ」

馬場の出入り口で曳き綱を肩に担（かつ）いで待っていた渡辺に言った。自分も興奮している。

「私もビックリしました。アカリちゃん、すごい根性でしたね」

曳き綱を繋ぎながら渡辺も顔を綻ばせる。

「西井先生はどこ？」

「先生はあそこです」

鞍から腰を上げて探すと、検量室の横で緑のジャケットを羽織った男性と話す西井が見えた。緑のジャケットが戸賀野オーナーだ。新馬、二戦目の表彰式で会った。二回とも「ご苦労さん」「勝ってよかったわ」と言われたくらいで、ろくに会話はしていない。馬から下りてしばらく待ったが、五着までに入った騎手は、後検量があるため、俊一郎は鞍を持って検量室に入った。

レースが確定してから西井の元に走った。

「先生、アカリ、皐月賞、行けるかもしれませんよ」

いつもなら垂れ目で喜ぶ西井の様子がおかしい。

「その皐月賞なんやけど、オーナーから『榊康太が空いてるなら、榊に頼んでくれ』と言われたんよ」

アカリが最後にかわした外の馬に榊が乗っていた。スプリングSは三着までに入れば皐月賞に出走できる。アカリは朝日杯二着で皐月賞出走の賞金は足りているが、榊の馬は四着だったため出られなくなった。

「で、榊さんはなんて言ってるんですか？」

「伝えてへんけど、乗る馬がおらなんだら乗るやろ」

「そうですよね」

それしか答えられなかった。ようやくアカリの能力を引き出す方法を摑めたのに、乗らせてくださいと言えない自分が情けなかった。

4

スプリングＳ翌日の月曜日、俊一郎は新千歳空港で借りたレンタカーで、日高自動車道という片側一車線の高速を走った。日高地方を襲った地震の爪痕はまだ残っていて、ところどころで車が飛び跳ねるほど道路は傷んでいた。

高速を降りてからは海沿いの国道を通る。《競走馬のふるさと　馬恋》の看板が見えた。俊一郎が生まれ育った故郷である。北海道には夏の札幌競馬に乗りにきたことはあったが、馬恋に来たのはジョッキー五年目に母を栗東に呼び寄せて以来だから、十三年ぶりになる。山脈は白い帽子を被り、残雪は麓まで斑模様で残っていた。その山に向かって三十分ほど走ると、《あかり野牧場》と書かれた四角い小さな看板が牧柵に掛けられていた。中に入ると、中年男性と若い子が厩舎から出てきた。

「保志くん、久しぶりだな。競馬学校に受かった時の壮行会以来だ。俺のことなんか覚えてねえだろうけど。あっ、こっちは息子の駿平だ」

「保志さん、いつもテレビで応援しています」

「あっ、どうも、ありがとうございます」

　昨夜に連絡したことで、あかり野牧場の灯野摂男と息子の駿平は待っていてくれたようだ。壮行会での灯野の記憶はなかった。灯野どころか知り合いが来ていたのもあまり覚えていない。あの時は本当に騎手になれるかという不安が大きく、最後まで緊張していた。

「灯野さんのことは、馬恋中学の時に、武勇伝を聞いていました」

「お父さん、なにをやらかしたのよ」

　息子の駿平が顔を父親に向けた。

「活発で優秀な子だったってことよ、なぁ、保志くん」

　同意を求めるように言われたため「そうですね」と答えておく。本当は夏休みに校庭で草競馬を企画した。草競馬は子供の大会があるくらい、馬産地では珍しいことではないが、灯野は学校に忍び込み、コピー機で競馬新聞を作って、全校生徒に馬券を売る準備をしたらしい。コピーの原稿を機械から取り忘れたことで当直の先生に気づかれ、知らせを聞いた担任教諭が、実家の釧路から飛んで帰ってきて、灯野は大目玉を食らったとか。馬恋中では有名な逸話だった。

　俊一郎は馬恋にはあまりいい思い出はなかった。父が失踪したこともあるが、当時は町に夢も希望も感じなかったからだ。実家が生産者の子供とそれ以外の子供にクラスが二分されていて、馬以外の仕事をする者は、中学くらいから将来、札幌や東京に出ると決めていた。俊一郎は小学四年から乗馬スクールに入り、ジョッキーを目指していたのでそのグループには入らなかった。かといって馬の生産に携わっているわけでもないから馬の会話にはついていけない。元より引っ込み思案の性格のせいもあり、友達は少なかった。

「保志さん、昨日はナイスレースでした。僕、アカリがあんないい脚を使えるとは思ってもいませんでした」

駿平が昨日のスプリングSのことを出した。

「西やんが朝日杯の後、『そのうち、きっちりやり返したるから』と偉そうなことを言ってたけど、こんなに早く、逃げ馬から差し馬に転換できるとは思わなかった。保志くんがうまく乗ってくれたお陰だ」

灯野も感謝してくれたが、いくら褒められても、次走から日本人騎手のトップ、榊康太に乗り替わると西井調教師から告げられたのだ。自分からは言えなかったが、灯野は西井の古い友人らしいから、すでに聞いているのではないか。

「どして保志くんは、急にアカリの母馬を見たいなんて思ったのさ」

灯野は不思議がっていた。俊一郎がそう思ったのは、レースの帰りに母を見舞ったからだ。母は目を覚ましていた。テレビも競馬を放送するチャンネルがつけっぱなしになっていたから生中継で見ていたはずだ。三着だった結果には当然納得はしておらず、顔を見るなり「また負けたな。情けない」と毒を吐いた。携帯電話もベッドに置いてあったから、美央にも意地の悪いメールを送った。そして美央からもきついメールが送られてきた。だから母は余計に機嫌が悪いのだろうと察した。

「灯野さんならうちの母のことも知ってますよね。馬恋では、おっかないおばさんで有名だったので」

俊一郎は少し間を置いてから尋ねた。

「馬恋の人間で保志くんのお母さんを知らん人間がいたらもぐりだわ。牧場の近くで工事やってて、馬が怖がるって建設会社に電話を入れたら、事務してたお母さんが出たのよ。『おたくらが安全に運転ができるように道路工事やってるんや。そんなに煩かったら馬の耳をふさいどけ』ってえらい剣幕で怒鳴られたべさ」

「お父さん！」

隣から駿平に注意をされると、灯野は咳払いして「保志くんのお母さんがどうしたのさ」と言う。

癌であることは隠し、妻から自分と母が性格がよく似ていると言われたことを話した。

「そりゃ母子なんだから似てるだろうに」

「でも僕は自分は父親似だと思ってたんですよね。母みたいに気が強かったら良かったのにって。それなのに妻からそう言われたもんだから、自分でもびっくりして。うちの妻も母に負けじと相当、おっかないんですけど」

そう言うと灯野は黙ってしまった。気まずくなったのは妻より、失踪した父の話を出したからだろう。

「すみません、ヘンな話をして」

「ううん、それより母馬のレディライラを見に行くべさ」

灯野は放牧地に向かって歩き出した。

三月下旬の馬恋は雪は溶けていたが、桜が咲くのは四月の終わりなので、まだまだ上着やセーターが手放せない肌寒い時期が続く。あかり野牧場の放牧地もまったく色彩がなく、黒い土の上を馬たちが数頭ずつ群れをなす殺風景な景色だった。

「あれがライラですよ」

駿平が指を差した。アカリと同じ流星があった。

「子供生まれたんですね」

隣に母親から離れまいと仔馬がくっついていた。鹿毛(かげ)なので毛色は違うが、その仔にも流星がある。

「メスだけど、お父さんがヘルメースだから全妹(ぜんまい)だよ」

「どの仔もお母さん似なんですね」

母親もアカリと同じ栗毛で、頸差しや肩の角度などはアカリにそっくりだ。鹿毛のヘルメースは、胴長で手脚が長く、それでいて結構な筋肉質な体をしていた。

「前から見たらそうだけど、後ろは結構、ヘルメースの影響を受けてるかな。とくにアカリは後肢の張りはヘルメースそっくりだから」

ヘルメースは後ろ脚の蹴りが力強く、いつも一頭だけ次元が違う脚で追い込んでいた。なるほど、スプリングSでアカリが見せた最後の瞬発力は父譲りなのかもしれない。

「お母さんの性格はおとなしいですか」

「すごくおとなしいです。言うことも聞くし」

駿平は言ったが、灯野が「いいや、ライラは気は強いよ。普段は従順だけど、子離れさせた時なんかは、放牧に出そうとしてもテコでも動かねえし」と眉をひそめる。

「あっ、それアカリの調教でもあります。この前もコースの入り口で三十分止まりました」

先週の最終追い切りでも三十分間動かず、併せ馬をする玉田助手はじりじりしていた。西井の指示で走る気になるまで待ったが、短気な調教師なら、鞭で叩いたり、無理やり引っ張ったりして、アカリは人間を信用しない馬になっていたかもしれない。

「しばらく待っているとなにもなかったように歩き出すんですけどね」

「アカリなりになにか意に染まないことがあったんでねえの。そういえばアカリもおとなしかったけど、なぜか他の馬からちょっかいを出されなかったな。他の馬は分かってたんだな。からかったら怖いって」

「やっぱりお母さん似なんですね」

「そうかもしれないな。保志くんだって、ジョッキーやって、これまでGIを勝ってきたんだから、やっぱりお母さんの血を受け継いでんだよ。奥さんはよく分析されてるんでねえの」

「そうですよ、馬の上で、鞭叩きながら片手で馬を追うなんて、僕は怖くてできないですもの」

駿平もそう言った。

「昨日のレースだって、あんな狭いところをついてきたんだから、保志くんも相当勇気があると思うよ」

「あれはアカリが自分から突っ込んでいったんです。僕はアカリについていっただけです」

恐怖がなかったわけではなかったが、気づいた時にはアカリは二頭の合間を抜け出ていた。

「皐月賞でもあの乗り方をしてよ。そしたら次はボールドウィンに勝てるんでねえの」

灯野は騎手交代のことを西井から聞いていないようだ。正直に話すことにした。

「実は皐月賞はオーナーからの希望で、榊さんに頼むそうです」

「そだったのか。それは申し訳ねえこと言ったな」

二人とも気を遣っているのか、掛ける言葉がないようだった。普通は人気騎手の榊が乗ると喜ぶが、二人は残念がってくれている。さすがに降ろされた本人の前で榊が乗ることを喜んだりはしないか。

「お母さんや奥さんもガッカリしてるだろうな」

「そうですね」

母には病院で伝えた。「それくれえでなにをしょげてるね。みっともねえ」母はつまらなそうに言った。さらに「そんな情けねえ顔を見せてたら誰も乗せてくれんようになるわ」と言い、ゴホゴホと咳き込んだ。今度は美央の顔が浮かんだ。降ろされたら調教師試験を受けると話した美央に伝えれば、そんな弱気なことを言ってるから負けるんやでと責められる。美央にはまだ話していない。

暗い話ばかりしたせいで、会話は止まっていた。これではせっかく歓迎してくれた二人に申し訳ないと、俊一郎は笑みを作って話を替えた。

「さっきうちの妻も母に負けていないって話したじゃないですか？　うちは、結婚してからしばらく妻と姑の諍いが続いていて、それで仕方なく、家の近くにマンションを借りて妻と暮らしてるんです。だけど母と妻の関係って、僕が思っていたのと違ったんです」

「そこにもお母さんが乗り込んできたとか」

「母が来て険悪になったこともありましたけど、僕が考えてたより、二人はそんなに仲が悪くなかったんです。いえ、仲が良かったと言った方がいいですね」

「さっきは諍いばかりしてたと言ったでねえの」

「諍いをしていたのは本当です。お互いが好きではないのは事実でしょうけど、実は母と妻は心が通じていたんです」

そう話したものの、灯野も駿平もなにが通じていたのか分からず、ぽかんとしていた。

あかり野牧場を出てから、俊一郎はレンタカーで馬恋の中心部まで戻った。十五歳まで住んでいたのにあまり記憶がないのは、冬が長い北海道では外で遊べる時期が短いということもある。それ以上に学校が終わると真っすぐ家に帰ったからだろう。

学校から帰ると、自分で弁当箱を洗い、洗濯物を取り込んで、二日に一度は風呂の水を流して浴槽を洗った。そうしないと母に叱られたからだ。騎手を目指すようになるまで保志家にはテレビがなかった。古本屋で買ったぼろぼろの漫画を繰り返して読むのが、唯一の娯楽だった。

国道から脇に入ったところに借りていた家があるはずだが、取り壊されて空き地になっていた。おやつをくれたり、たまに夕食を食べさせてくれた三軒隣の食料品店はシャッターが閉まり、その先にあった店もなくなっていた。元々活気がある町ではなかったが、わびしさしか残っていなかった。

　町を回って、母の思い出のある場所や、できるだけ明るい景色を選んで写真に撮った。母と馬恋の話をしたい、そう思ってやってきた。母に話すだけではない。美央にもこれが俺が生まれ育った町だと伝えたい。

　――そんな情けねえ顔を見せてたら誰も乗せてくれんようになるわ。

　病室でそう言った母はしばらくして「便所に行きたい」と言い出した。

　抱えてベッドから下ろし、車椅子に乗せた。押しかけたところで「あんた、女便所まで付いてくる気かね」と言うので看護師を呼んだ。

　俊一郎だけが部屋に残った。ベッドに置いてあった母の携帯電話が目に入り、手を伸ばした。少し迷ってから電源を入れた。母がどんなメールを美央に送ったのか、美央がどう言い返したのか気になった。

　こわごわとメールボックスを開く。受信メールは一通も残っていなかった。

　だが送信メールには同じ文面のメールが並んでいた。

《俊一郎は無事レースを終えました》

《俊一郎は無事レースを終えました》

《俊一郎は無事レースを終えました》

《俊一郎は無事レースを終えました》
《俊一郎は無事レースを終えました》
すべて美央宛てだったことに、俊一郎の体は震えた。母はいつからこのメールを送っていたのか。遡(さかのぼ)っていくと二年前の九月、落馬で意識不明のまま救急搬送された俊一郎が、リハビリを終えて復帰後の第二戦からだった。
それ以後母は、毎週欠かさず、俊一郎がレースを終えると美央にメールを送っていた。
家に帰り、美央に確認した。美央は「隠しててごめんね」と謝って、話してくれた。
――俊ちゃんが復帰した日、あたし、テレビをつけたんだけど、落馬したんを思い出して観てられんようになって、それでテレビ消したんよ。そしたら突然、お義母さんが来て、「美央さん、あんた、俊一郎のレースを観られへんのやろ」って言われたの。あたしはてっきり、また嫁失格とか嫌みを言われるんかと思って身構えたんやけど、その時のお義母さんは優しくて「あたしも俊一郎がデビューして最初に落ちた時は、息子を騎手にしたことを後悔してしばらく競馬が観られんかった。だから当たり前だ」って。
そんなことを初めて知った。騎手になって最初の落馬は顔に擦(す)り傷を作った程度だった。ジョッキーをしていればいくらでもあるケガだったが、見ていた母は命が縮む思いだったのかもしれない。軽傷だったのは運が良かっただけで、馬群の中で落ちたのだから、他の馬に蹴られていたら命だって危なかった。

母は、土日のレース後に自分がメールで美央に伝えると言い出したらしい。美央は最初のうちはお礼の電話を入れたらしいが、母から「あんたはそんなことせんでええから、家を温うして俊一郎の帰りを待ってやって」と言われたそうだ。「あたしが働き通しだったせいで、いつも一人で留守番してた。あの子は寂しがり屋だから」と……。

夕方の飛行機に乗るため、空港に戻ろうと車をUターンさせると、スマホの呼出音がした。灯野摂男からだった。車を脇に停めて電話に出る。

〈俊一郎くん、俺よ、灯野よ〉

保志くんだった呼び名が、名前に変わっていた。

「どうしたんですか」

早口で言われたことに、財布でも忘れたのかとズボンのポケットを叩く。

〈今、西やんに電話したのさ。榊ジョッキーに乗ってもらえるのは生産者としては光栄なことだけど、やっぱりアカリのことを熟知してる俊一郎くんの方がいいと思ったのさ〉

ありがたいが、馬主が決めたことなのでどうしようもない。ところが灯野は〈西やん、皐月賞も俊一郎くんに乗ってもらうと言ってたべさ〉と話した。

「えっ、榊さんでないんですか」

〈西やん、昼飯食ってからでも榊康太のエージェントに電話しようとしたそうなんよ。したらネットに、榊はすみれステークスを勝ったモンスリという個人馬主の馬に決まったと出てて、それから慌てて電話したけど断られたらしいわ〉

もしかして灯野が説得してくれたのかと思った。灯野は「昼飯食ってから電話するなんて、西やんはどんだけ呑気やねん」と笑っていたから、そうではなさそうだった。

5

北海道から戻ると、榊への騎乗変更などなかったかのように、西井調教師からこれまで通りにアカリに乗るように言われ、俊一郎も長めの距離を馬の気分を損ねないように気をつけながら走らせた。毎水曜日には玉田と併せ馬をやった。一度、三分間ほど、馬場の入り口で止まったが、コースに出てからは力むことなく、余裕を残して玉田の乗る古馬と併入する。

順調に三週間調教を重ね、最終追い切りではその日のCウッドコースの一番時計を、馬なりでマークした。

そして牡馬クラシック第一弾、皐月賞当日を迎えた。

例年より遅い桜が開花したばかりだというのに、その日は前の晩から雨が降り、冬が戻ったかのように底冷えしていた。中山競馬場の桜も濡れそぼち、馬場には水が浮いている。

アカリは一枠二番。一方、一番人気のボールドウィンは十五番、共同通信杯で負けたガーランドは十六番、マイタイビーチは十八番と、人気馬は芝が傷んでいない外枠に入った。それでも中山競馬場の二千メートルは四回もコーナーを回るのだ。コーナーのたびに外を回らされるより内枠の方が良かった、と俊一郎は前向きに捉えた。

荒れたところは走らせたくはないが、コーナーで外を回らされないように気をつけ、四コーナーを回ったら直線は外に出そう。どの馬もそうだが、この馬場では瞬発力勝負は厳しいとみて、早めに動き出すはずだ。だが俊一郎は他の馬より仕掛けを遅らせ、この馬場でもアカリの力を信じて、スプリングSの再現をしようと、作戦を練った。

皐月賞以外は騎乗馬がなかった俊一郎は、レースの一時間前に装鞍所に向かった。ちょうど西井と厩務員の渡辺がいて、二人でアカリに鞍をつけていた。鞍が濡れないためのビニールを渡辺が取りに行き、西井と二人きりになった。この三週間、何度か西井と二人きりで話すことがあったが、そこで言えなかったことを俊一郎は口にした。

「先生、ありがとうございます」

もう一度チャンスをくれたことに礼を言った。

灯野摂男が電話した時、西井は昼食を食べてから榊に電話をしようとしたら、ネットに榊の騎乗馬が出ていたと話したそうだ。いくら西井がのんびりした性格でも、榊ほどの人気騎手に依頼するなら、早く連絡しないと埋まってしまうことは分かっている。西井のことだから、榊の騎乗馬が決まるのを何度もネットで確認し、決まったというニュースを見てから電話したのだろう。

礼を言った理由が分かっているくせに、西井は「なにがよ」と視線を斜め上に向けて惚けた。

こういうところが関西人らしいと俊一郎はいつも思う。褒められるのが照れくさくて、恰好つけるのだ。

「いえ、こっちのことです」

その演技に付き合い、それ以上言うのはやめた。

西井とは騎手デビューした時からの付き合いだ。所属していた厩舎の調教助手をしていた西井が七年前に厩舎を開業した時、「まだ出来立てホヤホヤの厩舎やけど、手伝ってくれへんか」と頼まれ、調教で乗るようになった。

落馬事故の前まで、俊一郎には毎週、結構な騎乗馬がいたが、人気のあるなしに関係なく西井厩舎の馬は優先して選んだ。

開業一、二年目は一桁だった西井厩舎の勝利数は、三年目に十八勝と大きく伸びた。その後も毎年、コンスタントに二十勝前後をあげている。

三年前、西井厩舎は、GⅡとGⅢを勝った。二頭とも俊一郎が手綱を取った。一頭は西井にしては珍しいプラチナセールで買った良血馬、もう一頭は家族経営の牧場から頼まれた安い馬だったが、西井はどちらの馬の勝利も同じだけ喜んだ。

　その年の忘年会は例年より豪華に、ふぐ屋で行われた。店の外で解散になったが、西井から「保志、ちょっとだけ行こか」と自分だけ二軒目に誘われた。西井が行きつけのバーだった。カウンターに並んで座り、たわいのない話をしながら静かに酒を飲んだ。お互いがウイスキーのお代わりを頼んだ時、西井が「ほんまに保志には助けてもらったわ、ありがとう」と呟いた。言われたのはそれだけだったが、西井の言葉はアルコールとともに五臓六腑(ごぞうろっぷ)に染み渡った。

　装鞍所で西井に礼を言い、アカリの様子に変わりがないことを確認した俊一郎は、一旦(いったん)、ジョッキールームに戻り、雨具などの準備をしてから、パドックに移動した。

「保志さん、よろしくお願いします」

　雨具を着た渡辺がアカリを止めた。馬体重は前走よりプラス四キロの五一二キロ。二歳の頃より二十キロほど増えているが、毎日他の三歳馬ではへばってしまうほどの厳しい稽古(けいこ)をしての馬体増だ。太め感はない。

「渡辺さん、頼むわ」

「はい」

　普段は自力で飛び乗るが、雨で滑りそうなので渡辺に腕を出してもらい、そこに膝をかけるようにして、アカリの背中に跨った。パドックの反対側ではボールドウィンにグリーズマンが乗るところだった。彼は肩をすくめながら、竹之内調教師と話している。超一流のキレる脚を持つ追い込み馬だけに、この雨が嫌なのだろう。芝コースは朝から「不良」になっていて、すべてのレースで時計がかかっている。跳びがきれいなアカリにもけっしていいことではないが、条件がよくないのはどの馬も同じだ。

——母さん、見ててくれよ。

心の中で言葉を贈った。

——いいレースをするからいつものように美央に伝えてくれよ。

俊一郎は胸を張った。

北海道から帰った翌日には、母に馬恋に行ったことを伝えた。「あんな寂しいところ、なにしに行ったね」そう文句を言いながらも、母は黙って話を聞いていた。

五月になったら馬恋の桜を観に行こう。何度かそう言って元気づけようと思ったが、まだ言えていない。その後も母の容態がよくならないからだ。今週も金曜日に調整ルームに入る前に寄ったが、熱が高くて点滴を受けていた。

雨の中を来てくれたたくさんのファンの前で本馬場入場し、水浸しの馬場で返し馬をして、待避所に向かう。馬が脚を伸ばすたびに水が跳ね、芝が掘れていく。

待避所はトップ騎手が揃うGIレースらしい独特の緊張感があった。皆が平然として輪乗りをしているが、気にしない振りをして、他の騎手の心の中を読み合っているのだ。この時点でレースは始まっている。俊一郎も周りに悟られないように、どの騎手がどういう考えでいるか、頭を巡らせた。

発走時間が近づいた合図が出たのでゲートに向かう。アカリの顔にも雨がかかっているが、何度か瞬きをした程度で、そんなに嫌ではないらしい。それでもこれだけ馬場が悪いと、前の馬が蹴った土が顔に飛んできて走る気をなくすこともある。前の馬との距離感は考えなくてはならない。

靄がかかった暗い中でファンファーレが鳴った。

全馬が入って、ゲートが開く。

アカリは好スタートを切ったが、もう逃げないことを理解しているようで、先頭から七、八番手で最初のコーナーに入った。

「おい、危ねえぞ」

一コーナーを回ったところで、俊一郎の外側で先輩騎手の怒声が聞こえた。馬場だけでなく、視界もよくないため、外側ではポジション取りでごちゃついているようだ。

二コーナーまでは最内を回ったが、向正面に入ってからは荒れた内は避けて、内柵から三頭分あたりのコースを選択した。

一頭前に榊康太のモンスリがいた。榊がここにいるということは、このポジションで悪くはないということ。だがきっと同じことを考えている騎手がいる。そう思って首を左右に振ると、外になる左側にヴィトーの高い鼻が見えた。ヴィトーも横目で俊一郎の表情を窺っている。マイタイビーチが走っているコースでは、コーナーで外側に振られるため、ヴィトーはモンスリとアカリの間に、マイタイビーチを入れたいようだ。

前のモンスリが蹴る土が飛んでこない程度に距離を空けてアカリを走らせていた俊一郎だが、ヴィトーが割り込んでこられないように距離を詰めた。

それでもヴィトーが前に出て馬体を寄せてくる。そのたびに俊一郎も肘を張って、入れさせないと示した。

ヴィトーとの間でしばらく心理戦が続いたが、スペースが生じないことに、ヴィトーは中に入れることを諦めた。外側をそのまま上がっていき、三コーナーを回ったところで、早くも先頭集団に並びかけた。

最終コーナーに入った。馬場が荒れているのが馬の上から見ているとよく分かった。こういう日は早く仕掛けないことにはいいコースを取られてしまうが、俊一郎は落ち着いていた。

勝負はまだ先だ。

アカリの闘争心を利用するのだ。他の馬たちが一杯になった時、アカリのスタミナが残っていれば、スプリングSで見せた脚を活かして勝てるかもしれない。

直線に入ると、外からグリーズマンのボールドウィンがアカリをかわしていった。前を走っていた榊もスパートをかけ、モンスリが先頭に出る。どのジョッキーも、この馬場では脚が鈍くなると判断し、早めに動いたのだろう。

トップ騎手がそう判断したのだからそれが正解なのかもしれないが、俊一郎は「まだだぞ」とアカリにも自分にも聞かせるように声に出した。

直線の至るところで、芝が剝がれていた。穴に脚を突っ込ませないように注意して、アカリを芝の状態がいい外側へと出していく。右手前で走っていたアカリが自分から左手前に替えた。残り三百メートル、この先には中山の難所である急勾配の登り坂がある。水を含んだ重たい馬場なのだ。先に仕掛けた馬たちは必ずバテる――。

アカリにはまだ余裕があった。そこで誤算が出た。目の前で、モンスリ、ボールドウィン、マイタイビーチの三頭がけっしてぴったりではなく、だからといって間を抜けられるほどのスペースはない微妙な間隔で、並んで走っていたのだ。三頭が行く手を邪魔する大きな壁のように見えた。

せっかくいい馬場を走っているのに、ここから傷んでいる内側に入れるのはもったいない。だからといって三頭並んだマイタイビーチの外を回すとなると、余計な距離を走らせてスタミナを消耗する。

坂にさしかかった。登り切ったら残りは百メートルしかない。俊一郎は三頭に乗る騎手たちの後ろ姿を見比べた。三人とも鞭を入れて、必死に追っている。ほんのわずかだが、真ん中のボールドウィンに乗るグリーズマンの手応えがいいように感じた。

　ボールドウィンの真後ろにアカリをつけた。予感通り、坂の途中で、真ん中のボールドウィンが抜け出した。ボールドウィンが伸びたというより、他の二頭がいっぱいになったのだ。

　左鞭を入れると、闘争心に火がついたアカリが、ボールドウィンの尻尾に頭がつくほど密着して追いかけていき、両サイドの馬を抜いた。完全に二頭を抜き切ったところで、俊一郎は左手から右手に鞭を持ち替えた。右鞭を入れることで、かわしたばかりのマイタイビーチの前にアカリの走路を変えたのだ。「斜行(しゃこう)」と取られるかどうかぎりぎりの動きだったが、マイタイビーチはすでに脚が上がっていたので、これなら走行妨害(ぼうがい)と裁定されることもないはずだ。

　残すは前を行くボールドウィンを捕まえるだけだった。残り五十メートルになり、ボールドウィンの外側からアカリが迫る。抜け出したとはいえ、ボールドウィンの脚は止まっている。だがアカリも体力を使い切っていた。

　頑張れ、アカリ。もう少しだ。俊一郎は鞭を入れて右腕を目いっぱい伸ばして追い続ける。半馬身、クビ差まで迫った。ゴール寸前で馬体が並んだ。

　勝てる――だがまたボールドウィンの体が前に出た。負けるなアカリ。必死に追うが、かわすまではいかず、ゴール板を通過した。

ハナほどの僅差だったが、勝利を確信したグリーズマンがすぐさま隣で右手を挙げた。

俊一郎も負けたことは分かっていた。

6

「やっぱり、そうか。落鉄してたんだな」

戻ってくると、西井がアカリの後ろ脚を見て嘆いた。直線の途中で蹄鉄が外れていたようだ。それで最後に踏ん張りが利かなかったのかもしれない。

「ついてへんな。そやけどこんだけのレースをしたんや。アカリを褒めてやらんといかんわな」

西井は満足していた。このレースならダービーで雪辱できると感じているのだろう。俊一郎も力を出し切ったという思いはある。だが勝てなかったのは悔しい。

「俊一郎くん、いいレースだったね」

スーツ姿なので気づかなかったが、灯野摂男も来ていた。

「ありがとうございます。牧場で灯野さんがライラを見せてくれ、いろいろ教えてくれたおかげです」

オーナーにも挨拶しようと探したが、戸賀野の姿はなく、競馬場には来ていないようだった。

検量室では騎手たちが泥だらけの顔で談笑していた。こういう雰囲気の時はいいレースだったと全員が思っている証拠である。誰かが斜行して不満の募るレースになったり、後続が牽制し合ったまままんまと逃げ切られた時は、検量室が重苦しい空気になる。

グリーズマンが他の騎手から祝福されていた。俊一郎も「おめでとう」と称えた。「アリガトウ」日本語でそう答えたグリーズマンは、肩をすくめた。シュンイチローにやられたと思ったよ——心の声が聞こえた。

そばにヴィトーがいた。

「ホシさん、割り込み運転ダメよ」

最後に前に出たことを言ってきた。

「自分だってやろうとしてたじゃない」

そう返すと、「ゴメンね」と笑いながら去っていった。

洗面台で泥だらけの顔を洗っていると「俊一郎」と声がした。三着の榊康太だ。

「惜しいレースだったな。だけどグッドレースだった」

「そうですね」

その後は片付けに追われた。雨の日はレース後が大変だ。ゴーグルはあまりに傷んでいると捨ててしまうが、ブーツはついた泥を洗い流さないといけない。洗い場で水を出してブラシで擦(こす)っていると、ＪＲＡの女性職員に「保志さん」と呼ばれた。彼女は切迫感が漂う表情をしていた。

嫌な予感がした。

「奥様から連絡があって、お母様が……」

ブーツを置いて走った。

タクシーからスマホで美央に電話をかけ、詳しいことを聞いた。亡くなったのは三時三十分で、病院から美央に電話がかかってきたのが三時四十分の少し前だったそうだ。皐月賞の発走が三時四十分だから、残念ながら母に皐月賞を見せることはできなかった。

病室には美央が立っていた。彼女も目を腫(は)らしていた。

母は今まで見たことのないほど穏やかな顔をしていた。これが母の素顔なのだろう。息子を育てるのに必死で、ずっと気張って生きてきたのだ。俊一郎は冷たくなっていた体にしがみつくように抱きしめて泣いた。

「母さんが最後まで俺に厳しいことを言ってくれたから、きょうは最高のレースができたよ。二着だったけど、完璧なレースをやれたよ。他のジョッキーからも褒められた。ＧⅠを勝った時よりうまく乗ったよ。アカリならダービーはもっといいレースができると思う。次は絶対勝つから」

人目もはばからず泣き叫んでいた。言いたいことをすべて伝えてもまだ言い足りない。できることならきょうのレースを見てほしかった。母に結果を伝えたかった……。

「そろそろよろしいでしょうか」

看護師がきて、霊安室への移動を告げられた。服の袖で涙を拭いて、俊一郎は母から離れる。部屋には男性の看護師も入ってきて、母のベッドを動かしていく。美央が着替えなど母の荷物を持った。

「俊ちゃん」

呼ばれたが、足が動かなかった。消毒液の匂いが残る部屋に、まだ母の魂が残っている気がしてならない。

「先行ってるで」

美央が看護師たちについて部屋を出ていく。

「ちゃんと来てや」

「ああ、今行くから」

どうにか答えた時に、ベッド脇の床に携帯電話が落ちていたのを発見した。

母はこの日も美央に伝えようとしていたのだろう。だけどレース前に苦しみがやってきて、手から離れてしまったのだ。

だが不撓不屈の精神で生きてきた母が、息子の大事なレースを観ることなく直前で逝ってしまうとは、とても思えなかった。レースの最後まで携帯を握りしめ、美央にいつもの連絡をしようとした矢先に息が絶えたのではないか。時間は美央が聞き間違えたのではないか。

震える手で母の携帯の電源を入れ、メールボックスを開いた。

美央は間違っていなかった。母はレース前に往生（おうじょう）していた。

また涙が出た。

「俊ちゃん」

廊下の奥から美央の声がした。今度は涙を拭き、両手で顔を二度叩いてから、早足で歩くと、エレベーターホールで美央に追いついた。

「お義母さん、先行ってもうたで。地下一階やそうや」

長いため息のあとに美央は下のボタンを押す。

「美央、ありがとうな、母さん喜んでると思う」

横に並んで、そう声をかけた。

「えっ、なにが？」

分かっているくせに美央はそう答えた。目が斜め上を向いている。

母の携帯電話の送信ボックスは、先週のままだった。だが空だったはずの受信ボックスには一通だけ新着メールが届いていた。

《15時43分　おかあさん、俊一郎さん無事レースを終えました。2着でした。すごくいいレースでしたよ》

第5話　初めての嘘（うそ）

1

「テキ、えらいこっちゃ、えらいこっちゃ」

突然、玄関のガラスの引き戸が開き、調教助手の玉田が入ってきた。耳が割れんばかりの大声だったが、栗東トレーニングセンターの調教師住居で皐月賞のＶＴＲを見ていた西井敏久は、格段慌てることはなかった。

玉田が大騒ぎするのはいつものことだ。聞いたところで大抵は、とりとめのない話である。

「なんやねん、そない大声出したら馬かてビックリして逃げてまうで」

ところが飛び込むように部屋に入ってきた玉田の様子は普段とは違った。顔から血の気が引いている。

「どないした？　故障か、それとも熱発か」敏久は慌てて腰を上げた。

「違います。弁護士が無断で厩舎に入ってきて、馬房に赤札貼ってるんですわ。アカリの馬房ですわ」

「なんやて」

敏久は取るものも取り敢えず靴に足を突っこみ、踵を踏んだまま隣接する馬房に走った。最初に見えたのは厩務員の渡辺麻衣の困惑した顔だった。

その横にスーツを着た男が、眉間に深い縦皺を寄せて立っていた。

一昨日の皐月賞でキタノアカリが二着に入り、敏久は自分でも珍しいほど浮かれていた。確かに今回は負けた。だが次のダービーで、ボールドウィンを逆転できるとの手応えは摑んだ。

直線最後の攻防、馬群を割って二番手に押し上がったところでアカリの右後肢から蹄鉄が外れた。人間でいうなら靴が脱げた状態だから、水浸しの馬場に脚を取られたのも仕方がない。

敏久が、ダービーで逆転できると思った根拠はそれだけではなかった。最後はボールドウィンの脚はいっぱいになっていた。

グリーズマンが早く仕掛けたのは、あの不良馬場では、これまでのような後方からの競馬では差し切れないと判断したからだろうが、初めての二千メートルという距離も関係しているのではないか。ボールドウィンは二歳時より胴が詰まり、ダービーの二千四百メートル向きとはいえない体形に変わってきていた。

一方、二歳の頃は芝の千六百メートルあたりが距離的にギリギリの「マイラー型」に見えたアカリだが、冬を越して体長が伸び、父親で三冠馬になったヘルメースとよく似てきた。鞍上の保志俊一郎に教わった通り、馬群の中で力を溜めて走れるようになったことも大きい。

大ぼら吹きだと言われたくないので口にはしなかったが、敏久は去年夏に入厩したアカリをひと目見た時、良馬の条件と言われる「長腹短背」の体つきに、いよいよ自分にクラシックを勝てるチャンスが来たと予感した。

ところが稽古で乗った保志の「まだフワフワしてて、子供っぽいですね」という感想に、クラシックを獲るまでは思い込み過ぎかと強気な気持ちが萎んだ。あの時もっと自分の目を信頼していれば、新馬から二千メートルを使ったし、保志には「逃げずに抑えてくれ」と注文をつけた。

それでも三戦目の朝日杯FSでボールドウィンに差されたのは、脚質転換するきっかけとなって良かった。あのレースをもし勝っていたら連勝が止まるまで逃げ馬のままだった。負けて脚質を換えようと試みたところで、春のクラシックには間に合わなかっただろう。

これまでアカリを早熟馬だと見下していた他の調教師たちも、皐月賞の走りに仰天したようだ。今朝、調教師たちが集まる「天狗山」と呼ばれるスタンド二階でも、何人かの調教師から「西井くん、惜しかったな」「こりゃダービーで逆転できるで」と声をかけられた。

とはいえ、そう言ってくれたのはスターダストファームの馬を預かっていない、リーディングで真ん中から下位の調教師ばかりである。ここ数年のトレセンは、スターダストから委託される成績上位派と、声もかからない下位派とに二分されている。

敏久は残り六週、アカリがベストの状態でダービーに出走するためのスケジュールを考えていたのだが、そんなところに弁護士が馬房に赤札を貼るという、よもやの事態が訪れたのだった。

「あんた、なんですの。ここは関係者以外立ち入り禁止でっせ。すぐ出てってくれ」

相当な剣幕で敏久が怒鳴ったにもかかわらず、弁護士は不敵な笑みを浮かべて動こうとしない。

「そういうわけには参りません。裁判所の決めた期日までに戸賀野肇氏からタヒネル社への支払いが実行されませんでした。よって強制執行の手続きを執らせていただくことになりました。これが裁判所の書類です」

ブリーフケースから書類を出す。見せられたところでなんの裁判かも分からない。

「戸賀野オーナーって自己破産されたんですか？」

戸賀野は皐月賞にも現れなかった。レース後に電話をした時も「そうか」と答えただけで切られた。四月に入って二週間経過したが、先月の預託料、およそ六十万円の入金もない。

「自己破産ではありません。自己破産の場合、こうした強制執行はできませんから」

「だったら、なんですねん？」

「戸賀野氏の会社がタヒネル社の開発システムの著作権侵害、つまり盗用をしたとして、タヒネル社への損害賠償の支払いが命じられたのです」

「その差し押さえにうちのアカリも入っとるんですか」

「本来、動物は価値を付けるのが難しいため、動産執行には入れないことが多いのですが、聞けば一昨日のなんとか賞というレースで二着に入り、この馬の価値が急騰したそうですね」

「なんとか賞ではなくて、皐月賞でっせ」

言ったところで競馬に興味がないのか弁護士は訂正もしない。

「その賞金があります。そっちを回収すればええでしょう」

皐月賞は二着でも約四千万円だ。だが弁護士は「もちろんそれは押さえます。でもそれだけでは足りません」と目を光らせた。

「賠償金って、幾らですのん？」

「四十億円です」

「なんやて」

腰が抜けかけた。とてもアカリで賄える金額ではない。ダービーを勝ち、他のGIも勝って種牡馬になっても全然及ばない。

そこで思い直した。馬主はなにも戸賀野である必要はない。誰かに代わってもらえばいいだけだ。

「でしたら、赤札貼るなんてことはせんと、そのタヒネルという会社の社長さんが、アカリの馬主になってくれたらええですやん。アカリはこの後もレースを勝ちますから、お金も少しは回収できまっせ」

口やかましい戸賀野から代わるのはむしろ好都合だ。その人がセリで新しい馬を買ってくれるかもしれない。

「それはありえませんね」

弁護士は首を左右に振った。「タヒネル社の社長、スコット・タヒネルさんはアメリカ国籍でシリコンバレーに在住しています。ここに来るまでに馬主協会に問い合わせしましたが、外国人が馬主になる場合、様々な条件があるそうですね。それは低いハードルではないと聞きました」

日本に居住していない外国人が馬主になるには海外で馬主免許を持って、一年以上活動するなどいろいろ条件があった上で、馬主審査にかけられる。

「タヒネルさんはアカリをどないするつもりですか」

「タヒネル氏はつねにフェアなビジネスを心掛ける方です。よって戸賀野氏から差し押さえた不動産同様に、競売にかけるという考えを示されております」

「その競売って、いつですねん」

「六月を予定しております」

「六月言うたらダービーは終わってまっせ」

ダービーは五月の最終日曜日である。

「それは我々には関係のないことです」

「そんなつれんこと言わんといてください。サラブレッドにとってダービーは一生に一度のチャンスなんです。ダービーを勝つためにみんなこの仕事をしとるんです。かのアメリカのルーズベルト大統領の名言をあんたは知らへんのですか。『一国の宰相になるより、ダービー馬のオーナーになることの方が難しい』って」

「それを言うならイギリス首相のウィンストン・チャーチルです。でもそれは作り話説が濃厚みたいですけどね」

それまで無表情だった弁護士に鼻の穴を広げて指摘され、敏久は恥ずかしくなった。

「とにかく赤札を貼った以上、この馬は動産として認定されました。よってここから動かさないでください」

「動かさんて、運動させんことには馬は太って走れんようになりますよ」

「でしたらこの栗東トレーニングセンター内から動かさないでください。私からの要求は以上です」

　弁護士が去っても敏久はその場から動けなかった。馬房から首を伸ばしたアカリが敏久の手をぬめっと舐めた。なにも事情を知らないアカリの瞳は、ビー玉のように澄んでいた。

2

　祖父、父ともに調教師の家に生まれた敏久だが、それは中央競馬ではなく、西日本の地方競馬で、ＪＲＡのようにトレセンもなく、競馬場内に厩舎があり、厩舎が自宅だった。

　父はまったく結果を残せなかったが、祖父の善次郎は元騎手で、調教師になってからもたくさんの重賞レースを勝って、何度もその競馬場のリーディングトレーナーになった。

　笑っている顔など見た記憶もないほど、とにかく仕事一筋で、従業者にのべつ幕なし雷を落としていた。

　家族にも厳しく、調教後の朝飯は父と敏久、そして二つの厩舎の番頭たちと居間でとったが、そこに女が入ることは許されず、祖母と母はみんなが食べ終わってから台所で食事をしていた。

食事中はずっと緊張感が漂っていて、誰も無駄話をしなかった。声がするとしたらそれは祖父が誰かを叱責する時だけだ。いつ祖父が怒鳴り出すのか敏久は気が気でなく、食事の時間は苦痛でしかなかった。そのせいか敏久は子供の頃から食が細く、小学生の頃は学級の担任から栄養失調を心配されるほど小柄で痩せていた。

そんな善次郎が、敏久が小学二年の時に急逝した。全国の地方競馬の調教師が集まる葬儀となったが、喪が明けると祖母が突然、「終わったわよ、さぁ、終わったのよ」とまるで革命によって解放されたかのように晴れ晴れした顔で宣言し、「これからはみんな笑顔で生活しましょう」と厩舎を解散したのだった。

祖父から無理やり調教師にさせられた父も調教師免許を返納し、みかん農園を始めた。もっともその競馬場は敏久が小学五年の時に赤字で廃止になった。祖母にはこのまま競馬場に残っても、いずれやめなくてはならないという先見の明があったのかもしれない。

家族には恐怖でしかなかった祖父だが、敏久はけっして嫌いではなかった。友達のおじいちゃんのようにお小遣いをくれたり、どこかに連れていってくれる優しい祖父ではなかった。ただ部屋でぼんやりしていると「敏久来い」と馬房に呼び、仕事を見せられた。

厩舎はつねにピリピリしていて、見ていて楽しいわけではなかったが、そのうち子供ながらに気づいたことがあった。祖父はいつもレースで負けたことについて従業員を叱っているわけではない。脚の出が悪いとか、咳をしたとか、餌の食いや糞の状態が悪いとか、そういった馬の体調変化に気づかない者を叱責していたのだ。

その競馬場は、地方競馬でもレベルが低く、どこの競馬場でも勝てなくなった馬が最後に流れつく場所だった。コースは狭く、小回りなので、馬には故障するリスクがつきまとう。それなのに賞金が低いため、馬主は毎週のようにレースを使いたがる。そうした馬主の要望を祖父は無視して、レースを絞り、それに向かって調教メニューを作って、狙った通りに勝たせせた。

――まったく人間の都合で駄馬にしやがって。あいつらはなにやってんだ。

よく馬に向かってそう呟いていた。

当時は意味が分からなかったが、調教師になった今なら理解できる。能力のある馬を預かっておきながら、馬が異常を訴えていることに気づかないまま下級の地方競馬に追いやった人間を、祖父は許せなかったのだろう。

敏久は十九歳から八年間、スターダストファームで働いた。その後競馬学校に入り、厩務員、調教助手を経て調教師試験に合格した。それが七年前、三十六歳の時だ。

初めてこの厩舎に移ってきた時、まだ馬もおらず、たいして馬具も揃っていないガランとした厩舎を見つめて、こう心に決めた。

「俺は馬のことは全部自分で管理する。そして人のためではなく、馬に寄り添って調教し、レースに使うんや」

今は多くの地方競馬場が廃止になり、勝てないサラブレッドの行き場が減ってしまった。だからこそ少しでも能力の片鱗を見せた馬は、ケガや病気で力を出し切れないまま抹消されることがないよう、大事に扱わなくてはならない。それこそが小さな競馬場で信念を貫き通した西井善次郎の孫である自分の使命である。

「ダービーを使えないなんて、そんなおかしなことがあって、ええのかね？」

木曜日、スターダストファームで働いていた頃からの友人で、キタノアカリを生産した灯野摂男に会うため、敏久は北海道・馬恋のあかり野牧場に来ていた。

「調教師会に相談したけど馬に赤札なんて前代未聞やと言われたわ」

「で、馬主はなんて言うてるのよ」

「全然電話が通じんかったんやけど、昨日の夜になってやっと出たわ。すまんの一言もなく、『三億やったら売るわ』やった」

「三億ってそんな無茶な」

灯野も呆れていた。

戸賀野が言うには、タヒネル社に会社を譲渡する交渉を始めたらしい。だが会社の譲渡金だけで賠償金は足りず、アカリの売却金もアテにしているようだった。

冷静に考えればアカリを三億で売るのは無理だろう。ダービーの一着賞金が二億円で、そのうち馬主に入るのは八割。その後も賞金を稼いでくれるかもしれないが、ダービーで惨敗し、そのまま故障して一銭も稼げず終わってしまうかもしれない。良血馬ボールドウィンなら種牡馬入りも確実だが、二着のアカリはまだそのレベルにはない。三億の半分であっても、買ってくれる馬主を探すのは至難の業だ。

「それにしても勝手な馬主だな。会社を売却するってことは、従業員を路頭に迷わすわけでねえの。自分はこれまで馬を買って豪遊してたくせに」

「金持ちなんて大抵そんなもんや」

「うちの二歳馬もキャンセルしてくれっていうし、しかもその馬、与田ファームという若者が二人でやってる育成牧場なんやけど、戸賀野はそこの預託料も先月から滞(とどこお)らせてるらしいわ」

「うちの厩舎かて先月分から未払いやで」

「厩舎は従業員の給料があるから、西やんも大変だな」

「それはきっちり請求するわ。その与田ファームの分も必ず俺が払わせたる。それより摂ちゃんは大丈夫か。アカリの弟の買い戻しってどないすんねん」

「あの馬は七百万でしか売れなかったから、それくらいなら誰かしら買ってくれるべ。うちの馬主さんでも手が出せる範囲内だ」

「なにせ今は皐月賞二着馬の弟やもんな。去年よりはるかに価値も上がっとるやろ」

「そだけど戸賀野に払う金額は、売った値段より絶対に多くしねえつもりだけどな」

「そりゃそうよ。戸賀野なんかに儲けさせせんでええ」

「問題は三億だと言ってるアカリだわな。うちでは無理だけど、西やんはどうよ。買ってくれそうな馬主さん、アテはねえのか？」

「うちはもっとあかんわ。一千万円でも高いって言う馬主ばかりやから」

敏久は過去に一度だけ、プラチナセールでスターダストファームの良血馬を馬主に薦め、一億二千万円で買わせたことがあった。こういう馬がダービーを勝つのだと一目惚れしたほど、後肢の筋肉の張りも背中の柔らかさも素晴らしかったが、若馬に出やすい「ソエ」という骨膜炎が出たり、膝がモヤッとしたりで、入厩しても放牧の繰り返し。年明けにようやくデビューできたが、勝ち上がるまでに時間を要し、結局クラシックには間に合わなかった。

負けて戻ってきた馬の頭を撫でていると、馬主が苦い顔を向ける。そのたびに、馬主は調教師の口車に乗って高馬を買わされたと不信感を抱いているのだろうと、敏久は胸が締め付けられた。その馬は六歳になって保志の騎乗で準オープン、オープンを連勝し、七歳でGⅡを勝った。おかげで馬主に損はさせなかったが、敏久はその頃にはヘロヘロになっていた。もう二度と高馬で勝負するのはやめ、馬主に無理をさせない程度の価格の馬で、自分の身の丈にあった勝負をしようと考えを改めた。

「そのタヒネルって会社に完全に所有権が移るまでに買い手を探さんことには、アカリはダービーに出られんことになるんやもんな」

「俺は戸賀野にもう少し安くならへんか頼んでみるわ」

「頼むわ、西やん。俺も本田牧場とか知り合いの生産者に、馬主がいないか当たってみる」

　そこで灯野の長男が「お父さん」と呼んだ。灯野からは家族に心配させたくないのでアカリに赤札がついたことは内緒にしてくれと頼まれている。

「あっ、西井先生、こんにちは」

　スマホを手にした駿平に挨拶された。

「久しぶりやね、駿平くん。すっかり牧場の仕事が板についてきたみたいやな」

　汚れたジーンズに長靴を履く駿平は十九歳のはずだから、敏久がスターダストファームで灯野と出会った時と同じ年齢だ。あの頃の敏久はなにをやっても仕事がのろくて、いつも先輩従業員に叱られていた。そんな時、「急いで雑になるくらいなら、遅くても丁寧な方がいいさ」と味方になってくれたのが灯野だった。

「どしたね、駿平、そんなに慌てて」

「桂島場長がフェイスブックとツイッターを更新して、ボールドウィンとアカリがゴール前で競り合ってる写真を載せたんだよ、すごい数でリツイートされてるよ」

「リツイートってなによ」
灯野は意味が分かっていないようだった。
「摂ちゃん、『いいね』ボタンくらいは聞いたことがあるやろ？　それがようさんつい
て、いろんな人が見てくれてるってことや」
代わりに敏久が説明した。本当は『リツイート』と『いいね』は違うのだが、アナログ
人間にはそれくらいの説明の方が理解しやすい。
「駿平くん、桂島って、スターダストファームの育成の場長のことかいな。ちょっとチャ
ラい感じの？」
「西井先生、知ってるんですか」
「西やんはスターダストに八年もいたんよ。桂島って男かて、西やんの後輩で、最初はい
ろいろ教えたんだろ、なぁ、西やん」
灯野が口を挟む。
「えっ、そうなんですか」
駿平からはまるで芸能人の知り合いがいるような羨望の眼を向けられた。
「ま、向こうは大学出て、入ってきたばかりやったからな。いろいろスターダストのやり
方を教えたったわ」
それは嘘ではなかったが、実際の桂島は目をみはる速さで仕事を覚え、指導したのはわ

ずかな期間でしかない。彼なら調教師になっても成功しただろう。スターダストにはそういった優秀な後輩がたくさんいた。海外から調教師や獣医を招くと、従業員は休日を返上して講習会に出席する。頂点に立つ牧場がそこまで努力するのだから、他と差が開く一方なのは当然である。

「で、その桂島場長がなんて言ってんのよ。アカリのこと、少しは称えてくれてるのかね」

灯野が尋ねた。

「あっ、コメント見るの忘れてた」

駿平は画面をスクロールしていく。

「まずは一冠だってさ」

急に声に元気がなくなった。

「なによ、その『まずは』って」

「スターダストの他の調教主任もコメントしている。こっちは『とりあえず一冠』だって」

「とりあえずって、どいつもこいつも言葉の使い方を間違ってるべ」

「そだね。だんだん俺も腹が立ってきたよ」

灯野親子のやりとりを聞きながら、敏久も彼らに一泡を吹かせてやりたい気持ちになった。

ただそのためには、早く新しい馬主を探さなくてはならないのだが。

赤札を貼られてから一週間が経過した。さすがに噂はトレセン中に広まり、嗅ぎつけたマスコミから取材を受けた。売り手を探していると話すと騒ぎが大きくなりそうなので、「今、オーナーが新しい馬主さんと交渉してます。ダービーまでには決まると聞いてます」と答えておいた。それなのに翌日のスポーツ紙では《キタノアカリ、ダービーピンチ》《出走不可能》とセンセーショナルな見出しで報じられた。

それでも思ったほど気持ちが塞ぎ込むことはなかった。それは皐月賞の疲れを取るために、一週間は曳き運動しかしなかったアカリが、火曜日から馬場入りできたからだ。一ハロン十八秒程度の軽いキャンターだったが、アカリはウッドチップという木屑が敷かれた馬場で、前脚でその木屑を摑み取っていくような力強い走法で駆けていた。

極悪の馬場を全力で走ったというのに、体重も減っていない。トレセンに来て今年で十六年目になるが、敏久はここまでタフな馬を自分の厩舎で見たことがなかった。いや体力で比較するならスターダストでもこれだけの馬はお目にかかったことはない。

弁護士が赤札を貼った時は動揺していたスタッフも、アカリが運動を再開したことで元気が戻った。

「先生、アカリちゃんを曳いてると、他厩舎の人が立ち止まって見るんです。『見ればみるほどいい馬だ。こりゃダービー勝つで』って五人くらいに言われましたよ」

渡辺の顔も綻んでいる。

「テキ、テレビからインタビュー来ましたけど、どないしましょか?」

玉田から訊かれた。

「俺は話ベタやから、おまえ、代わりに頼むわ」

「俺かてそういうの苦手なんですよ。困ったなぁ」

「なにが困ったなぁや。おまえ、昨日、ちゃっかり散髪屋でパーマ当ててきたんやろが。出る気満々のくせして」

「バレてました?」

玉田はパーマ頭を弄って舌を出した。厩舎の雰囲気は悪くない、というかみんなが明るく振る舞って、厩舎のムードが塞ぎ込まないようにしているふうにも思えた。

ダービーまで五週間もあるため体を作る必要はなく、追い切り日である水曜日も、保志が乗って軽く流した。

「息遣いはどやった?」

戻ってきた乗り役に敏久は毎回同じことを訊く。

「全然問題ないですよ」

「喉の調子はどや？　おかしな音はせんかったか」

「注意深く聞いてましたけど、大丈夫です」

咳を一回でもしたら敏久は放牧に出す。咳や喉の変調は、言葉を発せられない馬のSOSだと思っている。

「具合は本当にいいですよ。これまでの追い日だと、アカリも少しカリカリすることがありましたけど、きょうはリラックスしてました。頭がいい馬だから次のレースは五週間後だって分かってるんじゃないですか」

「そんなアホなことがあるかいな。それやったらうちの息子より賢いわ」

「先生の息子さん、小五でしょ。怒られますよ」

保志の表情にも、重賞をいくつも勝っていた頃の自信が戻ってきている。

アカリの走りにも驚いたが、二年前の落馬以降、騎乗に弱気の虫が見えた保志が、二戦続けて狭いスペースを突いたことに敏久は感動した。

あれだけのケガをすれば誰だって騎乗に影響が出る。榊康太でもグリーズマンでも、落馬からの復帰後は恐怖心が垣間見られた時期はあった。だがトップ騎手はその恐怖心を自力で克服した。保志がもう一つ上のクラスの騎手になるには、あのケガから逃げてはいけない、そう思ってアカリの鞍上も任せてきた。

今週出走する下級条件馬の追い切りを見るため、調教スタンドに戻った。同期で同じ歳の竹之内がいた。白髪が増えて頭の天辺のあたりが寂しくなった敏久とは違い、髪が黒々して若々しい。そう言えば皐月賞が終わって二週間も経つが、まだ祝福をしていなかった。

「おめでとう」

敏久は近づいて声をかけた。

「えっ」

一度惚けてから「ああ、皐月賞のことか」とたいしたことでもないように去っていく。

竹之内がこうやってカッコつけるのはいつものことだ。四年前に菊花賞で初GIを獲った時も、去年ダービーとジャパンカップを勝った時もそうだった。国内のGIを勝つのは義務であり、目標は海外の大レースを勝つことだとテレビで宣言するいけ好かない男だ。

二階の調教師席には同じく同期の勝谷がいた。二年前のダービートレーナーで、ここ数年、竹之内とリーディングを争っている。竹之内がキザなら、この男は口達者で、なにかと一丁噛みしてくる。GⅡを勝った敏久の馬が、競馬の世界で「エビ」と呼ばれる屈腱炎になった時も、目を爛々とさせて「西井、エビフライはレストランで食うもんやで」と嫌みを言ってきた。

「西井、惜しかったな」

意外にも健闘を称えられた。さらに「馬主がパンクやて。おまえにもやっとチャンスが巡ってきたのになんて不運なんや」と同情された。

「ああ、ホンマ、ついてないわ」

ダービーまでになんとかせんといかんわなと答えようとした矢先、勝谷が急に小鼻を膨らませた。

「うちなら金持ちの馬主がようさんおるからなんとかするで。その場合はうちにトレードになるけどな」

この男は最初からそれを言いたくて同情した振りをしたのだ。黙っていると勝谷は調子に乗り、「いつでも相談に来いや。俺がおまえの代わりに竹之内を負かしたるから」としたり顔でいなくなった。

その後も何人かの調教師から話しかけられた。みんな口では心配していると言うが、本音は皐月賞で二着に入りながら、ダービーに出られないかもしれない西井を話の種にして、愉しんでいるようだった。

こうなったらあの人に頼むしかないのではないか。それは「馬のことはすべてを自分で管理する」と決めた自分の信念に背くことになる。それでもアカリのため、そして灯野摂男や保志俊一郎、渡辺麻衣らアカリに手間を惜しまず尽くしてくれた人たちのためを考えたら、背に腹は代えられない。敏久は携帯電話のアドレス帳から昔一緒に働いた一人の名を探し、発信ボタンを押した。

3

北海道のスターダストファーム社長室の前で、先を歩く灯野摂男が後ろを向き、敏久の背後に回った。

「やっぱり西やんが調教師なんだから、先に行ってくれよ」

今度は敏久が灯野の後ろに回った。

「調教師も生産者もあるかいな、摂ちゃん先行ってくれや」

案内してくれた松瀬(まつせ)場長に「こんなところで譲り合ってないで、早く中へ入って。社長が待ってるんで」と急かされた。

松瀬は敏久がスターダストファームで働いていた頃からいた獣医である。心配性の敏久は馬に少しでも異常を感じると厩舎長に相談した。大抵なんともなく「おまえは心配しすぎなんだ」とそのうちまともに取り合ってくれなくなったが、松瀬だけは毎回、診療してくれた。中には競走生命を左右する喉鳴りを発症していた馬がいて、その馬はすぐに手術したことで早期デビューができた。

松瀬に電話をかけ、守谷社長にアカリを買ってくれないか訊いてほしいと相談した。翌日には松瀬から北海道に来てくれとの連絡があり、一人では心許(こころもと)ないと、灯野を誘って来たのだった。

競馬界に限らず、日本有数の資産家として知られる守谷だが、社長室はとくに贅が尽くされたわけではなく、スターダストの名馬の写真が飾ってあるくらいで、あとは血統書など厚い本がいくつか置いてある仕事部屋だった。中に入ると六十代とは思えないほど引き締まった体をした守谷がソファーの肘かけに腕を置き、窓の外を眺めていた。そこからはスターダストの良血馬たちが調教している景色が見えた。どの馬も毛艶がよくて、惚れ惚れするような馬体をしている。

「社長、西井調教師とあかり野牧場の灯野さんです」

松瀬が紹介すると守谷はやおら椅子を回転させて振り返った。「西井先生は当然ご存じだと思いますが、灯野さんも若い頃、うちにいたんですよ」

「いえ、僕は四カ月だけなので」

灯野は恐縮する。

「知ってますよ」

守谷は目尻に皺を寄せて答えた。

「うちから巣立っていったホースマンが頑張っておられるのは、我々の誇りでもありますし、若い従業員の励みにもなります。さぁ、お座りになってください」

ソファーに移動し、反対側に座るように勧められた。突然の願いにもかかわらず守谷は歓迎してくれているようだが、これが本心なのかは敏久には判断がつかなかった。

今、試験に受かった新規調教師は真っ先にスターダストファームまで出向いて挨拶に行く。同期では竹之内も勝谷もそうしていた。

競馬サークルに入る前に働いていたにもかかわらず、敏久は競馬場で会った時に守谷社長に挨拶するだけにした。

スターダストの馬を管理することが大レースを勝ち、調教師として成功する近道であることは誰よりも承知していたつもりだ。

だがスターダストの馬を預かれば、それは馬の近くにいる自分の判断で、レースや調教メニューを決められなくなる。

そもそもスターダストお抱えの外国人騎手やリーディング上位騎手に依頼せず、スランプの保志を乗せ続けている段階で、この調教師はうちに反旗を翻したと見られているに違いない。

ソファーに座ったまま、しばらく重苦しい時間が続いたが、出されたコーヒーを飲んだところで守谷が「キタノアカリの皐月賞は素晴らしかったですね。二歳まで逃げ馬だった馬を、たった四カ月間でよくあそこまで抑えが利くように変えましたね」と切り出した。

「いえ」

肩に力が入った姿勢で敏久は答える。

「落鉄したそうですね。かわされると思ったのにうちの馬がギリギリ残ったのはそのせいかもしれませんね」

守谷はどこまでも謙虚だった。この姿勢がトップに立ち続ける秘訣なのかもしれない。守谷が自惚(うぬぼ)れないから、ここの従業員はけっして仕事で手を抜かない。

「それを教えてくれたのは竹之内調教師なんですよ。キタノアカリが迫った時、彼、落鉄が見えたそうです」

「そうだったんですか」

さすがトップトレーナーだ。普通の調教師ならゴール前は自分の馬しか見ない。だが彼はボールドウィンを見ながら、追ってきたアカリも確認していたのだ。

「ですが彼は、ボールドウィンにも自力があるので、あの落鉄がなくても勝ってました、と言ってましたけどね」

「彼ならそう言うでしょうね」

表情ひとつ変えずに話す姿まで想像できた。大オーナーの前だろうが、堂々と振る舞えるほど強気でいられる彼が羨ましい。それくらい今は調教師受難の時代で、トップ調教師たちもつねに競争させられ、緊張感をもって仕事をしている。しばらく雑談が続くと、守谷が「さて」と言って話を替えた。

「事情は松瀬からすべて聞きました。戸賀野さんが三億円ならキタノアカリを売ると言ってるそうですね」

　そこまで言って守谷は口を結んだ。重たい空気に戻る。沈黙に耐え切れず、敏久の方から「高すぎますよね？」と口にしてしまった。

「そうですね。でも契約にはいろいろな形があります。もう少し下げてもらい、一定のレースを勝てばインセンティヴで賞金の一部を払うとか、種牡馬になった時に支払いを増すとか、方法はいくらでもあります」

　守谷は前向きに考えてくれているようだ。

「西やん、種牡馬やて」

　隣で灯野が声を弾ませた。

「まだなれると決まったわけではないで」

　敏久は制したが、自分も小躍りしそうなほど浮かれていた。守谷がそう話したということは、種牡馬になれる器だと見ているのだ。そうなれば当然スターダストスタリオンで供用される。自分が管理した馬がスターダストの名だたる種牡馬のラインナップに入るなんて、夢みたいな話だ。

「戸賀野さんは、前にうちでも馬を買ってくれていましたから、付き合いはあります。任せていただければ、我々でなんとかしますよ」

「本当ですか、会長に頼んで良かったな」灯野が顔を向けた。敏久も「そやな」と応える。

「ですけど」守谷の声がした。「うちの馬になった時は、ローテーションはうちで決めさせていただきます」

それまでと同じ穏やかな口調だったが、その時には歓迎されているという感触は消えていた。

「それってもしかしてダービーを使わないってことですか」

敏久は啞然として訊き返す。

「そういう選択肢もあるということです。うちのスタッフがもう一度適性を判断して、二千四百は長いと見れば違うレースを使います」

守谷の馬になるのだから、ローテーションを決めるのは当然、馬主である。しかし守谷が口にした適性という言葉が、敏久には本心には聞こえなかった。むしろ距離が長いのはボールドウィンの方ではないか。守谷はボールドウィンに皐月賞に続いてダービーを勝たせたいのだ。そうなれば秋の菊花賞で三冠馬になるチャンスが出てくるし、種牡馬としての価値も上がる。牧場にいる母馬からは弟や妹が生まれ、プラチナセールで高く売れる……。

それでも馬を大切にしない馬主に買われるくらいなら、守谷がオーナーになってくれた方が安心だ。ダービーだけが競馬ではない。守谷がダービーを使わないと決断したらその時は他のGIを狙えばいいだけではないか、そう自分に言い聞かせたところで隣から声がした。

「社長、それは困ります。アカリは西井が距離がもつようにトレーニングを積んできたんです。社長もおっしゃったではないですか。逃げ馬で終わっていたかもしれないアカリを短期間で、抑えが利くように変えたって。西井のダービーに出したいという思いをなくしてアカリはここまで成長できませんでした。それがダービーに出さないなんて、それでは意味がありません。せっかくのお話ですが考えさせてください」

一緒に働いていた頃から、向こう見ずで怖い物知らずだと思っていた灯野だが、まさか守谷社長の申し出を断るとは思いもしなかった。

4

北海道から帰ってからというもの、敏久は鼻歌を唄うほど気持ちが高揚していた。

灯野がスターダストファームの守谷社長に断りを入れた時、敏久の脳裏に自分がスターダストファームで働き始めた頃の古い景色がよみがえった。

あのような強い口調で、灯野は自分より歳も経験も上の従業員に食ってかかっていた。新人のくせにとんでもなく生意気な男だった。ただ、それは仕事が雑だったり、手を抜こうとしていた者に言っていただけだ。今回だってそうだ。守谷社長がキタノアカリをダービーに出走させたくないのは生産者として、そしてボールドウィンのオーナーとして当然の心理かもしれないが、アカリに携わってきた自分たちの思いはどうなる。

ファンの気持ちもないがしろにしている。ダービーはその年に生まれたおよそ七千頭の馬の頂点を決めるレースである。ケガや病気で出られないならまだしも、元気な馬を戦いの場に立たせないなんてことは、優勝劣敗の競馬に携わる者としてあってはならないことだ。

「ありがとな、摂ちゃんの言葉、心に沁みたわ」

新千歳空港まで灯野の車で送ってもらう途中、敏久は礼を言った。

「俺は当たり前のことを言ったまでよ」

灯野は事もなげな顔でそう言った。その話を早く誰かにしたくて、家につくと妻の妙子に話したのだが、「それって喜んでええことなん?」と渋い顔で訊き返された。

「なんでやねん。たいした男やと思わへんか。おまえの亭主をそこまで認めてくれたんやで」

「友情かなんか知らんけど、わざわざスターダストファームの社長室まで乗り込んで、喧嘩を売ってきたってことやろ。そんなしょうもない意地を張って」

「しょうもないってなんやねん。ダービーに出せるかどうかは、俺らの仕事のすべてみたいなもんや」

「あんたの気持ちは別にどうでもええねん。だけど守谷社長は絶対、気い悪くしたと思うわ」

「守谷社長はそんな人やない。摂ちゃんが断った後も、『それでは仕方ありません。ダービーでうちの馬とまた戦えることを楽しみにしています』と言うとったわ」

「ビジネスに長けた人はみんな口ではそう言うんや。心の中はちゃうで。西井厩舎みたいなちっちゃい厩舎、踏み潰してやるって思ってるわ」

「踏み潰すって、そんな大層な」

「世の中ちゅうのは、大きいところに逆らったら小さいところは生きていけんようにできとるんよ。うちのお父ちゃんがスーパーに断りを入れた時も、スーパーのお偉いさんは、お互い切磋琢磨して頑張りましょうと言うてたけど、開店早々大セール仕掛けてきよったからな」

　妙子の父は栗東トレセンの最寄り駅である草津駅前で青果店を営んでいた。その店はうらぶれた商店街でも唯一賑わっていた。近所に大型スーパーができた時も、テナントに入らないかと誘われたが、商店街の仲間を見捨てられないと義父は断った。その結果、青果店の客までスーパーに奪われ、閉店した。

「カッコつけんと、ダービーなんか使わんで結構ですから、転厩だけはせんといてください、大牧場さんの言うことならなんでも聞きますからって頭を下げてきたら良かったんよ。それで丸く収まったのに、あんたも灯野さんもどんだけアホなん」

遠慮なく言う。商売人の娘とあって妙子はつねに現実的な考え方をする。

「アホって、おまえ……」

「いくらロマンチックなことを言うたところで、従業員のお給料や飼料会社への支払いの工面で苦労するんじゃ、アホ以外、喩えようがないやろ」

今回のことで本当に厩舎が潰れると心配しているのだろう。

「だからダービーでボールドウィンを倒して、意地を見せたいんよ」

言われっぱなしは悔しいので言い返す。

「ああ、そうかいな。せやったら早よ、馬主さん見つけんとな。ダービーは待ってくれへんで」

「せやから今、必死に探してるんやないか。せっかく亭主がええ気分でおるんを冷や水を浴びせんでくれよ」

新千歳空港で搭乗を待っている間にも、過去に預かったことのある馬主に電話をかけた。結果は芳しくなく「先生、無茶言うたらいかんわ。三億なんて金、こっちが欲しいくらいや」とけんもほろろに断られた。

そこに一人息子の大地が二階から降りてきた。

「ダービーなんか出ん方がええんやないの」

「なんでやねん。大地。アカリは皐月賞で二着に入ったんやぞ。皐月賞二着ということは、その時点でダービーで二番目に勝つチャンスがあるってことやで」

「二番ちゅうことは、一番は竹之内とこの馬なんやろ。ダービーでまた負けて、またあいつの自慢を聞かされるの、俺は堪忍や」

小学五年の大地は、竹之内の次男坊と同じクラスだ。竹之内の息子は父親に似た精悍なマスクで女子からも人気がある。成績も良く、乗馬を習っていて、今から将来は調教師になると宣言しているらしい。長男が大学の付属中に進学したので、次男も中学受験をするだろう。

一方の大地は勉強は中くらい、骨太の妙子に似て肥満児ぎみで、馬にもまったく関心がない。将来を考えたら中学受験をさせた方がいいのだろうが、敏久も妙子も二の足を踏んでいる。

ここ数年は関西リーディングの中位につけるくらいの成績を出してきた敏久だが、厩舎に預けてくれるのは数頭しか所有していない個人馬主ばかりなので、来年も馬を買ってくれる保証がない。最近は定年の七十歳になる前に、馬が集まらずに廃業していく調教師が後を絶たないが、敏久だっていつ経営難になるかは対岸の火事ではないのだ。

厩舎を開業した当初は、大オーナーでなくても、良血馬でなくても、自分を信頼して任せてくれる馬主の馬を預かり、それを従業員と相談して育てる方が自分には性に合っていると思っていた。その結果、西井厩舎は競馬サークル内でも人気が出て、スタッフが定年退職するなどして空きが出るとすぐに希望者が来る。働きやすい職場と言われることは敏久の誇りでもあった。

だがそんな勝負とは別のところで満足しているからダービーを勝つ一世一代のチャンスから見放されようとしているのだ。多少のことでは慌てない敏久も、ダービーまで四週間を切り、さすがに焦ってきた。

翌日、天狗山に行くと、竹之内と勝谷が談笑していた。不仲と言われる二人が話しているのは珍しい。敏久は気にせず通り過ぎようとすると、勝谷が「西井、スターダストに行ったんやて。ごくろうさん」と茶化してきた。

「相変わらず地獄耳やな」

黙っているのも癪なので言い返す。「どうせこっちから断ったことまで耳に入ってるんやろ。好きに言えや」

そこで無口な竹之内がぼそぼそした声を発した。

「西井、おまえ、もう少し馬主とうまくやった方がええんとちゃうか」

さすがに竹之内に言われるのは納得がいかなかった。竹之内厩舎にも個人馬主はいるが、ほとんどはスターダストの紹介か、プラチナセールで一億円以上、少なくとも五千万円以上の高馬を買わせている。

対して敏久は、アカリのように牧場から紹介してもらった馬主か、二人のような人気厩舎からは断られてしまう個人馬主から頼まれ、日高の個人牧場を探し回って購入する。予算は一千万円をもらえればいい方だ。七百万円の価値がある馬を、牧場主と交渉してなんとか六百万円までまけさせたところで電話すると、「先生、もう五十万、勉強してもらえまへんか」と値切りを要求される。それを伝えると牧場主は苦渋に満ちた顔になる。その額では儲けはほとんどなくなるが、小さな牧場にとってはＪＲＡで出走させることは夢なので、言い値で売買が成立する。帰り際、馬が売れたのに嬉しそうにすらしない牧場主の顔が脳裏に残り、敏久は自分がまるで弱い者いじめをしているようで自己嫌悪に陥る……。そんな苦労、竹之内も勝谷もしたことがないだろう。

物思いに耽(ふけ)っていると、勝谷が肩を揺らして笑った。

「西井はええな。自分の好きなように調教して、好きな乗り役を乗せて。負けても肩身の狭い思いをせんでええし、なぁ、竹之内」

「ああ、馬の見極めも調教師の大事な仕事や。いくら値段が安うても、能力のない馬を持たせるちゅうことは、結局は馬主に損をさせるわけやからな」

目を合わせることもなく、竹之内が嘲笑を混ぜた。

「おまえらええ加減にせえよ」

ついに堪忍袋の緒が切れ、気付いた時には大声を出していた。まずは勝谷に顔を向ける。

「勝谷、好きなように調教したいんやったら、おまえかてそうすりゃええやろ。自分が好きなジョッキー乗せて、好きなように指示だして……せやけど俺かて負けて平気でおるわけではあらへんからな。ケツ人気の馬でも、負けた時はおまえと同じや。馬主さんに電話して、すみませんって謝って、どしたら次は勝てるかと寝れんほど考える」

まさか敏久が反論してくるとは予想もしていなかったのだろう。勝谷は固まっていた。

「それから竹之内」

隣のひょうひょうとした男を睨んだ。

「な、なんだよ」

滅多に表情を変えない男が頬をひきつらせた。

「言うとくけど、馬の能力なんて、大概は人間が勝手に決めつけてるだけや。どんな馬にかて能力はある。そりゃ多少の差はあるかもしれんけど、その能力を潰してんのは人間や。おまえかて何億もした馬を、これまで何頭も未勝利で終わらせてきたやろ」

今度は勝谷を見た。

「勝谷、おまえかて同じや。走らん馬の行き先を考えたことがあるか。賞金が安く、厩舎や馬場かてけっして立派やない地方競馬や。その責任の一端は、おまえらにもあるんや。自分は一流調教師やと偉ぶってるけど、一流馬を作った以上に、一流馬になれる才能のあるたくさんの馬をぶっ壊してきたことも忘れんなよ」

いくらでも文句が湧き出てきた。敏久の迫力に押され、二人とも逃げるように去っていった。

5

五月の第三水曜日、ダービーまでいよいよあと十一日となった。先週の日曜日にダービーの最終登録が締め切られたが、馬主名義が戸賀野のままだったため、なんとか登録をすることはできた。

戸賀野とタヒネル社の話し合いがどうなっているかは不明のままだ。昨夜、戸賀野には電話をしたが、〈協議してる最中だ〉と偉そうに言われて切られた。馬主協会に「実際の所有権が変わったとしても、名義を変更せずにダービーを使うことはできないか」と相談したが、〈競馬法で名義貸しは許されません。所有権が移動になったら新しいオーナーが馬主免許を申請してください〉とにべもなく言われた。

このままでは出走を断念せざるをえない。それでも不安を顔に出さないようにしている。ここ数日も、ダービーに出てもアカリが力を出せるよう、トレーニングメニューはより厳しいものに段階を上げた。

一月の頃は息が上がって戻ってきたのに、今は三千メートル以上走り終えてもケロッとしている。

「保志、息はどうや」

「問題ないです」

保志とは毎日のように同じ会話を繰り返している。追い切りは先々週、先週と時計を出した。

ダービーまでに体力を消耗しないように軽めに抑えたが、今週の一週前の追い切りは、敏久はびっしり追って速い時計を出しておき、来週の直前追い切りはさっと流す程度にしておこうとプランを立てた。出られるとしたら、これがダービーを勝つための最善の調整方法である。

調教スタンド二階のバルコニーになっている自分の席に出た。右手にはストップウォッチを握り、左手に持った双眼鏡を覗いて、自厩舎の馬を探す。

ウッドチップが敷かれたCコースに、アカリの姿が見えた。栗毛の馬体に朝日が当たって金色に輝いている。馬主探しのことで頭がいっぱいで、夜もまともに眠れていないが、アカリが元気に走る姿を見ると、不安から解放される。

アカリは助手の玉田が乗る3勝クラスの五歳馬の真後ろを一馬身ほど距離を置いて走っていた。残り千二百メートル、「12」と書かれたハロン棒を通過したところで、ストップウォッチを押した。ここから二百メートルごとに計測していく。最初の四百メートルは十五秒―十五秒とウォーミングアップのようなペースだった。それぞれコンマ五秒ほど保志に伝えた時計より遅いが、これくらいは許容範囲だ。保志のことだからアカリのリズムを優先しているのだろう。

次の二百メートル、少しペースが上がったように見えた。十四秒三。まだ遅いが、競馬の調教は最後の六百メートルが大事なので、ここからエンジンがかかってくれればいい。

標識を通過するたびに敏久はストップウォッチのラップ計時のスイッチを押すだけで、目は双眼鏡から離さなかった。大事なのはタイムよりも目視だ。アカリの動きはけっして悪くはない。残り四百メートル、玉田の馬に外から並んだ。残り二百メートルになると保志が強く追い始める。ここで玉田の馬を突き放していくものだと思っていたが、玉田の馬も粘り、馬体は並んだままだった。

それでも玉田の馬が頑張ってくれた方が実戦さながらのトレーニングになる。

「よし、アカリ、そこから、ちぎったれ！」

ダービーが行われる東京競馬場をイメージしながら敏久は声を出した。保志が一杯に追い、玉田の馬と並んでアカリがゴール板を通過すると同時に、拳を振るようにしてストップウォッチを押す。前半の時計は誤算だったが、全体としての動きは悪いものではない。玉田の馬が走り過ぎただけだろう。

ところがいつも通り、時計を確認しようとストップウォッチをチラリと見て、慌てて二度見した。

トータルで八十二秒くらいかと思っていたのだが、八十三秒八もかかっていたのだ。一秒遅かった最初の二ハロンを差し引いても、軽快に見えた最後の六百メートルも三十九秒五と、敏久の感覚より一秒近く時計がかかった。間違いなく十一秒五くらいは出ていると思ったラスト一ハロンも十二秒一だった。

「保志、どないした、なんか問題でもあったんか」

スタンドを駆け下り、馬場から戻ってきた保志に尋ねる。

「すみません、なかなか進んでいかなくて」

保志も首を傾げた。

「息はどうよ、咳してへんかったか」

「それはないです。喉もゼエゼエ言ってませんし」

喉だけでなく、脚も異常はなさそうだ。

「テキ、アカリ、今、体重なんぼあんのよ」

後ろをくっついてきた玉田が、馬上から訊いてきた。

「なんぼやっけ、渡辺さん」

曳き綱を持って馬を迎えにきていた渡辺に確認する。昨日、体重を計ったが、敏久はJRAの事務所に馬主のことで相談に行っていたので立ち会っていない。

「昨日は五三〇キロでした」

「そりゃ、肥えすぎやて」

皐月賞は五一二キロだった。だが関東までの輸送を考えて、直前は五キロ増の五一七キロ、この一週前の段階では五二五キロはあったから、今回がそれほど重たいわけではない。

「せやかてアカリはよう食うてるしな」

しかもしっかり運動をした上での食欲だ。体重が増えたからといって体が重いと判断するのは早計である。

「僕も少し体が重そうに感じました」

馬から下りた保志が言う。

「保志がそう言うんなら、少し飼い葉の量を減らさなあかんかな」

「はい。私もきょうからもう少し時間をかけて曳き運動をさせます」

「それで頼むわ、渡辺さん」

飼い葉や普段の運動はそれで調整するとして、追い切りをどうするか。水曜の追い切りが消化不良に終わった場合、土曜日にもう一本、速い時計を出す方法もある。オーバーワークになってしまうと、体はガレて、残り一週間では取り戻せない。やはり来週の最終追い切り一本で仕上げよう。たとえダービーであろうとも馬に無理はさせない、それが自分のやり方だ。

その後は他の馬の追い切りがあったので、敏久は二階に戻ってストップウォッチで計測した。全頭の追い切りが終わると、JRAの職員から電話があったため、トレセンに隣接する事務所に向かった。小一時間ほどして原付バイクで厩舎に戻る。

「テキ、どこ行ってたんですか。電話したんですよ」

調教助手の玉田が、目を血走らせて駆け寄ってきた。

「競馬会から呼び出されててん。マスコミの問い合わせが煩いんでアカリの所有権がどうなってるんか早く確認してくれとせっつかれてな。そないに慌ててどないしてん」

ポケットから携帯電話を出す。知らぬうちに消音にしていたらしい。着信が四本も入っていた。

履歴を見ると二本は玉田で、もう一本は灯野、もう一本が馬主協会からだった。

「馬主協会の事務局から厩舎に電話があって、すぐに西井調教師から電話がほしいって言われたんですよ」

「電話ってなんの用やねん」

まさかダービーの一週前登録が取り消されたのではないかと嫌な予感が過る。

「セイリュウの会長さんがアカリの購入に興味を持ってくれたようですわ。番頭さんが馬主協会に電話をくれたって」

「ほんまかいな」

馬名に「セイリュウ」と冠を付ける櫻木晃という大馬主である。過去にGIをいくつか勝っているが、ダービーは未勝利。だがどうして興味を示してくれたのかが分からない。櫻木からはこれまで預かったことがないので、今回のことも話していない。

「それがお孫さんがフェイスブックを見たみたいですわ。それで『おじいちゃん、この牧場を助けてあげて』と頼まれたと、番頭さんが言ってました」

「フェイスブックって？」

「これですわ、生産者さんの」

玉田がスマホを開いた。あかり野牧場のページだった。《皆様へのお願い》と書いてあり、《皐月賞で二着に入ったキタノアカリがピンチです。このままではダービーに出走できないため、購入してくれる人を探しています。馬主資格を持っていてご関心のある方、どうかよろしくお願いします》と書いてあった。

すぐさま、灯野に電話をかける。

「摂ちゃん、どないなっとんねん」

〈なかなか馬主が見つからんものだから、この前、家族会議をしたのよ。駿平が『アカリのピンチなんだから広く探した方がいい』と言って、優馬や可南子も賛成してうちのフェイスブックに書き込んだのさ〉

「そしたら問い合わせがあったんか」

〈フェイスブックには冷やかしの書き込みしか来てねえけど、櫻木会長のレーシングマネージャーさんから電話があった。マネージャーさんは最初、馬主協会に電話したけど、西やんがつかまらん言うて、うちに直接かけてくれたみたいや〉

そのマネージャーが玉田の言った「番頭さん」だろう。

「で、買うてくれるって言うてるんか」

〈マネージャーはダービーを勝てるなら、ぜひ会長に勧めたいと言ってた〉

ダービーを勝てる？　いきなり重たい十字架を背負わされたようで体が緊張する。

「で、摂ちゃんはなんて答えたんよ」

〈勝てるかどうかは分かりませんが、チャンスはあります。西井調教師がベストの仕上げをしてくれるはずです、と言っておいた〉

「そりゃ、百点満点の答えや」

どんなに強い馬でも競馬に絶対はない。出走した全馬にチャンスはある。だがそのチャンスは決して平等ではなく、ボールドウィンが一番かもしれないが、次にあるのは、それはアカリだと思っている。

〈ただしセイリュウさんは他にもいろんな牧場で馬を買わないといけんから、三億は無理だって言われたわ。出せて二億円までだと〉

「普通はそれくらいやろな」

二億でも高い方だ。それでもやっと救世主が現れた。このチャンスを逃すわけにはいかない。

「よう分かった、摂ちゃん、俺が戸賀野になんとしても二億で売るように口説くわ」

〈それなら俺も行くわ。戸賀野は強欲(ごうよく)になってるだろうから、一人より二人で行った方がいいだろ〉

灯野が来てくれるのは頼もしかった。それでも守谷社長の時とは違って、今回は自分が戸賀野を説得すると心に誓った。

6

兵庫県芦屋(あしや)市にある戸賀野の自宅に向かったのは、翌日、木曜日の夜だった。昨日の昼間に、馬主協会から教えてもらった櫻木会長のレーシングマネージャーに礼の電話を入れてから、戸賀野に電話をかけたが、なかなかつかまらなかった。ようやく夜になって連絡がつき、〈明日の夕方五時から一時間なら都合がつく〉と言うので、なんとか時間を空けさせた。

事前にタヒネル社の弁護士にも状況を確認しておいた。戸賀野とタヒネル社との和解協議では、会社や自宅など不動産、株券などでほぼ合意できる見込みらしい。そこにはアカリも入っているが、弁護士は〈二億円で売却できるのならタヒネル氏も納得されると思います〉と声が穏やかになった。厩舎に来た時は入り込む隙もない堅物に見えた弁護士だが、電話では〈現状ではまだ戸賀野氏の財産です。彼には自宅のローンなど借金が残っています。少しでも馬を高く売ろうとしてくるでしょうが、タヒネル氏とは二億円で話がついたと言ってくださって結構です〉と指南してくれた。

昨晩は、戸賀野に向かってなんて言うか、頭を捻（ひね）って考えた。

だが今朝、木曜の朝になってそれどころではなくなった。午前中は厩舎で緊急事態が発生したことで仕事に追われ、午後二時に電車で大阪駅に向かい、関西国際空港からエアポート急行で来た灯野と合流した。灯野は購入馬主が見つかったことに興奮しているのか、ずっと喋り通しだった。

「アカリの調子はどうね。ここまで苦労してダービーを大敗したら、櫻木会長にも申し訳が立たねえからな」

「心配いらん。絶好調や」

敏久は短く答えた。

芦屋駅からはタクシーでワンメーターの距離に、石垣の塀に囲まれた白い豪邸が建っていた。戸賀野と表札がある。

インターホンを押すと、「入ってくれ」と言われて門が自動で開いた。中は濡れたように光る黒玉砂利が敷かれていて、その上を二人で音を立てながら歩いた。

ドアを開けると、玄関には短髪に無精髭を生やし、スウェットの上下を着た戸賀野肇が立っていた。

この男に初めて会ったのは去年、アカリの入厩が決まった直後に、競馬場で挨拶した時だった。自分と同年代だと聞いていたが、グレーのTシャツの上に色鮮やかなブルーのジャケットを着たIT起業家らしい服装で、顔はよく日焼けしたセレブの雰囲気が眩しかった。

だが今は違う。自分のことしか考えず、迷惑をかけても謝罪一つ言えない非常識な男、馬主になる資格すらない男だ。

「戸賀野さん、西井調教師から連絡がいった通り、櫻木会長がアカリの購入を考えてくれています。どうかこの売買契約書にハンコをください」

敏久がいつまで経っても切り出さないものだから、灯野が、敏久が握っていた売買契約書を手に取り、戸賀野が座る前のテーブルに広げた。

ソファーにふんぞり返っていた戸賀野は、契約書を一瞥(いちべつ)しただけで鼻を鳴らした。

「俺は三億円と言ったはずや。その金額でなければ売るつもりはない」

「三億円なんて無理です。二億円でも高いくらいです」

「俺は三億五千万でもいいと思っとるけどな。なにせ皐月賞で二着に入ったダービー候補や」

さらにふっかけてきた。ダービーまであと十日となって敏久たちが焦っているのを見越し、足下を見ているのだろう。

「あんたらではなくて、櫻木さんが来るべきではないんか。それならお互いが希望する額の真ん中を取って折り合いをつけることもできる」

「我々が櫻木会長からすべてを任せられているんです。二億でなければ買ってくれない話になってます」

「別に櫻木さんでなくてもええやろ。タヒネルの社長だったらもっと高く値段をつけてくれるかもしれんし」

「タヒネル社の社長さんは外国人です。今のままでは馬主になれませんよ」

灯野が言下(げんか)に返す。

「せやったらタヒネルの弁護士が言ってたように競売にかけたらええんやないか。そしたら俺が落札して、引き続き馬主になったるよ」

　声を引きつらせて笑った。飼い葉代を支払う余裕もないくせに、交渉を長引かせて楽しんでいるのだろう。

「それではダービーに出られませんよ。西井が言うには、アカリは絶好調だそうです。馬にとって一生に一度しか出られないチャンスを戸賀野さんは潰す気ですか」

「一生に一度のチャンスなんて、俺は知らんがな」

　灯野は怒りを堪えながら丁寧に話しているというのに、戸賀野はますますつけあがり、耳をほじってニタついた。それまでアカリのことで頭がいっぱいで、交渉役を灯野に任せてきた敏久だが、これ以上、聞いていられなくなった。

　一度、静かに深呼吸する。いくら誠心誠意話しても、この男には暖簾に腕押しだろう。馬のことも、携わるスタッフのこともなにも感じていない。そう思うと、今まで考えたこともない言葉が口から出た。

「戸賀野さん、ではいっそのこと、その競売とやらに出しましょうや。我々かてダービーだけが競馬ではないと思ってます。アカリはもう六回も走って疲れてますねん。ここでひと休みさせた方が馬のためです」

「おい、西やん、なに言うね」

　隣で灯野が慌てて口を挟むが、黙っててくれと手で制した。

「なら、そうしたらええやろ」

まだ戸賀野の口は減らなかった。だがさっきまでの憎たらしいほどの目が変化していた。なぜ急に敏久がそんなことを言い出したのか、様子を窺っている。

「そやけど、先、言うときますが、回避の場合は理由が必要ですからね。あしたにも記者を集めて『キタノアカリは疲れが全然取れないんで、ダービーの出走を回避します』と会見します。そしたらどうなるか分かりまっか？」

「ど、どうなると言うんや」

「これまで休まずにレースを使い続けてこれたんが、アカリの最大のセールスポイントですわ。そのタフなアカリがついにダウンしたんです。それこそ馬の価値が下がります。タヒネルの代理人の弁護士先生は、二億円ならスコット・タヒネル社長は納得すると言ってはりました。でも競売で二億に達しなかったらどうなると思いますか？　タヒネル社は戸賀野さんに差額を要求されるんやないですか。一億円だったら、もう一億円くれと、銀行か街金（まちきん）か知りませんけど、どっかから工面せんといかんことになりますよ」

「……」

「どうします。社長、ここらで決断してもらわんと、社長もどえらい目に遭（あ）いますよ」

まだ返事はない。戸賀野は眉間に皺を寄せて考え込んでいる。じれったくなった。

「はっきりせん人やな。どないすんねん。売るんかいな？　売らへんのかいな？」

気付いた時は怒鳴っていた。調教師になって馬主にそんな失礼な言い方をしたのは初めてだった。いや人生初かもしれない。

床に落とした食器が割れた後のように、すべての音が部屋から消えていた。しばらくして庭からカラスの鳴き声が聞こえた。

「わ、分かったよ、売るよ」

戸賀野は声を震わせて同意した。


「西やんがアカリをダービーに使わないなんて、ハッタリをかますとは思いもしなかったわ。最後は偉い剣幕だったし。こっちまでびびったわ」

芦屋の家を出たところで灯野に言われた。

「俺かて自分の口からあんな汚い言葉が出るとは思わんかったわ。せやけど戸賀野みたいな男をやっつけるには、あれくらい強気で迫らんことには埒(らち)があかんわ。それにあの弁護士のアドバイスがあったからかもしれん」

「その弁護士も案外競馬ファンでねえの。馬主になってもらったらいいでねえか」

「勘弁してくれ。あんな理屈っぽい男、走らんかったら、訴訟を起こすって言われそうや」

戸賀野には売買契約書にサインをさせただけでなく、三月、四月分の預託代の支払いも求め、払わなければ裁判所に訴えると脅した。

結局、戸賀野は厩舎の預託料と与田ファームの未払金を支払い、灯野は売った金額でアカリの弟を買い戻すことで、話はまとまった。

「西やんがダービーを使わないと言った時にはドキリとしたけどな。『アカリはもう六回も走って疲れてますねん』なんて言うし」

「脅かして悪かったな」

そう答えながらも胸がちくちくと痛む。よくアカリの最大のセールスポイントがタフさだなんて言えたものだ。

「駿平も心配しとるから、ちょっくら電話してくるわ」

灯野は携帯電話を取り出した。

「せやな。オーナーが見つかったのは駿平くんのおかげやもんな。早よ伝えたってや」

灯野が背を向けたところで、敏久は現実に戻った。アカリは櫻木の所有になり、ダービー出走が可能になった。だがまだ出られるかどうか分からない。

携帯を出し、灯野から少し離れて電話をかけた。渡辺麻衣はすぐに出た。

「どや、渡辺さん、アカリの状態は」

通話口に手を添え、戸賀野と交渉している時もひとときも脳裏から消えなかった不安を口にした。

昨日の一週前追い切りで動きが悪かったアカリは、昨晩の飼い葉を残した。その時点で嫌な予感がしたが、今朝になると、三十七度の平熱が三十九度五分まで上がっていた。その場で獣医を呼んだ。ウイルス性のものではないことは判明したが、ただの熱発なのか、それとも他に原因があるのかは今朝の時点では分からなかった。

今朝は馬房から出さず、渡辺がつきっきりで様子を見ている。アカリは苦しいのか、飼い葉どころか水もあまり飲まなかった。

マスコミに知られたら、櫻木に買ってもらえなくなると、スタッフ全員に箝口令（かんこうれい）を敷いた。他に知っているのは厩舎に来た保志だけだ。保志も熱発と聞いて言葉を失っていた。

〈先生、さっき検温したら熱は八度二分まで下がってました。薬が効いてきたのかもしれません〉

少し下がったと聞き、ちょっとだけ胸のつかえがとれた。それでも人間同様に夜に熱が上がることがある。

「胃腸はどやねん」

〈糞（ボロ）はまだ緩いですけど、獣医さんに診（み）てもらったら、薬のせいやないかと言われました〉

下痢となると体重が減り、体力まで奪い取られるのでさらに深刻になる。

ダービーまであと一週間あるが、これまでの敏久なら、一週前に熱発したら、その時点で予定を変更して放牧に出した。

——人間の都合で駄馬にしやがって。

祖父の声を朝から何度も耳の中で反芻（はんすう）している。だがダービーを断念するという結論は出せなかった。ダービーに出すという条件で櫻木に買ってもらう約束をしたのだ。タヒネル社の所有に戻れば競売にかけられ、知らない人間に買われてしまうかもしれない。そうなれば転厩させられるかもしれない。

いや、そんなことよりやはりダービーに出したかった。このチャンスを逃せば自分には二度とチャンスは巡ってこないような気がする。

「渡辺さん、汗をかいてるやろから馬服はこまめに取り替えてくれな。それから今晩は干し草はやらず、飼料だけにして、少しでも食べるよう工夫したってくれ。飼料の配合は玉田に教えとるからあいつの指示に従って。せや、水が大事や。水をどれくらい飲んでいるかよう確認して、つねにきれいな水に取り替えたってな」

思いつくままに言った。渡辺もメモでもしているかのように一つ一つに〈はい〉と返事をした。

なんとか今晩中に熱が下がってくれ、そう祈って電話を切ったが、背後に人の気配がして、敏久は驚いて横に飛びのいた。灯野がすぐ真後ろにいたのだ。

「いや、摂ちゃん、ちょっとな……」

聞こえていたのか確かめたが、灯野の険しい顔を見れば、一目瞭然だった。

「西井、どういうことよ。アカリの調子を訊いたら、おまえは『心配いらん、絶好調や』と言ってたでねえの」

「いや、だから、それは……」

「アカリは熱発したんだろ？　馬服を替えろって言ったってことは高熱なんだろ？　腹も下してんじゃねえのか？　どういうことだ。なんでおまえ、俺に嘘ついた」

目を吊り上げた灯野の顔が、目前まで迫っていた。

第6話　町のあかり

1

朝四時、東の空が白みがかってくると灯野摂男は息子の駿平とともに厩舎で飼い葉付けをし、その後は一頭ずつ馬を放牧地に出した。

五月下旬でも朝は山風が吹いて肌寒いくらいだが、空気が程よく乾燥しているので過ごしやすい。

先週、預託牝馬が出産し、今年のお産はすべて終わった。キタノアカリの母レディライラは難産だったが、仔馬は牧場で一番のおてんば娘である。

そして今週からは、来年のための種付けを始めている。ライラには悩んだ末に、二千メートルの秋の天皇賞で二着したシマノライデンをつけた。シマノライデンはスターダストファーム産の良血馬だし、アカリが二千メートルの皐月賞で二着に入ったことからも、この配合は必ずうまくいくと自信を持っている。

ようやく緑が色づいた景色に、母馬と生まれたばかりの当歳（とうさい）、そして今年セリに出す一歳馬たちが青草を食（は）んでいる。

お腹がいっぱいになった母馬は首を伸ばし、毛繕（けづくろ）いをしようと仔馬の体を嚙（か）む。こうすることで古い皮膚が剝がれ、毛穴が活性化して、汗がよく出るようになる。

早くデビューできる一、二月の早生まれの方が高く売れるため、摂男も早めに種付けしているが、本音では、芽生えた青草を食べた母馬の乳が飲める四月以降に生まれた馬の方が、体の強い馬に育つと思っている。

アカリも最近では遅い部類に入る五月十日生まれだが、遅れを取り戻すように立派に成長した。自然の産物である生き物に、自然に逆らうようなことをしてはいけないのだ。ところがそうしたホースマンとしての信念をねじ曲げられたまま、摂男は放置しておこうとしている。

ダービーまであと十日となった昨日、アカリは熱発した。だがそのことを親友である西井敏久は、摂男に隠した。

西井が声を潜めて従業員らしき相手に電話している声を聞いた時、摂男は耳を疑った。

小さな地方競馬で育った西井は、スターダストファームで働いていた頃から、馬のことを一番に考える男だった。馬房に連れていく途中で馬が立ち止まって草の匂いを嗅ぎ出すと、馬が満足するまで待ち、「とっとと引っ張ってこいよ」と他の従業員から叱られても気にしなかった。せっかちな摂男だが、生き物を扱う仕事には、西井のように馬に寄り添うことが大事なのだと大いに感心し、次第に気心が知れた。

今回の西井のやっていることは、これまでの彼の生きざまとは正反対だ。

――摂ちゃんに伝えんかったんは、たいしたことがないと思ったからや。

おどおどと釈明（しゃくめい）した。それでも摂男が問い質すと、熱はまだ三十八度二分あり、薬の影響で糞（ボロ）も緩いと白状した。

――なにがたいしたことないだ。重症やないか。

――凱旋門賞（がいせんもんしょう）を連覇した馬は、中間に熱発しても凱旋門を勝ったんやで。まだダービーまで十日もある。ダメやったら直前でも取り消す。

青白い顔で必死に説明するが、その時には摂男は西井を信頼できなくなった。

――なんだかんだ言って、おまえはダービーを勝ちてえんだな。自分の名誉のために馬を使おうとしてるだけだ。

――当たり前やないか。ダービーを勝てばダービートレーナーだと言われる。賞金だって入ってきて、うちのスタッフも報（むく）われる。ダービーを勝ちたない調教師がおるなら、ここに連れてきてほしいくらいやわ。

それまで憮然としていたのが、いけ図々しくも開き直った。摂男はそれ以上、顔を見るのも嫌になり、「おまえとは話もしたくない」とその場で先に帰った。

新千歳空港から自分の運転で家についた時には夜の十時を回っていた。自宅では家族が、戸賀野に交渉にいった摂男を待っていてくれた。改めて詳しい結果を報告すると、可南子も駿平も優馬も、そして先週の誕生日で六歳になった末娘の心菜も、これでアカリがダービーに出られると喜んでいた。

摂男は、心菜が寝てから家族三人にアカリが熱発したこと、そのことを西井から聞かされず、櫻木会長も知らないまま転売が決まったことを話した。三人ともに、西井のしたことに激怒するだろうと思っていた。

ところが……。

――西井先生だって、アカリの状態を見て、無理だったら諦めようと考えてるんじゃないかな。

家族の中で、長男の駿平が沈黙を破った。

――そうだよ、お父さん。誰だってダービー勝ちたいと思うし、お父さんも皐月賞でボールドウィンに負けた時はダービーでやり返すって言ってたっしょ。

今度は次男の優馬だ。皐月賞以来、学校でアカリの話ばかりされるというので、優馬もダービーに出てほしいのだろう。中学生の優馬に話すのはまだ早かったか。可南子までが西井の味方をした。

――もし西井さんが自分の名誉のためにアカリちゃんをダービーに使うのなら、あなたがそう言った時、「摂ちゃんだってダービーブリーダーって言われたいだろ」と言い返してるんじゃないかしら。

――なんでよってたかって西井の味方をするのさ。あいつは俺に嘘をついたんだぞ。俺がアカリの調子を訊いた時も「心配いらん」って言ったんだぞ。

――それだって西井さんは明日にでも言おうとしてたんじゃないかしら。もう一日様子を見てからとか。

――きょう言わなかったんだから、明日言うわけねえべ。俺は櫻木会長に電話して、ダービーに出られないからアカリをキャンセルしてくれって言うつもりだ。

そう言うと駿平が顔色を変えた。

――そんなことはやめてくれ。お父さんにアカリのダービー出走を奪う権利はないよ。

結局、最後まで家族に摂男の味方はいなかった。

そんな言い合いをしたことで、今朝は、駿平から「おはよう」と挨拶されただけで、話もしてこない。自分が正しいと思っている摂男も、折れる気はない。今はダービーなど二の次である。まずはアカリが元気でいてくれ、そう祈るだけだ。

今朝、目覚めた時に、〈アカリの状態だけ毎日メールで報告してくれ〉と西井に送信した。メールでと書いたのに、午前九時に電話がかかってきた。摂男は画面を見ただけで、電話には出なかった。切れてから留守番電話を確認する。

〈摂ちゃん。アカリの今朝の体温は三十七度五分、平熱まで戻った。腹も下してない。だけど念のために明日までは厩舎から出さず、馬房で安静にさせる〉

声を聞きたくないからメールでと言ったのに、西井は伝言を入れていた。ただ自分の名誉のためと言われたことに西井も怒っているのだろう。声に険(けん)があった。

日曜日も朝食中に西井から電話がきた。

「西井さんなんでしょ？　出てあげなさいよ」

無視していると、可南子が摂男の携帯電話を取って渡そうとする。

「出ねえよ。やつだって俺の声を聞きたくねえはずだから」

摂男は受け取らなかった。着信が切れて、しばらくソワソワしてから留守番電話を聞く。

〈完全に熱が下がったのできょうから馬場に入れた。ハロン十八程度で軽く流しただけだ。距離も普段の半分ほどにした〉

つっけんどんな口調でそれだけ言うと切れていた。二百メートルを十八秒とは人間でいうなら軽いジョギング程度。西井も慎重にやっているのだろうが、それでも三十九度五分の熱が下がって二日で馬場に入れるのは普通ではありえない。これまでの西井ならもうしばらく曳き運動だけで様子を見ている。これも焦りがあるからだ。ダービーは来週のきょう、あと一週間に迫った。

昼飯前には隣の本田牧場の本田公康と、軽種馬農協の福徳がやってきた。皐月賞後、三人で食事に行ったが、それ以来だから一カ月ぶりになる。摂男がアカリの馬主のことで奔走していたこともあるが、福徳も七月に行われるゴールドセールに上場する一歳馬を選定するため、北海道内だけでなく、青森や千葉、鹿児島まで出張していたらしい。

「去年は粒ぞろいだったけど、今年はこれっていう馬が少なかったな。こりゃ、今年のゴールドセールは売却率も平均価格も苦労するかもしれねえわ」

福徳が頭を抱えるほど、今年の出場ラインは低そうだったが、一歳馬の出来に今一つ納得できていない摂男は、ゴールドセールには申し込まなかった。上場馬のレベルが下がる秋のセリに出すつもりだ。

「ポンタは何頭出すのよ」

あかり野牧場の五倍の生産馬がいる本田に尋ねる。

「うちは今年はスターダストのプラチナセールに四頭、ゴールドセールは五頭だな。残念ながら……」

それだけでも充分羨ましいが、急に眉を寄せたのが気になり、「残念って、どしたね」と訊く。

「庭先でも結構売れたし、女馬の期待馬はうち名義で中央で走らせるつもりだ。あの馬は走るぞ、桜花賞を獲っから」

ニタッと笑った。またやられた。餌撒きにまんまとおびき寄せられて釣られた魚の気分だ。摂男は歯軋りした。

「おまえんとこは毎年景気が良くてええな」

悔しいが、繁殖牝馬の質も違えば、つけている種牡馬の値段も違うので、デキに差が出るのも仕方がない。

「摂ちゃんだって、セイリュウさんが買ってくれたんだから、これでひと安心でねえか」

福徳はアカリの買主が見つかったのを自分のことのように喜んでくれている。

「セイリュウさんはジョッキーも外国人乗せろとか言わねえし、保志くんにとっても良かったよな」

本田からも言われた。福徳はゴールドセールで買うオーナー、本田も自分の牧場で馬を買うお客さんに訊いてくれ、二人にはずいぶん世話になった。

「アカリの弟はどうなったね」

本田に訊かれた。

「あの馬も櫻木会長が買ってくれることになったよ」

「あの馬はダメだ、セイリュウさんも損したな」

「福徳、おまえ、自分がゴールドセールから弾（はじ）いたからって、その言い方はねえべ。戸賀野に売ったのと同じ価格、七百万円で売ったんだぞ」

「皐月賞二着の弟がたった七百万かい」

本田が驚く。

「ポンちゃん、それを言うならダービー馬の弟だ」

福徳に持ち上げられて、摂男の機嫌も戻った。

アカリをゴールドセールに入れた福徳は、皐月賞二着になったことで相馬眼が上がったが、本田の胸中は複雑だったようだ。

食事会の時も口では「惜しかったな」「ダービーではボールドウィンに勝てるんでねえか」とは言ったが、会話の端々で「最後に並んだ時はヒヤッとしたわ」「ボールドウィンが動いても保志がじっとしていた時はやられたと思った」などと本音が出た。

去年のGIで、本田牧場のブックウォールの呪いの単勝馬券を買った摂男は、それを咎める資格もない。本田の胸の内はライバルとしてよく理解できた。

二人には新しい馬主が決まったことを伝えたが、アカリが熱発したことは話していない。

競馬はスポーツである前に馬券を売るギャンブルである。もし熱発の噂が広まり、それで人気が落ちたのにアカリがダービーを勝つようなことがあれば、オッズを上げるために良くない風評を流したことになってしまう。

そのことでも摂男は西井に不満を持っている。アカリは今やダービーの有力馬の一頭なのだから、体調に異変が生じた木曜日の段階で「様子を見る」と発表し、下がった一昨日に「平熱に戻ったので出走する」と堂々と話せば良かったのだ。戸賀野との売却交渉と重なったとはいえ、西井はその機を逸した。今発表すれば、今度はどうして隠していたのか憶測（おくそく）を生み、ファンは混乱するだろう。

西井への不信感は日増しに強くなった。三日休んだ調整を取り戻そうと無理なトレーニングがたたって、ダービーのレース中に故障し、そのまま引退なんてことになったらどうするつもりなのか。二億円を支払った櫻木会長にどう顔立てするつもりなのか。

櫻木会長には過去に何度か馬を買ってもらったし、繁殖牝馬を預かったこともある。生産者や調教師から慕われているオーナーの信頼を失うようなことになれば、そういった悪い噂はあっという間に馬産地を駆け回り、今後誰も馬を買ってくれなくなるだろう。

「で、摂男はダービーの祝勝会の準備はしてんのかね」

事情を知らない本田が呑気なことを言った。

「あっ、そのこと、ポンタ、俺を騙したろ？」

「騙したってなにをよ」

「酒屋の件さ。なにがＧⅠを勝ったら馬恋の酒屋から酒が消えたよ。朝日杯の時は本気にして事前に買いに行ったけど、皐月賞の後に尋ねたら『店から酒が消えるなんて、うちが夜逃げでもしねえ限りありえねえ』と店主に笑われたわ」

「俺もそれ聞いた時、最近のお祝いは農協の商品券のはずなのにって不思議に思ったよ」

と福徳も笑う。

「少し盛ったけど、酒がたくさん届いたのは本当だ」

「それなら勝ってから買えばいいだけの話だべ」

「そだけど、おまえだって家で飲むんだから、先に買っておいて損はねえべさ」

摂男だけでなく、可南子も晩酌（ばんしゃく）は好きだ。さすがに今回は買う気にはなれなかった。

「そういやブックウォールは安田記念を使うんだって」

福徳が話を本田牧場の馬に振った。三月に連覇を狙って高松宮記念に出走したブックウォールは、上位人気のスターダストファームの馬を押しのけ、勝った香港（ホンコン）の馬からクビ差の二着に入った。

「一応、そのつもりだけど」

「これまで千二ばかり使ってきたんだろ。千六は持つのかね」

福徳が訊く。

ダービーの翌週に行われる安田記念は千六百メートルと距離が四百メートルも延びる。JRA賞では千二も千六も王者は「最優秀短距離馬」のカテゴリーに入るが、四百メートルは馬にとっては大きな違いで、道中のペースもまるで違ってくる。

「俺も心配してんだけど、勝谷調教師は、六歳になってブックウォールは少しズブくなっているので、距離は持つだろうと言ってたわ」

「マイルで勝てば種牡馬としての価値も高まるから楽しみだな。そったらうちの馬もつけるよ」

今は心から本田の馬を応援できる。

「そうなってくれたら最高だな。それに大本命だった去年の安田記念の勝ち馬が回避することになったのよ」

「前哨戦のマイラーズカップ、圧勝だったでねえの」

「あのレース、うちの馬が出てたんで、俺も競馬場にいたんだけど、レース前からなんか変だったんよ。パドックでもえらい焦れ込んでたし、ゲートもなかなか入らなかったんだ。ああこれは飛んだなと思ったら、凄い脚で追い込んできてな。だけど、まだ発表されてないけど、その後脚元がモヤッとして、レントゲンを撮ったら屈腱炎だと。このまま引退するらしいわ」

「それってパドックやゲートが予兆だったんだろな」

「ああ、福徳。勝谷調教師もそう言ってたわ。馬が故障した時って、あとから振り返ってみると、必ずなにか嫌なサインが出てるものだって。屈腱炎や骨折となると後悔先に立たずで、人間は嫌なことだけを思い出して、それを覚えているだけかもしれねえけど」

「いや偶然ではないと思うよ。馬には予知能力があるっていうからな」

「そういや昔、皐月賞を圧勝してダービーも確実と言われた馬がなかなかゲートに入らなかった時も、馬主さんが雑誌のインタビューで、あの時点で馬が走ることを拒否してたんじゃないかって話していたのを読んだことがあるな」

「あの馬は引退して名種牡馬になったからまだ良かったよ。今回の馬もそうだ。万が一、予後不良になってたら目も当てられなかったろう」

二人の会話を聞きながら摂男は汗が止まらなくなった。

今回の熱発もなにかの予兆ではないのか。ダービーに出走したくないと馬が訴えているのではないのか。引退ならまだいい。もし命を失うことになれば、それこそ悔やんでも悔やみ切れない。

「ちょっと、摂ちゃん、どしたね。顔色が悪いぞ」

福徳に気づかれた。

「汗もすげえでねえか。熱でもあるんでねえか」

「なんでもない。この部屋暑いなと思って」

「暑いってエアコンつけるほどの陽気ではねえべ」

本田も不思議な顔をする。

「だけど馬って神がかっているよな。人智(じんち)を超えるとはよく言ったもんだ」

動揺を隠しながら話したせいで舌がもつれたが、二人にそれ以上、不審がられることはなかった。

2

西井からの留守番電話での報告は毎日続いた。月曜日の全休日は休んだが、火曜日には馬場に入り、水曜日の追い切り日は、Cウッドコースで六ハロン八十秒、三ハロン三十六秒三、ラスト一ハロンは十一秒五と、この日Cウッドで追い切った馬の中ではもっとも速い時計を、馬なりでマークした。

熱発する前日の先週は、六ハロン八十三秒八だったから、目をみはるほどの回復ぶりだ。

新しい馬主が決まったことで、スポーツ紙でもアカリをボールドウィンと同等に取り上げるようになった。一時は早熟馬のようなレッテルを貼っていたくせに、今はボールドウィンはマイラー血統で距離に不安があり、三冠馬ヘルメース産駒のキタノアカリの方がダービー向きで本番は逆転する可能性も十分、そんな記事も目にする。まったく新聞記者の目も当てにならない。

記事を読みながらも本田と福徳が話していた故障の予兆が頭から離れず、気持ちは落ち着かなかった。走るために生まれてきた馬は、レースになれば全能力を出す。問題はレース後、いや、レースの最中である。

考えるほど嫌な予感ばかりが頭を過り、眠りも浅くて夜中に何度も目が覚める。

「あなた、ずっとうなされてたわよ。昼間の仕事は駿平に任せて少し休んだら」

可南子から心配された。だが自分が仕事をさぼったりしたらそれで報いを受けるのではないかと、いつも通り早朝から夕方まで仕事に没頭した。

「お父さん、アカリ、四枠八番の絶好の枠を引いたよ」

枠順が決定した木曜日の夕方、駿平がスマホを見ながら報告してきた。

「内でも外でもない悪くない枠だな」

「ボールドウィンは大外の十八番だよ」

「そっか、向こうは少し不利だな」

そう口にしたが、他の馬のことはあまり考えられない。枠順抽選までしたということは、西井は出走に問題ないと判断した。出るからには勝ってほしい。負けたとしてもいいレースをして次の楽しみを与えてほしい。だがもし最高のレースをして勝てたとしても、レース後に故障が発生すれば、それは悲しみでしかなくなる。

こんな迷いがあるなら今からでも西井に電話して説得し、出走をやめさせるべきではないか。話すなら櫻木会長か。それこそ余計な心配で、実は馬は熱発したとは思えないほど元気いっぱいだとしたら、なぜそんなケチをつけるのかと皆から責められる。

そんなことを考えていると、自分も西井と同じではないかという思いが過った。出走させるべきではないと言い、心配している振りをしているが、それはなにかあった時の責任逃れのためであって、本心では使ってほしい、ダービーを勝ち、あかり野牧場がダービー牧場と呼ばれるようにと願っているのだ。そう思うと今度は自分に腹が立ってきて、ゲンコツで自分の頬を殴った。まったく痛みを感じなかったので、今度は力を込めた。まともに頬骨に当たり、摂男は「痛っ」と声に出して顔をゆがめた。

「なにしてるのさ、お父さん」

馬にブラシをかけていた駿平に目撃された。

「なんでもない。それより駿平、お父さん、トイレ行ってくるから、他の馬のブラシがけもやっといてくれ」

ダービーまであと四日、それまでに気がどうにかなってしまいそうだった。

さっきのパンチが今ごろになって効いてきたのか、足がよろめいた。

本田からは「うちの従業員を留守番に出すから、家族みんなで競馬場に応援に行ってこい」と言ってもらったが、摂男は一人で行くことにした。

「駿平を連れていってあげたらいいじゃない」

スーツを着て、ネクタイを締めていると、可南子に言われた。

「いいや、駿平はいずれ自分で作った馬でダービーに出るんだから、その時まで取っとけばいい。なぁ、駿平」

本音は不安な気持ちでいる自分の表情を息子に見られたくなかったからだ。

「うん、そうだね。俺の分まで応援してきてよ」

けっして納得している顔ではなかった駿平もそう言った。

玄関には優馬と心菜も出てきていて、革靴を履いて、可南子にネクタイが曲がっていないか確認してもらってから外に出ると、家族全員が駐車場までついてきた。

車に乗って、窓ガラスを開けると、優馬から「お父さん、これ」と小さな封筒を渡された。

「なによ、これ」

開けると神社のお守りが入っていた。

「クラスの友達がくれたんだ。これ持って応援して」

きっと優馬の好きな子からもらったのだろう。

「いいや、これはおまえが持ってた方が効果がある。その友達もおまえに持ってほしいと思ってるはずだ」

そう言って返すと、優馬は「そうする」とお守りを封筒に戻して、両手で包んだ。

「パパ。アカリちゃんによろしく言ってね」

熱のことは知らせていないはずなのに、雰囲気を察したのか心菜まで真剣な目で言った。

「ああ、みんなが応援してるって伝えとくよ」

それぞれの顔をもう一度見てから窓を閉めて前を向く。家族の思いがアカリに届きますように……そう願ってアクセルを踏んだ。

砂利の上でタイヤが空回りしてから、馬がゲートを飛び出すように車は発進した。

手を振る家族の姿が見えなくなるまで、摂男は何度もバックミラーで確認した。

3

東京競馬場は人で溢(あふ)れ返っていた。

「押さないで歩いてください」改札を抜けたところから、すでに警備員が注意を喚起(かんき)する声が聞こえる。

みんなが競馬新聞やスマホを見ながら歩いているので、危なっかしい。それでも笑顔でレースを待ちわびている人たちに、懐かしさが呼び起こされた。父が生きていた十年前までは生産馬が出走するたびに来ていた。負けてばかりだったのでいつもしょげて帰ったが、それでも競馬場に行くのが楽しくて、自分の馬が出ないレースの馬券まで買い、散財した。

可南子とも来た。一人旅に来ていた札幌で声をかけて知り合い、可南子が自宅に帰ってからも毎日のようにメールして、一カ月後には横浜に会いに行った。ディズニーランドに行き、映画を観たりしたが、馬恋に帰る前日には競馬場に誘った。それがダービーだった。

可南子は競馬をまったく知らなかったが、ダービーの数レース前、パドックを歩いていた馬が可愛いと言い、その単勝を百円買ったら万馬券になった。あの馬もアカリと同じ美しい栗毛馬だった。払い戻した後、摂男は初めて、実家がサラブレッドの生産牧場をやっていて、将来、継ぐつもりだと明かした。

――どうして今まで黙ってたのよ？

怒ったような顔で可南子に訊かれた。

――言ったら嫌われるかなと思って。

おずおずと答えた。可南子はしばらく考え込んでいたが、急に笑みを浮かべた。

――だけど、馬に囲まれて暮らすなんてどんな生活なんだろうって、私が思ったかもしれないじゃない。

――えっ、そうなの？

そこから先は馬だけでなく、北海道の話もした。なにを言ったのか自分でも記憶にないが、可南子の印象に残ったのは「北海道にはアイヌ語を語源とする珍しい地名がたくさんあって、『新冠（にいかっぷ）』『絵笛（えぶえ）』『真歌（まうた）』などすごく美しい文字を当て字につけている。だから北海道の人は口下手だけど、根はロマンチックなんだよ」という話だそうだ。その話を聞き、可南子はこの人と結婚してもいいかな、と思ったらしい。

　結婚してからは北海道での、とくに冬の厳しさに、「調子のいいことを言われて、こんな田舎に連れてこられた」と文句ばかり言われる。

　それなのに摂男が外出している時は馬の様子を見に馬房に行ってくれたりもする。一年に一度横浜の実家に帰っても三日で戻ってくる。いまだに北海道弁は使わないが、馬恋の住人であり、あかり野牧場の馬たちも彼女にとっては大事な家族なのだ。

　昔のようにゴール前で見ようと思ったが、さすがにダービーデーは人が多過ぎて、身動きが取れない。ポケットから、櫻木会長のレーシングマネージャーが郵便で送ってくれた馬主席のパスを出した。だがそこにはおそらく西井もいると思うと、行く気がしない。

　それでもせっかく送ってくれたのだからと、トイレに寄って、今一度ネクタイが曲がっていないかチェックしてから、中央の受付からエレベーターに乗り、馬主席に向かった。

　用意された席に近づくと、明るい紺のスーツを着た初老の男性が見えた。櫻木会長だ。その隣に瘦身の西井が立っていた。西井も摂男に気づいた。

「では私は馬を見てきますので」

　西井が頭を下げた。櫻木会長は「あとでパドックで会いましょう」と丁寧な口調で西井に言った。

西井が摂男の横を通り過ぎた。アカリの調子はどうだ、そう訊こうか迷ったが、その時には西井はいなくなっていた。向こうも根に持っているのだろう。

「会長、あかり野牧場の灯野です。今回は本当にありがとうございました」

深く頭を下げた。連絡はすべてレーシングマネージャーを通したので、直接礼を言ったのは初めてだった。

「こちらこそこんな楽しみをもらえたんだから。あなたの息子さんに感謝しないといけませんな」

「いいえ、お孫さんがうちのフェイスブックを見て、会長に話してくださらなければアカリはこの大舞台には立てませんでした。会長とご家族のおかげです。このご恩は一生忘れません」

「そんなことより、アカリの弟、セイリュウアカリとつけることに決めましたよ。そうだ、アカリの全きょうだいもいるそうですね」

「はい、牝馬で、少し難産だったので小柄ですけど、元気いっぱいのいい馬です」

「うちのマネージャーと相談させてもらいます。もし妹も買うことになったらセイリュウライラにしようかな。なんだか兄や母親の名前をそのままつけて、芸がないと言われそうだけど」

「そんなことないです。私もそういう名前をつけていただいた方が嬉しいです」

「アカリはあなたがつけたそうですね。あかり野牧場から取ったんですか」

「よく言われるんですけど牧場名ではありません。アカリが生まれた後、大きな地震があって馬産地一帯が停電になりました。北海道の大地にまた以前のような灯り(あか)がともればいいと思ってつけたんです」

「ほぉ、それならきょうはその期待に応える走りを見せてもらわないといけませんね」

櫻木会長は眉尻(まゆじり)を下げた。これは余計なプレッシャーをアカリに与えてしまったなと反省する。

「会長、そろそろパドックの時間ですよ」

一つ前の十レースに出走する馬たちが待避所(たいひじょ)から移動し始めたあたりで、レーシングマネージャーが伝えた。ダービー出走馬がパドックに出てくる時間だ。

「灯野さんも一緒に行きましょうよ」

誘われたことに驚いて「はい」と返事をする。馬主登録のない摂男は今までパドックに入ったことはない。それがダービーで経験できるとは、少し緊張してきた。

後ろについてエレベーターで地下馬道(ちかばどう)まで降りた時には、十レースを終えた馬たちが戻ってくるところだった。馬の匂いがして、蹄鉄(ていてつ)の音と、力を出し尽くした馬たちの吐息が聞こえてきた。

検量室から榊康太の顔が見えた。グリーズマン、ヴィトー、さらに短期免許で来日しているオーストラリアの外国人騎手、他にトップ騎手もいる。

十レースを勝ったのは島崎という関東のリーディングジョッキーだった。ダービーには共同通信杯で勝ったガーランドに騎乗する。勝利調教師はダービー一番人気のボールドウィンを管理する竹之内。さらに皐月賞四着のマイタイビーチの勝谷調教師が検量室から出て、鞍上のヴィトー騎手とパドックへと歩いていく。

多くの人が櫻木会長に挨拶していた。だが摂男に関心を示す者はいない。オーナーの後ろをついていくと、前方でグレーのスーツを着た男性が、櫻木会長に顔を向けていた。スターダストファームの守谷社長だった。

「会長、こんにちは。きょうは素晴らしくいいお天気になりましたね」

「そうですね、ダービーの日はいつも晴れているイメージがありますけど、今年も快晴ですな」

「すでに超満員で、十三万人くらいのお客さんが来てるそうですよ」

「やはり競馬は、たくさんの応援してくれるファンと一緒に見るのが一番ですな」

守谷はボールドウィンなど八頭の生産馬を出走させる。もう十回以上ダービーを制覇しているだけあって、余裕がある。だがダービーを勝っていない櫻木会長や他の馬主、調教師も朗らかな表情をしている。戦いではあるが、その戦いの序幕を楽しんでいる。ダービーの出走馬主や調教師が揃うこの場所は、摂男がこれまで見てきた競馬場の景色とは違った。

　摂男は二人より下がって歩いた。地下馬道の勾配を登ると、地下道に光が入り、パドックの景色に焦点が合っていく。馬たちが周回していた。ちょうどゼッケン「8」のアカリが女性厩務員に曳かれて通り過ぎていくところだった。客の多さに驚いているのか、普段よりアカリも焦れ込んでいる。それを女性厩務員が宥める。摂男の足が急に震えだした。脈拍が速くなり、胸が押し潰されるようで苦しい。

「すみません。私はやはり上で見ます」

　隣を歩いていたマネージャーにそう言って踵を返す。

「あっ、灯野さん」

　ジョッキーに声をかけられた。戸賀野の勝負服ではなく、櫻木会長の勝負服を着ていたので気づかなかったが、保志俊一郎だった。

　馬主席に戻り、摂男はまだ馬が出てきていない緑のコースを眺めていた。人の頭しか見えなかったスタンド前も、パドック中は少しだけ隙間が見える。

　ターフビジョンにはパドックを周回する各馬が映っている。アカリがアップになった。五一〇キロだから皐月賞より二キロ減。たった二キロとはいえデビュー以来、アカリがマイナス体重になったのは初めてのことだ。ダービーを目指して西井が最高の仕上げをしたのか、それとも熱発の影響で減ったのかは摂男には分からなかった。たださっき見た焦れ込みは解消されていて、アカリはパドックを歩くどの馬よりも、過去三回の対戦で全部負けているボールドウィンよりも堂々としていた。毛艶も馬体の張りも悪くない。だがそう見えるのは他も同じだ。ダービーとあって出走全馬が超一流に見える。

——大丈夫ですよ。僕も熱を出したと聞いた時は、ダービーを使わない方がいいと正直思いました。でも西井先生から「保志がもし出すべきではないと思ったら遠慮なく言ってくれ。俺は直前でも取り消すから」と言われたんです。僕はこの一週間、毎日アカリの背中に乗って、大丈夫だと判断しました。

パドックの出入り口で会った保志からそう言われた。

さらに保志からは今朝、東京競馬場の馬房での出来事も聞いた。

——西井先生が、スタッフを集めてこう言ったんです。「俺も、保志も、渡辺さんも、玉田助手も、さらにはこれまでたくさんの馬を所有してきた櫻木オーナーも、そしてあかり野牧場も、みんながダービーを勝ったことはない。初めてなんやから緊張するのは当たり前やけど、プレッシャーも緊張もみんなで分け合おうやないか。みんなで分担したら、少しは楽になるやろ」って。

西井が、あかり野牧場の名前まで出すとは思いもしなかった。確かに自分一人と思うから押し潰されそうになるのだ。みんなで一つだと思うと、不安も少し和らぐ。

騎乗合図がかかり、アカリに保志が跨った。保志がアカリの頬を撫でてなにか話しかけてから歩き出した。馬たちがパドックから地下馬道に入っていくところで、馬主席にも人が増えてきた。

今は、櫻木会長がいた場所とは少し離れた席と席の合間の階段に立っている。ここで一人でレースを見ようと思っていた。

「失礼」

後ろから声がしたので「あっ、すみません」と横に避けた。守谷社長だった。摂男が立っていた隣が、守谷の席だったようだ。

「こんにちは」

そう挨拶をした摂男は、「先日は申し訳ございませんでした」と無礼を詫びた。だが守谷はなにも言わない。ここに立っているのが悪い気がして去ろうとしたところ、守谷から「キタノアカリ、悪くない状態でしたね」と言われた。

「社長にそう言っていただけると嬉しいです」

「西井さんはメイチの仕上げをしてきたんでしょうね。一方、うちのボールドウィンはプラス八キロです。竹之内調教師はやり過ぎを心配したのかな」

守谷にもボールドウィンよりアカリがよく見えたのかと思った。だが馬を見る目に長け、大レースを数多く勝ってきた守谷だ。アカリにひと悶着あったことも気づいているのではないか、そんな気は拭えなかった。

4

音楽がかき消されるほどの歓声が上がり、本馬場入場が始まった。誘導馬に従い、ゼッケン「1」の榊康太のモンスリ、続いてゼッケン「2」のヴィトーが乗るマイタイビーチが、その六頭後ろにゼッケン「8」をつけたキタノアカリが出てきた。現時点では二・七倍のボールドウィンに次ぐ、三・三倍の二番人気に推されているとあって、声はひときわ大きくなった。

馬場に出てきた時は尻をぽんぽんと弾ませて、落ち着きを欠いていたアカリも、渡辺厩務員が手綱を曳くと従った。しばらく厩務員がついて、正面スタンド前を一コーナーに向かって歩かせる。ダービーはここからの発走なので、声援に慣れさせておこうという考えなのだろう。十メートルほどでターンして厩務員が手綱を放すと、キャンターを始めた。後肢でしっかり芝を蹴り、脚を伸ばしていく。次第に離れていくため、摂男はポケットから双眼鏡を出して覗く。体調を崩すと後ろ姿が寂しく見えるものだが、アカリのトモは充分、立派に見えた。

今は、スターダストファームの守谷社長から離れた馬主席の隅っこに一人で立っていた。櫻木会長の両脇にはレーシングマネージャーと西井がいて、それぞれがアカリの返し馬を双眼鏡で覗いていた。二人が同時に双眼鏡を外した。ともに表情が明るい。やはりきょうは一人で見ようと摂男は決めた。

最後に「18」番のボールドウィンが出てきた時には盛り上がりのボルテージは最高潮に達した。

摂男は双眼鏡を下げて、守谷を探した。守谷は肉眼で、返し馬をするボールドウィンを追いかけている。テンションが高くてパドックでも厩務員が宥めるのに苦労していたボールドウィンは、返し馬に入ってからも首を上げ、左右に振っていた。そのたびにグリーズマンが腰を浮かして落ち着かせる。精神面で評価するならアカリの方がよほどいい。だがペースが上がっていくと首がぐっと下がり、この馬らしいフォームに戻った。

こういう適応の早さもスターダストファームの良血馬の特徴である。パドックや返し馬でうるさいスターダストの馬が、レースで一変して完璧な内容で勝つ姿を、これまで何度目にしてきたことか。

再び双眼鏡を覗く。待避所の近くでアカリは止まっていた。アカリは時々立ち止まるが、しばらくすると何事もなかったかのように歩き出す。摂男にはアカリが瞑想しているように思えた。刹那、アカリの首が上がり、前脚を掻くように竿立ちした。

「危ない！」

思わず叫び、観客もざわついた。保志は手綱を引っ張りながらもバランスを取って持ち堪える。やれやれと一息つく。やはり馬には人間では計り知れない感性がある。落ち着いているからといって、立ち止まったことを瞑想しているなどと都合よく決めてはいけないのだ。

アカリの名前入りの単勝馬券を買おうと思っていたが、その場から離れられなくなり、買うのをやめた。

国歌独唱では摂男も姿勢を正した。終わると待避所から馬が出て、一頭ずつ縦に並んで外ラチ沿いを歩いてくる。双眼鏡を覗くと、保志がアカリの首筋を撫で、顔を寄せた。「一緒に頑張ろう」と励ましているのか。いや保志のことだから「まだ先だから焦らなくていいからな、ゆっくり行こう」と声をかけているのだろう。

大歓声とともにファンファーレが鳴り、観客が「オイ！　オイ！」と叫ぶ。

普段なら馬が迷惑だろうと顔をしかめるのに、この日は声援も耳に入ってこなかった。ファンファーレが鳴ったら幾ばくもなくゲート入りが始まる感覚なのに、馬は周回していてなかなか始まらない。時間が進むのがこんなに長く感じられたのは初めてだった。

ようやく係員が馬を引っ張り、ゲートに入れ始めた。奇数枠から入るため、偶数枠のアカリは後ろの方で周回している。ボールドウィンが斜め後ろを歩く。本馬場入場までは焦れ込んでいたボールドウィンは腹のあたりに白い汗が目立つが、今はどっしりと構えているように見えた。

たくさんの大レースを勝ってきたグリーズマンは余裕があるが、保志の表情はいくらか硬い。アカリの順番が来た。係員に連れられて素直にゲートへと進み、扉が閉じられる。

最後にボールドウィンが入り、係員が離れた。

5

ゲートの中で、保志俊一郎はハミがアカリの口に当たらないように普段より手綱を長く持ち替えた。長手綱だと進んでいかない馬もいるが、今のアカリなら大丈夫だと感じたからだ。それよりたくさんの歓声を浴びるこの正面スタンド前の緊張感から、少しでもアカリを解放してあげたかった。

俊一郎が見込んだ通り、横一線でゲートを出たアカリは、後肢で力強く芝を蹴っては前肢を伸ばして先頭集団へと取りついていく。内から榊のモンスリがハナを主張し、島崎のガーランドを内に三頭が横に並び、アカリはガーランドのすぐ後ろ、先頭から五番手という絶好のポジションで最初のコーナーに入った。

――プレッシャーも緊張もみんなで分け合おう。

最初のコーナーを回り、朝、西井から言われた言葉が心地よく耳の奥で響いた。

昨夜は緊張して夜中に何度も目が覚めたが、今は仲間たちがプレッシャーも緊張も引き取ってくれたのか体が軽い。

二コーナーもごちゃつくことなく、アカリは最内を回った。カーブを曲がっていきながら各馬の位置を確認する。ハナに立ったのはモンスリで、ガーランドが二番手。その間に人気薄の馬が二頭いて、アカリは五番手につけている。後ろも確認したが、ボールドウィンの姿は見当たらなかった。良馬場なので、グリーズマンは後方で力を溜めて、最後のキレ味に徹する競馬をしてくるのだろう。ボールドウィンがどの位置にいるのか気にはなったが、探すのはやめた。せっかくいいポジションを取れたのだ。ここからはアカリがベストを尽くせる競馬に徹しよう。

皐月賞と同じように、俊一郎は前の馬にアカリを近づけすぎないように、それでいて他の馬が割り込めない距離を取った。ふと気になり内の馬の騎手を見た。ゴーグルの下の高い鼻ですぐに分かった。ヴィトーだ。三番人気のマイタイビーチが真横を並走していた。

向正面（むこうじょうめん）に入って、ここからが長い直線になる。ラップタイムが急に落ちた気がした。背後のジョッキーたちからも「スローだ」「遅えぞ」と相次いで声が聞こえてくる。逃げたモンスリの榊がペースを落としたのだ。

遅いのは二番手のガーランドの島崎も分かっているが、一番人気のボールドウィンが後ろで脚を溜めているため、ここで無理して自分の馬に脚を使わせたくない。

それは他の騎手も同様で、まんまと榊の作戦に乗せられている。

島崎が後ろを振り返った。ボールドウィンを探したのだろう。確認しても動かないということは、ボールドウィンは相当後ろなのか、それとも見つけられなかったのか。島崎が待った隙を狙ったかのように榊がペースを上げ、モンスリとガーランドの間隔が広がった。モンスリは皐月賞三着の実力馬だ。このまま楽に行かせてしまえば、最後まで残ってしまう……。

最初の千メートルを通過した。六十二秒、三秒くらいか。どの騎手もペースが遅いことを感じ始めていて、焦りと慌ただしさの混ざった殺伐とした気配が馬群に漂っている。

「ホシさん、ペース遅いよ」

マイタイビーチのヴィトーが話しかけてきた。「このままではサカキさんが勝っちゃうよ」

こういうペースは誰かが捕まえにいかないと逃げ切られる。だが自分が行くと逃げ馬もペースを上げて、後方で我慢した馬が漁夫の利を得る。

「だったらヴィトーが行けよ」

俊一郎が言うが、返事は聞こえてこなかった。視線だけ動かすと、ヴィトーが顎をしゃくった。二頭で捕まえに行こう、そう言っているようだが、二頭でかわしていくと、外側のアカリは三、四コーナーをずっと外を回らされる。

俊一郎は表情を変えず、視線を前に戻した。その時、ヴィトーに気づかれないようにそっと拳一つ分、手綱を短くした。馬の首筋に擦るように軽く手綱を押す。意思は通じたようだ。アカリはハミを嚙むこともなく、ペースを上げて前の二頭をかわした。不意を突いたスパートで、マイタイビーチを完全に置き去りにした。

ガーランドも抜いた。その前は一頭分のスペースがあり、モンスリの真後ろに入ることもできたが、それでは榊のペースは変わらないと、外からモンスリに並びかけた。三コーナーの大欅を過ぎたところで、常識的にはここで仕掛けるのは早いとされる。それでも躊躇して負けたくなかった。勝負に出るならここしかない。

モンスリに並んだ時には、行き過ぎないように手綱を抑え、それでいて馬にブレーキを感じさせないように、体の重心に気をつけた。

「アカリ、いいぞ、このままモンスリと一緒に走ればいいからな」

十八頭が馬場を蹴る音で轟然としているが、俊一郎の声はアカリに届いているようだった。ハミは嚙まず、リラックスして走っている。このままなら直線はモンスリとの勝負になる。

遠くのスタンドがどっと沸いたのが聞こえてきた。俊一郎にはなにが起きたのか分からなかったが、四コーナー手前で背後に気配を感じた。素早く後目に見る。二番手にいたガーランドか、ヴィトーのマイタイビーチが競りかけてきたのかと思ったが、その馬は漆黒の体をしていた。ジョッキーは、短い鐙で頭が低い騎乗フォーム、グリーズマンだ。彼もこのままのペースだと榊にやられると、ボールドウィンを一気に上げてきたのだ。ダービーの常識を破る戦法で……。

最終コーナー、俊一郎は外に振られないように内側に体を傾けて回った。内のモンスリとは馬二頭分ほど空いている。グリーズマンはアカリの外を回してきたが、そこにも二頭分ほどのスペースがある。

相当な後ろからボールドウィンをロングスパートさせてきたはずなのに、グリーズマンの姿勢に乱れはなく、馬上で静止しているように見えた。手応えは抜群だ。アカリだってまだ余裕がある。そしてスローペースでレースを作ったモンスリも、榊は手綱を抑えている。

ラスト四百メートルの標識を横目にし、耳に届く声のボリュームがマックスに達した。俊一郎とアカリは、降り注ぐ歓声のシャワーの中へと飛び込んでいく。

アカリが自ら左手前から右手前に替えた。俊一郎が替えてほしいと思ったタイミングだった。

体半分ほど前に出ていたモンスリが内からアカリに馬体を寄せてきた。仮柵が設けられているが、直線の内側は芝の剝がれが目立ち、榊はモンスリをもう少し馬場の真ん中寄りで走らせたいのだろう。

俊一郎も芝の剝がれに脚を突っ込まないように気をつけて、アカリを外に動かしていく。

外からは、グリーズマンがボールドウィンの馬体を近づけてきた。馬場的には一番芝の状態がいいコースを取ったグリーズマンは、榊や俊一郎にこれ以上、外を走らせたくないのだろう。三頭の幅が急激に狭まった。

俊一郎の膝がグリーズマンの膝と接触する。今度は左の鐙が、榊の鐙とぶつかり、金属が激しく擦れ合う音が鳴った。

三人がほぼ同時に追い出した。真ん中のアカリが窮屈で不利だったが、ここで引くわけにはいかないと、俊一郎は狭い中で、普段より少し肘を張るようにして、手綱を押し続ける。

今度は肘がグリーズマンとぶつかった。両隣から挟まれているのにアカリは怯んでいない。

百メートルに及ぶ長い東京の坂を登り切り、フラットになった残り二百メートルで、ついにモンスリの脚が鈍った。

よし——声を出して俊一郎は右手に持っていた鞭を左手に持ち替え、この日初めて一発入れた。

グリーズマンは体を伸縮させ、右鞭を何発も入れている。二頭の鼻づらが合う。だがボールドウィンにこれまでのようなキレ脚は感じられない。

残り百メートル、アカリがボールドウィンよりアタマ一つ前に出た。アカリも息が上がっていて、ボールドウィンに向かって体がよれた。接触しないよう俊一郎は咄嗟に左手の鞭を右手に持ち替えて、体勢を立て直す。

そこから先、俊一郎は鞭を使わず、余す力のすべてを使って両手で手綱を押し続けた。またアタマ一つリードする。ボールドウィンに脚は残っていない。それなのにグリーズマンは力ずくでボールドウィンを動かしてくる。また体が迫ってきた。なんてすごいジョッキーなのだ。それに応える馬も恐ろしい。

残り五十メートル。まだアカリがわずかに前に出ていた。だが伸びた首が下がり、今度はボールドウィンが前に出ようとする。負けるな、アカリ。両手を思い切り前に伸ばす。アカリが首を大きく伸ばしたが、体が縮むと、代わってボールドウィンの首が伸びてくる。

もう数十メートル、数完歩先がゴールだ。ゴール板を見る余裕もなかった。俊一郎とアカリが、最後の力を振り絞って、前に出た。早くゴールに届いてくれ。そう願いを込めたところが決勝線だった。

勝った——。

ゴール板を横目で見たわけでもないのに、俊一郎はそう確信した。

だからと言ってガッツポーズするほどの自信はなかった。

時間が止まったかのように全身から感覚が消えていた。規則正しい蹄鉄の音と馬の鼻息だけが中耳に響くだけで、スタンドの歓声は遠のいていた。いったい自分はどこを走っているのだろうか。これは本当にダービーだったのだろうか。

「コングラチュレーション」

そう声がして我に返った。首を左右に振って見回すと、右横に鞍から腰をあげたグリーズマンがいた。

俺が勝ったの？　そう訊きたかったが、息が切れていて声が出ない。

「俊一郎、おめでとう」

内側から馬を並べてきた榊から祝福された。

「ありがとうございます」

「ダービージョッキーだぜ、もっと喜べよ」

「はい」

消えていた歓声が急に耳に飛び込んできた。

自分がまさか勝つなんて。夢ではない。ダービーを勝ったのだ。

「美央、俺は勝ったぞ！」

右手でガッツポーズして、はっきりとそう叫んだ。そして五月晴れの空を見上げ、今度は胸の中で呟いた。

　母さん。俺、ダービージョッキーになったよ——。

6

「西井先生、勝ったぞ、勝ってしまったぞ」

　耳元から櫻木会長の唸るような声が聞こえても、西井敏久は返事もできず、しばし自分を失っていた。

　視線はずっと、ゴールを駆け抜けたアカリの後ろ姿を眺めている。

　敏久の目にもアカリが勝ったように思えた。三コーナーを過ぎて後方から一気に脚を使って進出したボールドウィンはしぶとく、最後も伸びてきたが、アカリは抜かせなかった。

「会長やりました、勝ちましたわ！」

　ずいぶん遅れた上に、急に大声を出したことに櫻木会長は目をぱちくりしたが、すぐに
「すごいレースだった。長く競馬をやってきてるけど、こんなレースは初めて見ましたよ」

と握手された。

「会長、降りましょう」

横にいたレーシングマネージャーに促され、二人の後ろにくっついて馬主席を出る。エレベーターで地下階に到着すると、待っていたJRA職員が、櫻木会長の胸にバラの花をつけた。敏久の紺のスーツの胸にも「優勝調教師」と書かれた花がつけられた。

「1」と記された枠場に、玉田の後ろ姿が見えた。

「玉田！」

大声で呼ぶと、玉田は背中が跳ねるように驚いて振り返った。

「テキ、ダービーですよ、うちの馬がダービーを勝ったんですよ」

玉田は泣きながら駆け寄ってくる。

「そうみたいやな」

敏久は両手を開いて抱きしめた。

「なに他人事みたいなことを言うてんですか。アカリですよ。うちの厩舎ですよ」

「そやかて、まだ全然ピンとけえへんから」

検量室のモニター画面には、アカリがウイニングランをしている姿が映っていた。他のジョッキーなら鐙の上に立ってガッツポーズをして歓声に応えるが、保志は普段のキャンターと同じ前傾姿勢で、アカリを気持ちよさそうに走らせていた。

ペースを緩め、保志は地下馬道の入り口でアカリを止める。そこには渡辺が待っていた。渡辺は顔をくしゃくしゃにして泣き、ブレザーの袖で涙を拭いている。渡辺が曳き綱をつけたところで、保志がゴーグルを外した。

泣いているかと思ったが、笑っていた。ここであんな顔を見せられるなんて、敏久が見込んだ男に間違いはなかった。柵の向こうで若いファンたちが両手を挙げて称えていた。保志が右手を突き上げた。

「テキ、戻ってきましたよ」

モニターに視線が釘付けになっていると、玉田にスーツの背中を引っ張られた。泣きべそをかいている渡辺に曳かれアカリが戻ってくる。玉田が駆け寄り、ジャンプして保志と手を合わせる。白い鼻息を吐きアカリは「1」の枠場に入った。

「先生、ありがとうございました」

保志が少しだけ目を潤ませて言った。

「ありがとうは俺のセリフや。こっちこそありがとう」

保志が馬を下りたところで、敏久は右手を差し出した。保志も力強く握り返してきた。我慢できずに強く抱きしめる。目が滲(にじ)み、視界はぼやけた。

「櫻木会長、おめでとうございます」

検量室前にいた他の馬主、調教師、騎手が櫻木を祝っていた。眺めていると「西井くん、良かったな、おめでとう」と声がした。振り返るとベテランの調教師だった。

「西井さん、いいレースを見せてもらいましたよ」今度は別の調教師だ。

その後も声はかかり、敏久はその都度、会釈した。誰かが手を叩き始め、検量室前が拍手の渦で包まれた。

胸がじんわり熱くなった。

ジョッキーが後検量を終えてレースが確定すると、馬場に戻って口取り撮影となった。保志が乗ったアカリの左隣に渡辺厩務員、右隣では櫻木会長が綱を握った。家族、フェイスブックで見てアカリを買うように勧めてくれた中学生の男の子も来ていて、みんなが綱を握って、アカリと一つになっている。

渡辺の隣に玉田と並んでいた敏久は、アカリを挟んで自分たちの反対側、馬主家族の端で、灯野が迷子の子供のようにおろおろしているのを見つけた。

「シャッター押すの、ちょい待ってや!」

手を出してカメラマンに告げ「玉田、生産者さんを呼んできてくれ」と頼む。玉田に手を引っ張られて、灯野は敏久と玉田の間に入った。

敏久は一旦、綱から手を外して、灯野の外側へと移動した。

「な、なによ」灯野が目を瞬く。

「ええから」

「いいよ、ここは調教師の場所だろ」

「ええって。もっとアカリのそば行って」

肘で灯野を突いて、渡辺の真横、アカリの近くへと動かす。

「では撮影しま〜す」

カメラマンが言ったが、今度は渡辺が綱を引っ張るほどアカリに落ち着きがない。

「アカリちゃん、もう少しだから辛抱して」

新馬戦も二勝目を上げたオープン特別も、しっかりポーズを決めたアカリが、この日は後ろ脚が動いて、じっとできない。やはり無理をしてレースを使ったのが応えているのかもしれない。

——ごめんな、アカリ。二度とこんな無茶はせえへんからな。

声に出さずに伝えると、アカリは静止した。

7

馬主席の隅でレースを見ていた摂男は、しばらくの間、目の前で起きたことが夢寐(むび)なのか現実なのかよく分からないまま、先頭でゴール板を過ぎていったアカリを呆然(ぼうぜん)と眺めていた。

ゴール板の前では、アカリが前に出ていたように見えたが、それでも差されたかもという思いが過(よぎ)った。それでもターフビジョンでゴール前の映像がスロービデオで再生され、アカリがわずかな差でボールドウィンを抑えているのが判明すると、大歓声が沸き起こった。夢にまで見たアカリのダービー制覇だ。夢では「勝ったぁ！　ニッポンダービー、勝ったぞー」と叫んだというのに、喉が渇(かわ)きって声も出なかった。足がガクガクと震え、しっかり踏ん張っていないと、その場にへたり込みそうだった。

　内ポケットに入れていた携帯電話からショートメールの着信を知らせるチャイムが次々と鳴る。

《勝ったね、お父さん》駿平からだった。

《すごいよ、アカリ。お母さんも心菜も泣いてるよ》優馬だ。

《馬恋からダービー馬が出たぞ～》福徳からも来た。

　表彰式に出なくてはならないため、返事をする暇もなかった。父の頃は何度か特別レースに勝ったが、摂男が競馬場に来た日に勝ったことはなかったので、どうすればいいのか要領を得ていない。

　するとＪＲＡ職員が近づき「あかり野牧場の灯野さんですよね。ご案内します」と誘導してくれた。そこから先は、絨毯(じゅうたん)が雲のようにふかふかしていて、自分の足で歩いている感覚はなかった。

　エレベーターホールが見えると、ちょうどドアが閉まるところだった。

摂男は次にしようと止まったが、中の操作盤の近くにいた守谷が、ボタンを押して開けてくれた。摂男は駆け足でエレベーターに乗り、「すみません」と頭を下げた。気詰まりしたまま、エレベーターは降下していく。守谷が向き直って頭を下げた。

「灯野さん、おめでとうございます。きょうは完敗でした」

「い、いいえ、ど、どうもありがとうございます」

狭いエレベーターの中であたふたしながら、摂男もお辞儀をした。

激戦の余韻が残るターフの上に設置された特設ステージで、表彰式が行われた。言われるままにレッドカーペットの上に立っていた摂男の耳に、牧場名のアナウンスが届いた。

「生産者のあかり野牧場さんです」

拍手の中、JRA理事長から目録を手渡される。ステージには櫻木オーナーをはじめ調教師の西井、ジョッキーの保志、調教助手、厩務員が立っていた。みんな弾けんばかりの笑顔だったが、自分だけがこの場に溶け込んでおらず、ずっと尻がむず痒(がゆ)くて、表彰式が終わると真っ先にステージから下りた。そこにはたくさんの記者が待ち構えていて、質問攻めしてきた。

「牧場時代のキタノアカリは、どんな馬でしたか？」

「なぜヘルメースをつけたのですか？」

「母馬のレディライラには今年はなにを付けましたか？」

「あかり野牧場ってユニークな牧場名は誰が思いついたんですか？」

矢継ぎ早に飛んでくる問いかけに、摂男は額の汗を拭いながら一つ一つ答えていく。ようやく記者たちから解放されると、首を回して、西井を探した。

「どうしたんですか、灯野さん、そんなところでキョロキョロされて」

櫻木会長のレーシングマネージャーに背中を叩かれた。

「西井調教師はどうしたのかなと思って」

「西井先生なら、関西の最終レースに自厩舎の馬を使ってるらしく、『うっかりしとった』と、急いで調教師室に戻られましたよ。愉快な先生ですね。西井先生になにかご用ですか」

「いえ、とくに用というわけでは……」

「それより灯野さん、今晩、ホテルで祝勝会をやりますから、ぜひいらしてください。西井先生や保志ジョッキーも来られますから」

「はい、喜んで」一度は快諾したものの、関係者でさんざめく会場の景色が目に浮かび、

「やっぱりきょうは帰ります」と断った。

「えっ、どうしてですか」

「なにせ家族でやってる牧場ですので。アカリの妹も心配ですし」

「さすが灯野さんですね。ダービーを勝ったんですから、会長、きっとその妹も買ってあげなさいと言うと思います。今度はその妹で大きなレースに勝ちましょう」

「はい、期待に応えられるように頑張ります」

馬が心配だと恰好つけたことを言ったが、実際はそれが理由ではなかった。アカリの優勝を祝うパーティーに、出走に反対していた自分が参加するべきではないと思ったからだ。結局、口取り写真で隣に立った以外は西井と話すことなく、摂男は競馬場を後にした。

　新千歳空港には午後九時に着いた。駐車場へ歩きながら、可南子に電話を入れる。これまで何度かショートメールを返したが、レース後に家族の声を聞いたのは初めてだ。

「今から車で帰るから、飛ばして一時間半くらいかな」

　夕食を用意しておいてくれと言おうとした。

〈本田さんから電話があったわよ。祝勝会をやらないのかって〉

「祝勝会もなにも、家ついたら十一時近くになってるべ」

〈せっかく祝ってくれるというんだから、やった方がいいんじゃないの。本田さん、福徳さんと他にも高校の同級生を連れてくるって言ってたわよ〉

「なら寿司(すし)でも取っておかねえとまずいかな。今からでもなんとか作ってくれねえか頼んどいてよ、五人前くらい」そう言ってから家族だけでも五人いるのだと思い直し「十人前だな」と言い直した。

〈夕方のうちに二十人前、注文しといたわ〉

「そんなにいらんべさ」

〈せっかく来てくれたのに、食べるものがなかったら申し訳ないじゃない〉

「そだけど」

〈酒屋さんは休みみたいで出ないのよ。あなた買ってきてくれない〉

「なんでこんな時に休みなのよ。じゃあ、買って帰るわ」

酒屋くらいは途中にいくらでもあるだろう。

〈あなた、ちゃんと西井さんと仲直りしたんでしょうね〉

可南子に痛いところを突かれた。

「それが忙しそうで、話すタイミングがなかなかなくて……」

言いながらも言い訳なのは分かっていた。口取り撮影では隣にいたわけだし、その前に櫻木会長に礼を言った時も、それほど離れていない場所にいた。だがこの馬で一緒に優勝を祝うことが、西井を責めた自分の間違いを認めてしまうようで心の中はずっと灰色のままだった。

可南子にはすべて話した。

〈あなたのことだからそんなことだろうと思ったわ〉

「人間の器が小さいと思ったら好きなだけ笑ってくれ。俺だってそう思ってっから」

〈そういう素直でないところがあなたらしいって褒めてるの。負けず嫌いの性格がダービー馬を作ったんだから、きょうくらいは誇らしく思っていいんじゃないの〉

「そかな」

〈だけど西井さんには、ごめんくらいは伝えといた方がいいんじゃない。西井さんだって気にしてるだろうし〉

可南子に促され、すぐに電話をかけた。着信音は鳴ったが出なかった。やはり怒ってるのか。ポケットにしまいかけたところで折り返しがかかってきた。

〈摂ちゃん、悪い、パーティー中やった〉

いつもの西井の声だ。

「西やん、きょうはありがとう。西やんのおかげで俺はダービーを勝てたよ」

摂男は自分から切り出した。心が急に軽くなった。

〈なにを言うてんねん。摂ちゃんがいてくれたから、俺はダービートレーナーになれたんや。あの腹立つ戸賀野に俺の名前を出してくれへんかったら、俺がこんな素晴らしい馬に巡り会えることなど、一生なかったんやから〉

「それより俺は西やんを疑ったことを申し訳なく思ってる。自分の名誉のためにダービーに出そうなんて、とんでもねえ失礼なセリフだな」

修業した頃からの親友である西井を信頼しなかったことが一番、心苦しい。

〈それは全然ちゃうで。結果的にアカリが勝ったから、そう思えるだけで、もしなにかあったら摂ちゃんのアドバイスに従わなかったことを、俺は一生後悔してたやろ。俺こそ意地張ってもうたと反省してる。ごめんな〉

「西やんに謝られると俺はもっと謝らんといかんようになるでねえの」

〈そやな、切りがないからここらでやめとこか〉

「ああ、これで仲直りだ」

〈櫻木会長からはアカリの弟だけでなく、妹も買うから預かってくれと頼まれたよ。来週、北海道に見に行くから、そこで二人で祝勝会をやろう〉

「やろう、楽しみにしてる」

わだかまりは全部解けた。


「ただいま」

玄関のドアを開け、家族四人の顔を見た時には、二時間近く運転した疲れも吹っ飛んだ。

「お父さん、おめでとう」と駿平。

「おめでとうって、おまえもあかり野牧場の一員なんだから、おまえだっておめでとうだべ」

「そだね〜、やった！」

駿平はその場で飛び上がった。

「俺、感激して泣いちゃったよ」

さっきまでべそをかいていたのか、優馬は目が赤い。

「優馬がガールフレンドにもらったお守りが効いたんだよ」

優馬は今度は耳を赤くした。

「パパ！」

心菜が抱きついてきた。

「心菜に言われた通りアカリに頑張ってと伝えたよ。だから勝ったんだよ」

「ありがとう」

抱き上げた心菜から頬にチューされた。抱っこしたまま可南子の顔を見る。

「お疲れさまでした」

可南子はそれだけ言って微笑（ほほえ）んだ。競馬場でたくさんの人に祝福されたが、今まで掛けられた言葉の中で一番癒（いや）された。調子のいい話をして馬恋に連れてきた可南子には、走る馬が出せずに苦労をかけっぱなしだった。夫婦喧嘩もしたが、可南子がいたからここまで来られた。

玄関には二十人前の寿司桶が積まれていた。

「あれ、本田たちはどしたね？」

てっきり上がって先に飲んでいるのかと思ったが、靴もないし、外に車も停まっていなかった。

「夕方に電話があったきり、連絡ないわよ」

「なによ、口だけかね。こんなに寿司を頼まなくて良かったんじゃねえの」

「いいじゃない。家族みんなで食べれば」

「いくらなんでも二十人前は食えねえだろ」

やはり同じ牧場仲間は祝福より悔しさが先に立つのではないか。自分ならふて寝している。

その時、車の音がした。摂男は玄関のドアを開けて外に出る。運転席から本田が両手を挙げて出てきた。

「おお、摂男、やったな、おめでとう」

本田にいきなり抱きつかれた。摂男は驚きを隠しながら「ありがとう」と返す。抱きついたまま本田は玄関まで入ってくる。

「おまえに祝福されるとは思ってなかったわ」

「俺も正直、途中までは『ああ、摂男に勝たれる』と思って見てたのさ。だけどボールドウィンと競り合いになった時は『アカリ頑張れ』と声を張り上げてたらしいわ。横で美香がおったまげてたわ」

「その応援が効いたのかもしれねえな」

「三コーナーで先頭に並んで押し切るとはな。やっぱりあかり野牧場は先行逃げ切りだな」

「おまえ、それを言いに来たんでねえだろうな」

「もちろん、それを言うためだ」

　にやにやと笑いながら、「これお祝いだ」と日本酒の一升瓶を置いた。

　続いてガソリンスタンドの軽トラックが牧場に入ってきた。降りてきたのは福徳だ。

「摂ちゃん、あかり野牧場がダービー牧場だなんて。すげえことだぞ」

「ああ、俺も信じられねえ」

「まぐれかもしれねえけど、俺は嬉しいよ」

「こういう時に、まぐれは余計だべ」

「アカリは、俺がゴールドセールに選んだ馬だということも忘れるんでねえぞ」

「当たりめえだ。全部、福徳のおかげだ」

　福徳も玄関に一升瓶を置いた。

「灯野さん、駿平くん、おめでとう」

　開け放しの玄関に、駿平が世話になった金崎吉彦が現れた。

「ありがとうございます、金崎社長」

「うちも嬉しいよ。駿平くん、良かったな」

修業時代の問題などなかったかのように二人は喜びを分かち合っていた。金崎は「あっ、忘れてた」と床に置いた一升瓶を渡す。

「あ、どうも」

摂男は戸惑(とまど)いながら受け取った。「なしてみんな日本酒くれるのよ」

可南子に訊くが「さぁ」と首を傾(かし)げる。

「本田くんからお祝いは酒にしてくださいと言われて、慌てて馬恋の酒屋に買いに行ったんですよ」と金崎。

「なしてよ、ポンタ？」

「おまえが酒屋から酒が一本もなくなったのを嘘だと言うから、驚かせたかったのさ」

「あれは話を盛ったたって認めてたでねえの」

「馬恋から久々にダービー馬が出たんだ。ダービーを勝ったらこんなすごいことになるって伝説でも作らねえことには、これから牧場をやろうとしている若い人の励みにならねえだろ。大丈夫だ。酒屋には開けてない酒は八掛けで引き取ってもらうことで話をつけてるから」

「飲めばいいじゃない。私も毎晩、楽しみ」

可南子が手を胸元で合わせる。

「おまえ、そんな飲んだら、アル中になんべ」

「毎日、お客さんを呼んで宴会すればいいのよ。賑やかでいいじゃない」

組合長の秋山もやってきて、「灯野さん、おめでとう」とやはり一升瓶をくれた。

「馬恋からダービー馬が出たのは十七年前に秋山牧場が勝って以来だ」

ちゃっかり自慢も挟んできたが、「まだまだ及びません」と腰を低くして答える。寿司二十人前では足りそうもない。大変なことになってきた。

「皆さん、狭いところですが上がってください」

可南子が客たちを招き入れる。摂男も靴を脱いで玄関から上がったところで、軽トラに携帯を取りにいった福徳の調子っぱずれな声が外から聞こえた。

「ちょっと、摂ちゃん、えらいこった。早く来てくれ」

事故でも起きたのかと、摂男はつっかけに足を突っ込んで玄関を出る。

「どしたね、福徳、なにがあった」

「いいから、早く来いって、こっちだ」

声のする方に歩いていくと、牧場の入り口で福徳が立っていた。

「見てみろ、摂ちゃん、たまげたべ」

指差す方向を見る。

馬恋の大地に、あかり野牧場を目指してやってくる仲間たちの車のヘッドライトで、星の道が出来ていた。

解説──見えない絆で結ばれあった人間たちのドラマ

ノンフィクション作家　石田敏徳

大学時代に私はJRA（日本中央競馬会）の機関誌「優駿」の編集部でアルバイトをしていた。様々な雑務が中心ながら、競馬に関連した仕事ができることが嬉しくて楽しくて、学校で過ごすよりよっぽど長い時間をバイトに充てていたある日、編集部に新しい学生バイトが入ってきた。

「デスクワークは苦手だからさ、外に出る仕事はオレに任せてよ」

初対面の挨拶もそこそこに、いきなりそう宣言したのが本書の著者・本城雅人さんで、彼との付き合いは三十年以上に及ぶ。

大学は同学年、ただし私より一歳年上の本城さんは高校時代、神奈川県の強豪校のサッカー部に所属していた経歴を持つ（本人いわく二軍だったそう）。初対面の宣言通りに活動的で、可愛い彼女さん（現在の奥さんである）がいて、いろいろな意味で〝お洒落〟でもあった彼は、私にとって眩しい存在だった。

中古のミニクーパーに乗っていたこともお洒落の表れである。ミニクーパー？　ああ、あの軽みたいな車ね――。上司の社員にからかわれるたび、プライドの高い彼が唇を尖らせて「軽じゃありませんよ！」と怒っていた姿を覚えている。

自分磨きにも余念がなく、バイトの前後に上野の美術館へ絵を観に行ったりもしていた。絵心が皆無の私には考え付きもしない行動である。

「絵の良し悪しなんてオレも分からないけど、上質な作品に触れておくことって大切だと思うんだよね」

すっかり白髪が増えた今でもそうだが、昔から意識高い系だったのだ。

高校時代は帰宅部で毎日麻雀にうつつを抜かし、競馬にハマってからはブリンカー（馬の集中力を高めるため、前方しか見えないように視界を遮る馬具）をつけて〝オタク道〟を突き進んでいた私とは何から何まで違ったが、彼は彼でバイト仲間の行く末を案じてくれたのだろう。「競馬ばかりに夢中にならず、もっと視野を広げたほうがいい」といったアドバイスは何度もされた。面白いと感じた本やテレビ番組も次々に紹介してくれた。留年した私より一年早く卒業した本城さんがスポーツ紙に入り、ヤクルトスワローズ担当の野球記者としてキャンプの取材へ行った折には、彼のワンルームマンションで〝一人暮らし体験〟をさせてもらった（私は実家に住んでいた）こともある。

ときは流れ、「デスクワークは苦手」と言っていた男（実際、当時は校閲などの仕事をするときの本城さんにこそ、ブリンカーが必要だった）は数々のスクープをものにした敏腕記者から、毎日コツコツと机に向かって原稿を書く作家に転身。精力的に作品を世に送り出し、『ミッドナイト・ジャーナル』で吉川英治文学新人賞を受賞、『傍流の記者』で直木賞候補となるなど、相変わらず眩しい存在であり続けている。一方、本城さんのおかげで視野が少し広がった私も何とか、競馬の世界の物書きとしてやってくることができ、自分にとってはこのうえなく名誉な賞（ＪＲＡ賞馬事文化賞）もいただいた。そして今こうして、「優駿」に連載された本作の解説を書かせてもらっている。

競馬を題材にした小説には特有の難しさがいくつかつきまとう。たとえば「ブリンカー」のような専門用語。コアな競馬ファンだけを読み手の対象にするなら詳しい注釈は必要ないが、小説の場合、そうはいかない。だからといって「競馬を知らない人にも分かりやすく」を意識しすぎると、今度は知識のある人にとって煩く感じられてしまう。そのバランスのとり方は存外に難しい。

まして現実の競馬の世界には「奇跡」とか「劇的」などと表現される出来事が溢れかえっている。すなわちどんなにドラマチックな筋立てを考えたとしても、読む側には「競馬だから、そういうこともあるよね」と片付けられてしまいかねない。そのなかでどうやって読者を引き込むか。ハードルは非常に高いのだ。

そこで本書だが、タイトルの「あかり野牧場」は家族経営の零細牧場。代表を務める灯野摂男は自分が生産し、名前もつけたキタノアカリに大きな期待をかけている。牧場へ嫁に来たのに色に染まることを頑なに拒み、仕事もろくに手伝わない妻の可南子（しかし随所で内助の功が示される）と家族。嫉妬と応援の心情をお互いに同居させながら親しく付き合っている友人たち。登場人物は息遣いまで聞こえてくるような距離感で生き生きと会話をかわし、あわせて摂男のような生産者——日高では標準的といえる存在——の置かれている現状が浮き彫りになっていく。前半は特別な急展開があるわけではないのに、リアルな情景描写、専門用語の流暢な使い回し、〝先行逃げ切り〟をはじめ、あちこちに散りばめられたニヤリとさせられる挿話にも引っ張られて、頁を繰る手が自然に進む。

そんな前半をミドルスローとすれば、成績が落ち始めた時期にキタノアカリと巡り会った中堅騎手・保志俊一郎と、〝武骨な馬好き〟を絵に描いたような調教師・西井敏久が加わってからは、物語のペースは急速に上がる。摂男とキタノアカリを含め、彼らの前には様々なハードルが立ちはだかるなか、いよいよダービーの大団円へ。武豊騎手とも親交が深い本城さんはレースシーンの描写も抜群に上手く、騎手目線の心情と駆け引きは本書の読みどころのひとつ。ただそれは、丁寧な趣向が凝らされた装飾品みたいなもので、彼が〝描きたかったこと〟は別にあると思う。

コロナ禍の巣ごもり需要、『ウマ娘　プリティダービー』というゲーム（及びアニメ）

を通じて競馬を知った新規ファンの増大などを背景に、ここ数年の競馬界は空前の活況に沸いている。地方競馬の売り上げはついにバブル期のピークを超えた。セール（馬のセリ市）の売り上げも同様で、社台グループの生産馬が中心を占めるセレクトセールに上場された馬は、従来にも増しての高値がついて飛ぶように売れる。その流れは日高のセールにも波及。選ばれた馬だけが出場できるセレクションセール（本書ではヒダカ・ゴールドセール）ばかりではなく、かつては「売れ残りが出てくる」と揶揄された他のセールも大きく数字を伸ばしている。価格の高騰により、セレクトセールで馬を買えなくなった馬主が、日高のセールにも積極的に参入するようになったからだ。

一方、ひょんなきっかけで強い追い風が吹き始めた今でも、後継者問題に頭を悩ませる日高の生産者は多い。馬産地にはこれまでも、好況と不況の波が糾える縄のごとく交互に押し寄せてきた。手塩にかけて育てた生産馬を、原価割れにも遠く及ばない価格で手放さざるを得ない状況が、つい数年前までは現実にあった。まして生産界の巨人・社台グループが圧倒的な優勢を築き上げた現在。摂男のように「無理強いしてまで跡を継がせる気はない」と思うのは、当然の心情だろう。

とはいえ、豊富な資金力とスケールメリット、不断の努力を背景に高められるのは、あくまでも成功の確率に過ぎない。潤沢なオイルマネーを誇るアラブの王族がどれだけ本気になっても、大レースの〝総取り〟は絶対にできないのが競馬である。そして日高では、摂男の息子・駿平世代にあたる新しく若い力も着実に芽吹き始めている。

苦労する親の背中を見て育ち、それでも跡を継ぐ道を選んだ彼らには、社台グループのような大牧場を「敵」と見なす意識は薄い。むしろその力を積極的に利用して、自分の夢を追いかけることを考える。本書でも重要な役割を担うSNSを駆使し、この繁殖牝馬にどの種牡馬を配合したらいいか、広く意見を募る人もいる。昔の価値観ではとても考えられなかったことだ。

「デカいだけが牧場じゃないからな～。俺にも意地があっからな～。いつか見てろよ～」

スターダストファームの前で、摂男に続いて駿平が叫ぶ場面は中盤の見せ場。言葉だけを切り取れば「日高の零細牧場vs.大牧場」の構図となるが、これは摂男が駿平の成長を実感し、父子が心をひとつに合わせる場面でもある。祖父が興した牧場の三代目から四代目へ、世代のバトンが受け継がれていくにつれ、価値観は変化していくが、変わらないものもある。そんな家族の、ひいては見えない絆で結ばれあった人間たちのドラマこそ、本城さんが〝描きたかったこと〟ではないか。

その観点から読み直すと、嫁姑の狭間で揺れる保志の章、クライマックスのダービーもまた違う眺めが見えてくるだろう。あかり野牧場とキタノアカリ、二つの命名の由来が鮮やかに回収されるラストシーンまで今一度、〝本城ワールド〟をたっぷり満喫してほしい。

本書は、二〇二〇年九月に小社より刊行された同名の作品に、文庫化に際し著者が加筆修正したものです。

執筆にあたり田上徹牧場、高村牧場、前谷牧場、社台スタリオンの笠原大さん、そのほか調教師、ジョッキーに助言をいただきました。この場を借りて心より御礼を申し上げます。

本作はフィクションです。実在の人物、組織とは一切関係ありません。

——著者

あかり野牧場

一〇〇字書評

切・り・取・り・線

購買動機（新聞、雑誌名を記入するか、あるいは○をつけてください）

- □（　　　　　　　　　　　　　　）の広告を見て
- □（　　　　　　　　　　　　　　）の書評を見て
- □ 知人のすすめで
- □ タイトルに惹かれて
- □ カバーが良かったから
- □ 内容が面白そうだから
- □ 好きな作家だから
- □ 好きな分野の本だから

・最近、最も感銘を受けた作品名をお書き下さい

・あなたのお好きな作家名をお書き下さい

・その他、ご要望がありましたらお書き下さい

住所	〒				
氏名		職業		年齢	
Eメール	※携帯には配信できません		新刊情報等のメール配信を 希望する・しない		

この本の感想を、編集部までお寄せいただけたらありがたく存じます。今後の企画の参考にさせていただきます。Eメールでも結構です。

いただいた「一〇〇字書評」は、新聞・雑誌等に紹介させていただくことがあります。その場合はお礼として特製図書カードを差し上げます。

前ページの原稿用紙に書評をお書きの上、切り取り、左記までお送り下さい。宛先の住所は不要です。

なお、ご記入いただいたお名前、ご住所等は、書評紹介の事前了解、謝礼のお届けのためだけに利用し、そのほかの目的のために利用することはありません。

〒一〇一‐八七〇一
祥伝社文庫編集長　清水寿明
電話　〇三（三二六五）二〇八〇

祥伝社ホームページの「ブックレビュー」からも、書き込めます。
www.shodensha.co.jp/bookreview

祥伝社文庫

あかり野牧場（のぼくじょう）

令和 5 年 4 月 20 日　初版第 1 刷発行

著　者　本城雅人（ほんじょうまさと）

発行者　辻　浩明

発行所　祥伝社（しょうでんしゃ）

東京都千代田区神田神保町 3-3
〒101-8701
電話　03（3265）2081（販売部）
電話　03（3265）2080（編集部）
電話　03（3265）3622（業務部）
www.shodensha.co.jp

印刷所　堀内印刷

製本所　ナショナル製本

カバーフォーマットデザイン　芥 陽子

本書の無断複写は著作権法上での例外を除き禁じられています。また、代行業者など購入者以外の第三者による電子データ化及び電子書籍化は、たとえ個人や家庭内での利用でも著作権法違反です。

造本には十分注意しておりますが、万一、落丁・乱丁などの不良品がありましたら、「業務部」あてにお送り下さい。送料小社負担にてお取り替えいたします。ただし、古書店で購入されたものについてはお取り替え出来ません。

Printed in Japan ©2023, Masato Honjo　ISBN978-4-396-34878-6 C0193

祥伝社文庫の好評既刊

本城雅人　**友を待つ**

伝説のスクープ記者が警察に勾留された。男は取調室から、かつての相棒に全てを託す……。白熱の記者ミステリ！

瀧羽麻子　**ふたり姉妹**（しまい）

東京で働く姉の突然の帰省で姉妹の確執が!?　正反対の二人がお互いと自分を見つめ直す、ひと夏の物語。

瀧羽麻子　**あなたのご希望の条件は**

転職エージェントの香澄は、自身の人生に思いを巡らせ……。すべての社会人に贈る、一歩を踏み出す応援小説。

笹本稜平　**ソロ**（SOLO）　ローツェ南壁

標高世界第四位。最難関の南壁ルート。ヒマラヤ屈指の大岩壁に気鋭の日本人が単独登攀（ソロ）で挑む本格山岳小説。

笹本稜平　**K2 復活のソロ**

一歩一歩が孤高の青年を成長させていく。仲間の希望と哀惜を背負って、冬のK2に男はたったひとりで挑んだ！

大崎　梢　**ドアを開けたら**

マンションで発見された独居老人の遺体が消えた！　中年男と高校生のコンビが真相に挑む心温まるミステリー。

祥伝社文庫の好評既刊

桂　望実　**恋愛検定**

片思い中の紗代（さよ）の前に、突然神様が降臨。「恋愛検定」を受検することに……。ドラマ化された話題作。

桂　望実　**僕は金（きん）になる**

賭け将棋で暮らす父ちゃんと姉ちゃん。まともな僕は二人を放っておけず……。胸をゆさぶる家族の物語。

長岡弘樹　**時が見下ろす町**

『時世堂百貨店』の周りで起こる少し不思議な事件。巧妙に張られた伏線がもたらす、驚きのラストとは？

長岡弘樹　**道具箱はささやく**

『教場』『傍聞き（かたえぎ）』のエッセンスのすべてがここに。原稿用紙20枚で挑む珠玉のミステリー18編。

越谷オサム　**房総グランオテル**

季節外れの民宿で、人懐こい看板娘と訳ありの民宿客が巻き起こすハートフル・コメディ！

水生大海　**オレと俺**

オレ（17歳）、ジイさん演ってます！すべてが想定外、孫（高校生）とジジイ（63歳）の入れ替わりミステリー！

祥伝社文庫　今月の新刊

本城雅人
あかり野牧場
零細牧場から久々にGⅠ級の素質馬が出た。牧場主、崖っぷちの騎手、功を焦る調教師……皆の想いを乗せて希望の灯りが駆け抜ける！

内藤　了
トラップ・ハンター
憑依（ひょうい）作家　雨宮（あまみや）縁（えにし）
雨宮縁の同僚と縁ファンの書店員が殺害された。遺体の顔にはスマイルマークが。怒りが頂点に達した縁は自身を餌に罠を張るが――。

五十嵐佳子
女房は式神（しきがみ）遣い！　その3　踊る猫又
あらやま神社妖異録
音楽を聴くと踊りだす奇病に罹った化け猫と、人に恋をしてしまった猫又の運命はいかに!?　笑って泣ける、珠玉のあやかし短編集！

小杉健治
罪滅ぼし　風烈廻り与力・青柳剣一郎
付け火で燃え盛る家に、赤子を救うため飛び込んだ男が。危険を顧みず行動できた理由とは？　剣一郎はある推測に苦悶する！

宇江佐真理
おうねぇすてぃ　新装版
文明開化に沸く明治五年、幼馴染みの男女の再会が運命を変えた。時代の荒波に翻弄された切ない恋の行方は？　著者初の明治ロマンス！